KB023401

모피 코트를 입은
마돈나

Kürk Mantolu Madonna
by Sabahattin Ali

First published 1943
Korean translation copyright © 2017 by Hakgojae
All rights reserved.

# 모피 코트를 입은
# 마돈나

사바하틴 알리 지음 · 이난아 옮김

학고재

# 차례

모피 코트를 입은 마돈나　　7

옮긴이의 말
70년 만에 우리에게 찾아온　　299
터키 문학의 고전

작가 연보　　305

지금까지 살면서 만난 사람들 가운데 내 인생에 그 사람만큼 크게 영향을 미친 이가 없다. 세월이 흘렀어도 여전히 라이프$^{Raif}$ 에펜디*에게서 벗어날 수가 없다. 혼자 있을 때면 그의 순진한 얼굴, 일상에서 동떨어진 먼 곳을 바라보는 것 같지만 누군가와 마주치면 기꺼이 미소로 맞으려 하는 그 눈빛이 떠오른다. 하지만 단언코, 그는 특별한 사람이 아니었다. 아주 평범하고, 아무런 특징도 없으며, 매일 우리를 스쳐 지나가는 그저 그런 수백 명 가운데 하나일 뿐

* Efendi, 터키에서 관리나 학자 등에게 붙이던 옛 경칭. 나리, 선생님, 씨, 신사 등을 의미한다.

이라고 하겠다. 공적이든 사적이든, 궁금증을 불러일으키는 구석이라곤 하나도 없는 그런 사람이었다. 이런 사람들을 만나면 우리는 의문에 빠지고 만다. '저들은 뭣 때문에 살까?', '저들에게 삶의 의미는 뭘까?', '저들이 숨 쉬고 세상을 돌아다니는 마땅한 이유가 있단 말인가?' 하지만 이는 그들의 외면만 보고 재단하는 것이다. 겉모습에 가려 드러나지 않은 내면을 보지 못한다면, 각자의 단단한 각질 안쪽에 새장에 갇힌 영혼들이 외롭게 소용돌이치는 또 다른 세계가 있다는 사실에 눈 감는다면, 우리의 모든 의문은 부질없어지고 만다. 내면을 좀체 드러내지 않는 사람을 밀쳐내기는 쉽다. 그러나 내면을 드러내지 않는다고 정신마저 살아 있지 않다고 여겨 밀쳐내는 대신 인간적인 호기심으로 이 미지의 세계를 궁금해한다면, 어쩌면 전혀 짐작하지 못했던 것을 보고 기대하지 않았던 것들을 풍부하게 만나게 될지도 모른다. 그렇긴 하지만, 우린 찾으리라 기대하기 힘든 건 여간해선 찾을 엄두조차 내지 않는다. 용을 잡아야 한다는 명확한 사명을 주고 용이 사는 동굴로 들어갈 영웅을 찾을 순 있지만, 바닥에 뭐가 있는지 알 수 없는 우물로 내려갈 용자를 찾기는 쉽지 않은 것처럼. 영웅이나 용기는 분명 나의 경우와는 거리가 멀었다. 내가 라이프 에펜디를 더 가까이 알게 된 건 오로지 우연이었다.

　나는 은행에서 말단직원으로 일하다 해고된 후―왜 해
고됐는지는 아직도 알지 못한다. 회사는 나한테 인건비 절
감 차원이라고 했지만 일주일 뒤 내 자리에 다른 사람을 고
용했다―한동안 앙카라에서 일자리를 찾고 있었다. 수중
에 있는 약간의 돈으로 겨우 여름은 날 수 있었지만 다가오
는 겨울에도 친구들 방에서 요 하나만 깔고 잘 수는 없을
게 뻔했다. 돈이라곤 일주일 뒤면 바닥날 식당 식권을 다
시 살 정도도 남지 않았다. 입사 지원서는 넣는 족족 퇴짜
를 맞았고, 그때마다 진이 빠졌다. 떨어질 줄 뻔히 알고 응
시한 시험에서 떨어져도 낙담하긴 마찬가지였다. 친구들
몰래 지원한 상점 몇 군데의 판매원 자리마저 다 떨어지자
절망에 빠져 한밤중까지 길을 헤매고 다녔다. 알고 지내는
친구 몇몇이 이따금 저녁 자리에 불러줬지만, 음식과 술로
도 이런 절망을 떨칠 순 없었다. 참으로 이상하게도, 상황
이 곤궁해지고 당장 내일 필요한 것조차 해결할 수 없는 지
경에 몰릴수록 나의 소심함과 부끄러움은 더 커져갔다. 예
전에 일자리를 부탁한 적이 있거나 나에게 그리 나쁘게 대
하지 않던 지인을 길에서 우연히 마주치기라도 하면 고개

를 숙이고 황급히 지나쳤다. 밥 한 끼 사라며 아무렇지 않게 부탁도 하고 스스럼없이 돈을 빌리던 친구들에게도 나의 태도는 변하고 말았다. "요즘 어떻게 지내?"라고 그들이 물으면 어색한 미소를 지으며 "그럭저럭… 가끔 여기저기서 임시직으로 일해"라고 답하고는 서둘러 도망쳤다. 주위에 사람이 절실했지만 그럴수록 그들로부터 도망치고 싶은 마음도 커졌다.

어느 날 저녁 무렵, 정거장과 화랑 사이의 한적한 길을 천천히 걷고 있었다. 앙카라의 멋진 가을 공기를 한껏 들이마시며 심장에 활기찬 기운을 채워 넣고 싶었다. 할케비* 건물 창문에서 반사되어 맞은편 흰 대리석 건물을 핏빛 구멍들로 가득 채운 태양, 아카시나무와 소나무 위에 피어오른 수증기인지 먼지인지 알 수 없는 연기, 해진 옷을 입고 등이 굽은 채 말없이 걷는 공사장 인부들, 군데군데 자동차 바퀴 자국이 이어지는 아스팔트 길…. 모두가 현재에 만족하는 듯했다. 모든 것을 있는 그대로 받아들이고 있었다. 모든 것이 제자리에 있었다. 그렇다면 내가 할 일이 달리

* 지역 복지관을 의미한다. 1923년 2월 19일 주로 대도시에 성인 교육과 공화인민당의 선전을 위해 설립됐고, 1932년부터는 모든 시와 읍에 세워졌다. 1953년 8월 8일 폐지됐다.

남지 않았다. 바로 그때 자동차 한 대가 내 옆을 빠르게 지나갔다. 운전석을 흘끗 보니 아는 얼굴 같았다. 몇 걸음 지나 차가 멈춰 섰다. 학교 동창인 함디가 차창 밖으로 머리를 내밀고 내 이름을 불렀다.

나는 다가갔다.

"어디 가?" 하고 그가 물었다.

"그냥 거닐고 있어."

"그럼 타. 우리 집에 가자!"

그는 대답을 기다리지도 않고 옆자리를 가리켰다. 가는 길에 설명을 듣자 하니 그는 며칠간 회사의 몇몇 공장을 돌아보고 오는 참이었다.

"집에는 이제 가는 길이라고 전보를 쳤어. 준비도 해놨을 거야. 그렇지 않으면 널 초대할 엄두를 못 냈겠지."

나는 웃었다.

함디와는 예전에는 자주 어울리는 사이였지만, 내가 직장을 잃고 난 뒤로는 전혀 보지 않았다. 나는 그가 기계류 중개업을 하고 임업과 목재업도 하는 어느 회사에서 과장으로 일하며 꽤 많은 월급을 받는다고 알고 있었다. 내가 실직한 후 그를 찾지 않은 것도 이 때문이었다. 일자리가 아니라 돈을 빌리러 왔다고 생각할 것 같아 마음에 걸린 것이다.

"계속 은행에 다니는 거야?" 하고 그가 물었다.

"아니, 나왔어."

그는 놀랐다.

"그럼 다른 데 들어갔어?"

나는 어쩔 수 없이 대답했다.

"찾는 중이야."

그는 위아래로 내 행색을 살폈다. 그러곤 나를 집에 초
대한 것을 후회하지 않는다는 듯, 미소를 지으며 내 어깨
를 툭툭 쳤다.

"오늘 밤에 얘기하면서 해결책을 찾자고. 신경 쓰지 마!"

그는 자기 상황에 만족하고 자신감 있어 보였다. 그러니
까 이제는 친구들에게 도움을 줄 정도의 위치에 있었던 것
이다. 얼마나 부럽던지!

그는 아담하지만 멋진 집에 살고 있었다. 아내는 약간 못
생겼지만 정감 있는 인상이었다. 그들은 내 앞에서 스스럼
없이 입맞춤을 했다. 그러더니 함디는 나를 홀로 남겨두고
씻으러 갔다.

그가 아내에게 정식으로 소개해주지 않았기 때문에 나
는 응접실 한가운데서 어찌할 바를 모르고 서 있었다. 부인

역시 문 옆에 서서 나를 슬쩍 훔쳐보고 있었다. 잠시 생각하는 것 같았다. 어쩌면 "앉으시지요!" 하고 권하고 싶었는지도 모른다. 하지만 그럴 필요가 없다고 생각했던지 살며시 밖으로 나갔다.

함디가 나를 이렇게 어정쩡하게 내버려둔 이유를 생각해봤다. 내가 알기로, 그는 이런 일에 꽤 꼼꼼했고 어떨 때는 지나치다 싶을 정도로 신경을 썼다. 그가 출세할 수 있었던 데는 이처럼 눈치 빠르게 주위를 챙기는 능력도 한몫했다. 높은 자리에 오른 사람들의 습성 중 하나는 아마도 옛 친구들, 특히 자신보다 뒤처진 친구들을 대할 때 보이는 이 의식적인 무심함인 것 같다. '당신'이라고 정중하게 부르던 친구들을 갑자기 보호자라도 된 듯 '너'라고 자애로운 목소리로 부르고, 상대의 말에 불쑥 끼어들 자격이라도 얻은 듯 말을 끊고 아무렇게나 시답잖은 것들을 묻고, 대체로 온화하고 연민 가득 찬 미소를 지으며 하는 이런 짓들….

요즘 이런 사람들을 너무 많이 만난 탓에 함디에게 화가 나거나 서운한 마음조차 들지 않았다. 단지 아무에게도 말하지 않고 나가는 것으로 이 답답한 상황에서 벗어나고 싶을 뿐이었다. 하지만 바로 이때 하얀 앞치마를 두르고 머리에 스카프를 쓴 나이 든 시골 아주머니가 검은색 기운 양말을 신고 아무 말도 없이 커피를 들고 왔다. 나는 은실 꽃무늬 장식이 있는 군청색 소파 한쪽에 앉아 주위를 둘러보았다. 벽에는 가족과 연예인 사진이 걸려 있고, 가장자리에는 부인 것 같은 책장에 25쿠루쉬*짜리 싸구려 소설 몇 편과 패션 잡지들이 꽂혀 있었다. 협탁 밑 선반에 있는 앨범 몇 권은 손님들이 하도 봐서 꽤 낡아 보였다. 별달리 할 것이 없어 그중 하나를 집어 들었지만, 펼쳐보기도 전에 함디가 모습을 드러냈다. 한 손으로 젖은 머리를 매만지고, 다른 손으로는 목이 파인 흰 셔츠의 단추를 채우고 있었다.

"그래 어때?" 그가 말했다. "말 좀 해봐!"

"뭐 별거 없어, 말했잖아."

그는 우연히 나를 만난 게 흡족한 것 같았다. 아마도 자기 위치를 보여줄 수 있고, 나의 처지를 생각하면서 나 같은 상황이 아니라는 것에 기뻐하는 것 같았다. 왜 그런지 모르지만, 우리는 살아가면서 한동안 함께 지내던 사람에게 재앙이 닥치고 그들이 난관에 빠진 걸 보면 마치 그런 재앙을 이미 물리친 것 같은 안도감이 들고, 어쩌면 나에게

* 터키에서 통용되던 화폐 단위.
25쿠루쉬는 당시 물가로 주식인 바게트 빵 네 개를 살 수 있는 액수.

도 닥칠 뻔한 재앙을 감당하는 가련한 그들에게 동정하고 싶어진다. 함디도 나에게 이런 느낌으로 말하는 것 같았다.

"글 같은 거 쓰고 있어?"

"가끔… 시도 쓰고, 단편 소설도….."

"도움이 좀 돼?"

나는 다시 웃었다. 그는 "그런 건 좀 그만두지 그래!"라며, 성공하고 싶다면 현실적으로 살아야 한다고 설교를 늘어놨다. 문학 같은 쓸데없는 것들은 학창 시절 이후에는 해가 될 수 있다고도 했다. 내가 그 말에 하나하나 반박할 수 있고 논쟁도 할 수 있다는 건 전혀 고려하지 않고, 마치 어린아이에게 충고하듯 말하고 있었다. 이미 자기는 성공했기 때문에 이런 용기를 낼 수 있다는 태도도 서슴지 않았다. 나는 무척 바보 같은 미소를 지어 보이며 선망의 눈길로 그를 바라보았고, 나의 이런 모습에 그의 용기는 더욱 샘솟고 있었다.

"내일 아침에 나한테 들러! 너한테 도움이 될 만한 게 뭐가 있는지 좀 생각해보자고. 네가 똑똑하다는 걸 알아. 그다지 부지런하진 않지만, 그건 뭐 중요하지 않아. 곤궁한 삶은 많은 걸 깨닫게 해주지…. 잊지 마. 일찍 와!"

이렇게 말하는 그는 자기도 학창시절에는 꽤나 게으른

학생이었다는 걸 완전히 잊은 것 같았다. 혹은 이 사실을 내가 그 자리에서 대놓고 말하지 않을 거라고 확신하기 때문에 거리낌 없이 말하는 것일 수도 있었다.

그가 자리에서 엉거주춤 일어나려 하자, 나는 벌떡 몸을 일으켜 손을 내밀었다.

"이만 갈게."

"왜? 이렇게 빨리? 그래, 좋을 대로 해!"

그 순간 그가 식사에 초대했다는 것이 떠올랐다. 그도 완전히 잊은 것 같았다. 나는 문 쪽으로 갔다. 모자를 집어 들며 "부인에게 안부 전해줘!" 하고 말했다.

"그래, 알았어. 내일 들르는 것 잊지 마! 낙심하지 말고!"

그는 이렇게 말하며 내 등을 다독거렸다.

밖은 어둠이 짙게 내려와 있었고, 가로등이 반짝였다. 숨을 깊게 들이마셨다. 먼지가 약간 뒤섞인 공기였지만 유난히 깨끗하고 상쾌하게 느껴졌다. 나는 집을 향해 천천히 걸었다.


다음 날 늦은 아침, 함디의 회사로 갔다. 어제저녁 그의 집에서 나올 때는 이럴 의도가 전혀 없었다. 어차피 그가 확언을 준 것도 아니었다. 어딘가에 지원할 때마다 선의 넘치는 고용주에게서 흔히 들어온 "한번 생각해보지 뭐, 뭔가 할 수 있을 거야!"라는 뻔한 말로 나를 배웅했던 것이다. 그런데도 그를 찾아갔다. 어찌된 일인지, 내 마음속에는 어떤 희망이라기보다는 오히려 모욕을 당하고 싶은 욕망이 있었다. 어쩌면 나 자신에게 '어제저녁 아무 말도 하지 않고 그가 마치 후견인처럼 으스대는 걸 보고만 있었잖아? 그렇다면 쓰디쓴 막장까지 떨어져봐야지. 넌 당해도 싸!'라고 말하고 싶었는지도 모른다.

회사 경비가 먼저 작은 방으로 데려가더니 기다리라고 했다. 이어서 함디의 방으로 안내받았을 때 나는 어제저녁의 그 바보 같은 미소가 내 얼굴에 어려 있음을 느꼈고, 나 자신에게 더욱 화가 났다.

함디는 앞에 쌓인 서류더미와 끊임없이 들락거리는 직원들로 눈코 뜰 새 없이 바빴다. 그는 고갯짓으로 의자 하나를 가리키곤 하던 일을 이어갔다. 나는 악수할 용기도 내지 못하고 의자에 앉았다. 정말로 그가 나의 상관이거나 심지어 사장이라도 되는 것처럼 당황했고, 이 지경으로 추락한 자아를 이렇게 취급하는 것마저도 당연하다고 여겼다. 어제저녁 길을 가다가 학창시절 친구가 나를 차에 태운 지 고작 열두 시간 남짓 지났을 뿐이건만, 도대체 그사이에 얼마나 큰 격차가 생겨난 것인가! 사람들의 관계를 정하는 요소들이란 얼마나 우습고, 얼마나 피상적이며, 얼마나 헛되고, 게다가 인간애와는 얼마나 무관한지….

어제저녁부터 지금까지 함디도 나도 실제로 변한 건 아무것도 없었다. 그대로였다. 그럼에도 그가 나에 대해, 내가 그에 대해 알게 된 일련의 정보들, 아주 사소하고 세세한 것들이 우리를 서로 다른 방향으로 몰고 간 것이다. 제일 낯선 것은 이 변화를 우리 둘 다 그대로 받아들이고 아무렇지 않게 여긴다는 것이다. 나는 함디에게 화가 난 것도, 나 자신에게 화가 난 것도 아니었다. 단지 내가 여기에 있다는 것 자체에 분노하고 있었다. 방 안이 좀 한산해지자 함디가 고개를 들었다.

"네가 할 만한 일거리를 찾았어!"

그런 후 내 얼굴에 용감하고 의미심장한 눈길을 던지며 덧붙였다.

"그러니까, 내가 일자리를 하나 만들어냈지. 그리 힘든 자리는 아냐. 은행 일, 은행과 관련된 우리 회사 일들을 봐주면 돼. 회사와 은행 사이의 연락 담당 같은 거야. 비는 시간에는 사무실에서 사적인 일을 해도 돼…. 원하는 만큼 시를 쓰라고…. 내가 사장과 얘기했어. 발령이 날 거야…. 하지만 당장 월급을 많이 줄 순 없어. 40리라*나 50리라. 물론 앞으로 올려줄 거야. 잘해봐!"

그는 자리에서 일어나지 않고 손을 내밀었다. 나는 그의 곁으로 가 고맙다고 말했다. 나에게 좋을 일을 베풀 만한 위치에 있다는 흡족한 표정이 얼굴에 가득했다. 사실 그는 나쁜 사람이 아니며 단지 직위에 맞게 행동했고, 어쩌면 그것도 정말 필요한 일일 수 있다는 생각이 들었다. 하지만 나는 밖으로 나와 한동안 가만히 복도에 서 있었다. 그가 알려준 사무실로 갈까, 아니면 여기를 그만두고 나갈까 갈등하며 한참 주저했다. 잠시 후 나는 고개를 숙이고 천천히 몇 걸음 걷다가 처음 눈에 띈 경비에게 번역 업무 담당 라이프 에펜디의 방이 어디인지 물었다. 그는 어정쩡한 방향으로 어느 방을 가리키며 지나갔다. 나는 다시 멈춰 섰다. 나는 왜 여길 나가지 못하는 걸까? 월급 40리라를 포기할 수 없는 걸까? 아니면 함디에게 실례가 될까봐? 아니다! 몇 달 동안 지속된 백수 상태, 이곳에서 나가면 어디로 갈지, 어디서 일자리를 찾을지 모르는 상황… 이젠 한 줌 용기도 없다. 완전히 함디의 손바닥 안에 잡혔다는 것을 알았지만

---

• 당시 물가로 40리라는 한 명이 한 달 동안 의식주를 겨우 해결할 정도.

속수무책이었다. 나를 어둑한 복도에 서 있게 하고, 그곳을 지나는 다른 경비를 기다리도록 잡아둔 것은 바로 이러한 생각들이었다.

마침내 나는 아무 문이나 열었고, 그 안에 있는 라이프 에펜디를 보았다. 분명히 만난 적 없는 사람이었다. 그럼에도 책상에 몸을 숙인 남자가 그라는 걸 바로 알아챘다. 어떻게 그렇게 짐작할 수 있었는지, 시간이 흐른 뒤 생각해도 의아한 일이다. 함디는 단지 "우리 회사 독일어 번역 담당자인 라이프 에펜디의 방에 네 자리를 마련해놓으라고 지시했어. 그 사람은 아주 조용하고 신실한 사람이야. 아무에게도 피해를 줄 사람이 아냐"라고 했을 뿐이다. 이제는 누군가를 부를 때 모두가 '미스', '미스터'라고 하는 이 시대에도 그는 여전히 '에펜디*'로 불리고 있었다. 함디의 이런 설명으로 머릿속에 그린 상상이 듬성듬성한 머리칼에 뿔테 안경을 끼고 수염 텁수룩한 이 남자와 닮았기 때문에 나는 주저하지 않고 안으로 들어갔다.

고개를 들고 멍한 눈길로 나를 쳐다보는 남자에게 물었

* '에펜디'라는 구식 경칭으로 불렸음을 의미한다.

다. "라이프 에펜디시지요, 그렇지요?"

그는 한동안 물끄러미 쳐다보다가 거의 겁에 질린 듯 가느다란 목소리로 말했다. "네, 접니다. 당신이 새로 온 직원이군요. 조금 전에 자리를 만들더군요. 이리 오시지요, 환영합니다!"

나는 의자에 가 앉았다. 책상에 난 희미한 잉크 얼룩과 흠집을 살펴보기 시작했다. 낯선 사람과 마주 앉을 때 으레 그랬던 것처럼, 같은 사무실 동료를 은밀하게 관찰하고 곁눈질로 훔쳐보며 그를 평가하고 그에 관한 첫 느낌을—물론 잘못된 느낌이지만—얻으려 했다. 하지만 그는 나와 같은 의욕을 전혀 보이지 않았다. 다시 고개를 숙이고는 마치 내가 없는 양 하던 일에 열중했다.

점심때가 되도록 이 상황은 계속됐다. 이제 나는 아무 거리낌 없이 앞에 앉은 사람에게 눈길을 고정했다. 머리는 짧고 정수리 쪽이 벗겨지고 있었다. 작은 귀 아래에서 목 쪽으로 주름이 많았다. 길고 가느다란 손가락을 종이 위에서 움직이며 막힘없이 번역을 하고 있었다. 때때로 적절한 단어를 궁리하는지 고개를 들었고, 그러다가 시선이 마주치면 미소 비슷한 걸 지어 보였다. 옆이나 위에서 보면 나이가 꽤 들어 보이는 얼굴이지만 이렇게 미소를 지을 때면 놀랄 만큼 순진하고 어린아이 같은 표정이 되었다. 끝이 말린 금빛 콧수염이 이런 표정을 더욱 두드러지게 했다.

내가 점심을 먹으러 나갈 때 그는 자리에서 움직이지 않고 책상 서랍에서 종이에 싼 빵과 작은 도시락을 꺼냈다. 나는 "맛있게 드세요!"라고 말하고는 방을 나왔다.

며칠 동안 한방에서 마주보고 있으면서도 우리는 거의 한마디도 나누지 않았다. 나는 다른 부서 직원들 대부분과 안면을 텄고, 저녁에는 함께 나가 찻집에서 백거먼 게임˙도 했다. 이들에게 듣기로 라이프 에펜디는 회사에서 가장 오래된 직원 중 한 명이었다. 회사가 설립되기 전에는 지금 우리가 거래하는 은행의 번역가였고, 언제부터 이곳에서 일했는지는 아무도 기억하지 못했다. 대가족을 부양하며, 그가 받는 월급으로 온 가족이 겨우 생활하고 있다고 했다. 경력이 제일 오래되었는데도 여기저기 돈을 뿌리는 회사가 왜 그의 월급은 올려주지 않는지 묻자, 젊은 직원들은 웃으면서 말했다.

"바보니까 그렇지요, 뭐. 외국어를 제대로 하는지도 의문이고요!"

˙ 두 사람이 하는 주사위 놀이.

나는 그가 독일어를 대단히 잘하고 번역도 정확하고 격조가 높다는 것을 나중에야 알게 되었다. 그는 유고슬라비아의 수사크 항구에서 올 물푸레나무와 전나무 목재의 특징이나, 수평 이동 드릴 작동법과 부품에 대한 편지를 쉽게 번역했다. 터키어로 만든 명세서와 계약서를 그가 독일어로 번역하면, 사장은 확인할 것도 없이 곧장 해당 부서로 보냈다. 그는 시간이 날 때면 책상 서랍에 보관해둔 책을 꺼내 읽곤 했다. 서랍 밖으로 책을 꺼내지 않았고 서랍에서 책을 치워버리는 일도 없었다. 그날도 책상 서랍을 열고 멍하니 책을 읽는 걸 보고 내가 물었다.

"그게 뭡니까, 라이프 에펜디?"

그는 무슨 잘못이라도 하다 들킨 것처럼 얼굴이 벌개져 말을 더듬거렸다. "아무것도 아니오…. 그냥 독일어 소설!"이라고 대답하고는 황급히 서랍을 닫았다. 그럼에도 회사에서는 누구도 그가 외국어에 능통하다고 인정하려 들지 않았다. 어쩌면 그럴 만도 했다. 그의 모습이나 태도를 보면 외국어를 아는 사람 같지 않았기 때문이다. 말할 때 외국어 단어를 내뱉은 적도, 외국어를 안다고 자기 입으로 말한 적도 없었다. 그가 손이나 주머니에 외국 신문이나 잡지를 지니고 있는 걸 본 사람도 없었다. 간단히 말하자면, 모든 것을 종합해도 "나, 외국어 알아!"라고 온 세상이 알도록 떠벌이고 싶어 안달 난 부류와는 닮은 구석이 하나도 없었다. 실력에 걸맞게 월급을 올려달라고 하지도 않고, 돈을 많이 벌 수 있는 다른 일을 찾지도 않아 그에 대한 이러한 선입견이 굳어졌다.

매일 아침 정시에 출근하고, 점심은 사무실에서 먹고, 저녁에는 간단히 장을 봐서는 곧장 집으로 갔다. 찻집에 함께 가자고 몇 번이나 청했지만 응하지 않았다. "집에서 다들 기다려요!"라고 할 뿐이었다. 한시라도 빨리 가족의 품으로 돌아가고 싶어 하는 걸 보며 그가 행복한 가장이라고 생각했다. 나중에 전혀 그렇지 않다는 걸 알게 되었지만, 그건 차차 말하기로 하자.

이토록 규칙적으로 생활하고 근면했지만 그는 질책을 면할 수가 없었다. 내 친구 함디는 라이프 에펜디의 번역물에서 사소한 오타라도 찾으면 곧장 이 딱한 남자를 호출했고, 때로는 우리 사무실까지 와서 언성을 높였다. 이 회사 직원 대다수가 친인척 혈연이라는 걸 잘 아는 함디는 직원들에게 항상 조심스럽게 행동했다. 하지만 절대 자기에게 대들 용기를 내지 못할 거란 걸 아는 라이프 에펜디는 이렇게나 못살게 굴었고, 그저 몇 시간 늦은 번역물 때문에 얼굴이 벌겋게 달아올라 온 건물이 쩌렁쩌렁 울리도록 고함쳤다. 쉽게 납득할 만한 일이었다. 동류인 누군가에게 힘과 권위를 과시하는 것만큼 달콤한 도취감이 어디 또 있겠는가? 게다가 남이 자기를 어떻게 평가할지를 계산하고 특정한 몇몇 사람이 보는 앞에서 이런 행동을 할 기회가 생기면 더더욱 그러하다.

라이프 에펜디는 이따금 병이 나 결근하곤 했다. 대부분은 그다지 심각하지 않은 감기 정도였다. 하지만 오래전에 걸린 적 있다는 늑막염 때문에 과도하게 조심했다. 감기 기운이 조금이라도 보일라치면 즉시 집에 틀어박혔다. 밖에 나올 때는 플란넬 셔츠를 몇 겹이나 껴입고, 사무실에서도 창문을 절대 열지 못하게 했고, 저녁에는 머플러로 목과 귀를 감싸고 낡고 두꺼운 외투 깃을 한껏 세우고 나갔다. 아픈 날에도 일은 소홀히 하지 않았다. 경비를 시켜 집에서 번역할 글들을 받아 일한 뒤 몇 시간 후에 가져가게 했다. 그런데도 사장과 함디는 라이프 에펜디를 볼 때마다 이렇게 쏘아붙이고 싶은 듯 보였다. '뭐 이렇게 투덜거리나? 우리가 당신에게 얼마나 잘해주는지도 모르고. 시도 때도 없이 아프다고 해도 해고하지 않잖아?' 라이프 에펜디가 며칠 결근하다 나오면 그들은 건강을 걱정하기는커녕 때를 놓치지 않고 가시 돋친 말을 퍼부었다.

"그래, 이제 좀 어때? 그놈의 감기 물러났어?"

그러는 동안 나도 라이프 에펜디에게 심드렁해지기 시작했다. 나는 회사에 앉아 있을 시간이 별로 없었다. 서류 가방을 들고 이 은행에서 저 은행으로 뛰어다녔고, 때론 정부가 발주한 몇몇 계약을 처리하러 관공서를 들락거렸다. 가끔 이 서류들을 부장이나 과장에게 설명하려고 내용을 정리할 때에나 책상 앞에 앉았다. 그 와중에도 맞은편 책상에서 살아 있는지 의심스러울 정도로 꿈쩍 않고 번역을 하거나 서랍 속 '독일어 소설'을 읽는 저 남자는 정말로 무의미하고 지루한 사람이라는 확신이 들었다. 영혼에 뭔가가든 사람은 이걸 표현할 욕구를 견디지 못할 것이며, 저렇게 조용하고 무관심한 사람의 내면은 식물과 별반 다르지 않을 거라고 추측했다. 그는 기계처럼 회사에 왔고, 할 일을 하고, 내가 이해할 수 없는 습관으로 일련의 책을 읽고, 저녁에는 장을 보고 귀가했다. 똑같은 나날, 심지어 똑같은 해가 이어지고 오로지 병이 날 때만 다르다고 할 정도였다. 그는 항상 이렇게 살았다고 나의 새 친구들은 설명했다. 어떤 식으로든 그가 흥분한 걸 봤다는 사람이 아무도 없었다.

상사들이 아무 근거 없이 부당하게 비난해도 항상 침착하고 무표정한 시선으로 대응했고, 자기가 한 번역을 타이피스트에게 건네고 돌려받을 때도 항상 똑같은 미소를 지으며 부탁하고 감사를 표했다.

어느 날, 또 순전히 타이피스트들이 라이프 에펜디를 무시한 탓에 늦어진 번역 건으로 함디가 득달같이 사무실에 왔다. 그는 거친 목소리로 고함을 질렀다.

"도대체 얼마나 더 기다려야 합니까? 급하다고, 내가 바로 출발해야 한다고 하지 않았소? 아직도 헝가리 회사에서 온 편지 번역본을 가져다주지 않았잖소!"

라이프 에펜디는 의자에서 일어나며 말했다.

"저는 번역을 마쳤습니다, 과장님! 그런데 타이피스트들이 시간을 못 내고 있습니다. 그 사람들 일이 많이 밀려 있다고 합니다."

"내가 다른 어떤 일보다 급하다고 당신한테 말하지 않았소?"

"예, 과장님. 저도 그쪽에 그대로 전했습니다."

함디의 고함 소리가 한층 더 커졌다.

"나한테 말대꾸할 시간 있으면 맡긴 일이나 제대로 하시오!"

그러고는 문을 꽝 닫고 나갔다.

라이프 에펜디는 그의 뒤를 따라 나가 타이피스트들에게 재차 애원하러 갔다.

나는 이 모든 무의미한 장면이 벌어지는 와중에 나에게 눈길 한 번 던지지 않은 함디를 생각했다. 이때 돌아온 번역가가 자리에 앉아 고개를 숙였다. 그의 얼굴에는 상대방을 경악하게 하고 심지어 분노하게 만드는 절대적인 고요가 어려 있었다. 그는 연필을 들고 낙서를 시작했다. 글을 쓰는 것이 아니라 몇 가닥 선을 그리는 것 같았다. 화가 나서 자기도 모르게 부산스럽게 구는 게 아니었다. 심지어 입가에, 금발 콧수염 바로 밑에 만족스러운 미소가 번진 것 같았다. 손이 종이 위에서 천천히 움직였고, 자주 멈추고는 눈을 가늘게 뜨고 앞을 바라보았다. 만족하고 있다는 걸 희미한 미소로 알 수 있었다. 드디어 그는 연필을 옆에 놓고 낙서한 종이를 한참 동안 바라보았다. 나도 그에게서 눈을 떼지 않았다. 놀랍게도 이번에는 아주 새로운 표정이 떠올랐다. 마치 누군가를 가엾게 여기는 얼굴이었다. 너무나 궁금해진 나는 가만히 있을 수가 없었다. 내가 막 일어서려는 순간 그가 자리에서 일어나 다시 타이피스트들의 사무실로 갔다. 나는 벌떡 일어나 그 종이를 집어 들었다. 그리고 순간 놀라서 얼어붙고 말았다.

　손바닥만 한 종이에는 스케치가 있었다. 바로 함디였다. 능숙한 선 몇 개로 그의 본바탕을 오롯이 담아내고 있었다. 사람들은 이 스케치가 함디와 닮았다는 걸 바로 알아채지 못할지도 모른다. 선을 하나씩 뜯어보면 그와 닮은 느낌이 슬며시 사라질 테니. 하지만 조금 전 바로 이 사무실 한가운데서 함디가 얼마나 패악스럽게 고함을 쳐댔는지 본 사람이라면 이 그림이 함디가 아니라고 부정할 리가 없다. 짐승처럼 분노를 내지르는, 말로 다 할 수 없는 비열함이 묻어나는 네모지고 일그러진 입, 뚫어져라 바라보면서 당장이라도 숨넘어갈 것 같은 눈, 콧구멍이 뺨까지 벌름거리면서 더 사나워 보이게 만드는 코…. 그렇다! 이건 몇 분 전 저기에 있던 함디, 더 정확히 말하면 그의 영혼을 그린 것이었다. 하지만 내가 놀란 진짜 이유는 이게 아니었다. 회사에 들어온 이후, 그러니까 몇 달 전부터 나는 함디에 대해 잇따라 상반되는 결론을 내리곤 했다. 때로는 그럴 수도 있으려니 하며 이해하려고 애썼지만, 대부분은 그를 나쁘게 생각했다. 타고난 성품과 현재 위치가 만든 성격을 혼동하고, 나중에는 이를 구분하려다가 완전히 뒤죽박죽이 되곤 했다. 라이프 에펜디가 선 몇 가닥으로 표현한 함디는 바로 내가 오랫동안 보려 했지만 도무지 볼 수 없었던 사람이었다. 원초적이고 사나우면서도 어딘가 안쓰러운 면이 있었다. 잔인함과 안쓰러움의 조합을 이렇게 명확하게 보여준 건 지금까지 본 적이 없었다. 십년지기 친구를 오늘 처음 진정으로 알게 된 것이다.

동시에 이 그림은 아주 갑작스레 라이프 에펜디를 설명하는 것이기도 했다. 이제 그의 흔들림 없는 침묵을, 사람들과의 관계에서 이상하다 느끼던 조심성을 이해하게 되었다. 주변을 이렇게 잘 꿰뚫고, 상대방의 깊은 내면을 이렇게 예리하고 명료하게 관찰할 수 있는 사람이 누구에게 화를 내고 흥분할 턱이 있단 말인가? 이런 사람이 옹졸함으로 몸부림치는 누군가의 앞에서 돌처럼 서 있는 것 외에 달리 뭘 할 수 있단 말인가? 우리의 모든 슬픔, 실망, 분노는 눈앞에서 일어나는 사건의 이해할 수 없고 예기치 않은 부분들에서 비롯된다. 모든 것에 준비되고 누구에게서 어떤 반응이 올지 아는 사람을 동요시키는 게 가능한가 말이다.

그렇다 하더라도 라이프 에펜디에 대해서 나는 여전히 혼란스러웠다. 내 머릿속은 그에 관해, 조금 전 그 스케치로 설명되지 않는 많은 모순이 뒤엉켰다. 내 손에 들린 그림의 정확한 선들은 초보자의 솜씨가 아님을 증명하고 있었다. 오랜 세월 그림을 그린 게 틀림없다. 대상의 본질을 꿰뚫어보는 안목은 물론이고, 관찰한 대상의 본질과 디테일을 살려 섬세하게 표현하는 기교도 능했다.

문이 열렸다. 손에 든 걸 얼른 책상에 내려놓으려 했지만 이미 늦고 말았다. 헝가리 회사에서 온 편지의 번역본을 들고 다가온 라이프 에펜디에게 나는 사과하듯 "아주 멋진 스케치군요"라고 말했다.

나는 그가 놀랄 것이고, 내가 비밀을 떠벌릴까봐 걱정할 줄 알았다. 하지만 전혀 그렇지 않았다. 그는 여느 때처럼 무심하게 웃으면서 내 손에 있던 종이를 채갔다.

"아주 오래전에, 한때 그림에 열중했던 적이 있지요. 가끔 습관적으로 낙서를 하곤 한답니다…. 보다시피 무의미한 것들이지요…. 따분해서 그런 거지요, 뭐."

그는 손아귀에서 그림을 구겨 폐지 바구니에 던졌다. 그러곤 중얼거렸다.

"타이피스트들이 아주 빨리 쳤어요. 아마도 오타가 있을 겁니다. 하지만 오타를 잡겠다고 내가 다시 붙잡고 있으면 함디 씨는 더 화를 내겠지요…. 그럴 만하지요…. 그냥 갖다주지요, 뭐."

그가 다시 나갔다. 내 시선도 그의 뒷모습을 따라갔다.

"그럴 만하지요." 나는 혼잣말을 했다. "그럴 만하지요."

이후 라이프 에펜디의 모든 상태, 정말로 무의미하고 중요하지 않은 행동 하나하나에 나는 호기심이 생겼다. 그와 얘기를 나누고 그의 진정한 정체성을 알고 싶어 기회가 있을 때마다 덤벼들었다. 내가 지나치게 사분거려도 그는 신경 쓰지 않는 것 같았다. 그럼에도 그는 항상 정중하게 일정한 거리를 유지했다. 우리의 친분은 겉으로는 진전이 있어 보였지만, 그는 결코 내면을 열어 보이지 않았다. 게다가 그의 가족을 만나고, 가족이 그에게 얼마나 큰 짐을 지웠는지 가까이서 보게 되면서 그에 대한 호기심은 더욱 커졌다. 그에게 다가가기 위해 발걸음을 내디딜 때마다 수많은 새로운 수수께끼와 마주하게 되었다.

종종 그랬듯 그가 몸이 불편해 결근한 어느 날, 그의 집을 방문하게 됐다. 함디는 내일까지 번역할 서류를 경비에게 들려 그에게 보내려는 참이었다.

"나한테 줘. 병문안하는 셈 치고 내가 갈게."

"그게 좋겠네. 가는 김에 어디가 어떤지 한번 보라고. 이번에는 결근이 너무 길어!"

정말이지 이번에는 병이 오래갔다. 벌써 일주일이나 회

사에 나오지 않았다. 경비 중 한 명이 이스메트 파샤 마을에 있는 그의 집까지 가는 법을 알려줬다. 겨울의 정점에서 어느새 어둠이 내리깔린 거리를 걷기 시작했다. 앙카라의 포장도로와는 전혀 다른 울퉁불퉁하고 좁은 인도가 난 마을들을 지났다. 오르막과 내리막이 연달아 나타났다. 긴 길 끝에, 도시가 거의 끝나는 곳에서 왼쪽으로 접어들었다. 모퉁이에 있는 찻집에 들러 그의 집이 어디인지 알아냈다. 돌과 모래가 쌓인 공터 사이에 외따로 선, 노란 페인트를 칠한 이층집이었다. 라이프 에펜디는 1층에 산다고 들은 터였다. 초인종을 눌렀다. 열두어 살쯤 되어 보이는 소녀가 문을 열었다. 아버지 계시냐고 묻자, 일부러 얼굴을 찡그리고는 입을 삐죽거리며 "들어오세요!"라고 말했다.

　집 안은 상상했던 것과 전혀 달랐다. 식당처럼 보이는 홀에는 늘였다 줄였다 할 수 있는 커다란 탁자가 있었다. 가장자리 장식장에는 크리스털 그릇이 가득했다. 바닥에는 아름다운 시와스*산 카펫이 깔려 있고, 옆에 있는 부엌에선 음식 냄새가 흘러나왔다. 소녀는 나를 응접실로 안내했다. 이곳 가구들도 아름답고 심지어 비싼 것들이었다.

* 이스탄불에서 약 900킬로미터 떨어진 터키 중부 지역.

빨간 벨벳으로 된 소파, 호두나무로 만든 낮은 협탁, 그리고 벽 쪽에는 커다란 라디오가 방을 꽉 채우고 있었다. 탁자와 긴 의자 등받이에는 섬세하게 수를 놓은 크림색 레이스를 덮었고, 벽에는 배 모양으로 '아멘튀*'라고 쓴 현판이 걸려 있었다.

몇 분 후 소녀가 커피를 내왔다. 왜 그런지 알 수 없지만 나를 무시하고 조롱하는 듯한 버릇없는 표정이었다. 잠시 후 소녀는 찻잔을 가져가려고 되돌아와서는 "아버지가 편찮으셔서 침대에서 나오지 못하세요. 안으로 오시지요!" 하고 말했다. 이 말을 할 때도 눈썹과 눈빛으로 내가 이렇게 융숭한 대접을 받아 마땅한 사람이 아니라는 걸 표현하려는 듯했다.

라이프 에펜디가 누운 방으로 들어서면서 나는 한 번 더 놀랐다. 이 집의 다른 곳과는 전혀 다른, 마치 기숙사나 병동처럼 하얀 침대들이 나란히 놓인 작은 방이었다. 라이프 에펜디는 하얀 침대보가 깔린 침상에 반쯤 기대고 있었고, 안경 너머로 내게 인사를 하려 했다. 나는 의자를 찾았다. 방에 있는 의자 두 개에는 양모 카디건, 여자 양말, 벗어 던

---

* Amentü. 아랍어로 '나는 믿는다'라는 뜻.

34

진 실크 옷 몇 개가 잔뜩 쌓여 있었다. 한쪽에는 진홍색 칠을 한 싸구려 옷장이 있었다. 문이 반쯤 열린 옷장에 아무렇게나 걸어둔 옷과 여성 정장이 보였고, 바닥에는 매듭 장식이 있는 가방이 있었다. 방은 깜짝 놀랄 정도로 어수선했다. 라이프 에펜디의 머리맡 협탁에는 점심때 먹은 걸로 보이는 지저분한 수프 접시, 뚜껑 열린 물병이 놓인 양은쟁반이 있고 그 옆에 약병이 가득했다.

라이프 에펜디는 "여기 그냥 앉아요!"라며 침대 발치를 가리켰다. 그 말에 조금 다가갔다. 라이프 에펜디는 팔꿈치에 구멍이 나고 얼룩덜룩한 여성용 양모 스웨터를 걸치고 있었다. 머리는 하얀 쇠로 된 침대 틀에 기댄 채였다. 그의 옷이 내 쪽 발치에 겹겹이 걸려 있었다. 내가 방을 둘러보고 있다는 걸 알아챈 집주인은 뭔가 설명해야 한다는 부담을 느낀 것 같았다.

"여기서 아이들과 같이 잡니다…. 애들이 방을 이렇게 어질러 놓아요…. 어차피 작은 집이라, 모두 함께 살기엔 비좁지요."

"식구가 많습니까?"

"많지요, 무척! 큰딸은 고등학교에 다니고, 그 아래로 조금 전에 보신 딸이 있어요. 그리고 처제 부부, 처남 두 명…

모두 함께 삽니다. 처제의 아이도 둘 있고. 앙카라의 주택난이야 다들 알잖아요? 따로 살 형편이 안 되니까…."

그사이 밖에서는 연신 초인종이 울리고, 소음에 섞여 고함을 지르듯 하는 걸로 보아 식구 누군가가 온 것 같았다. 잠시 후 문이 열렸다. 약간 살집이 있는 여성이 방으로 들어왔다. 짧은 머리칼이 귀와 얼굴로 내려왔고, 마흔 살 안팎으로 보였다. 그녀는 라이프 에펜디에게 다가가 귀에 대고 무슨 말인가를 했다. 그가 대답하기에 앞서 여자가 내 쪽을 쳐다봤다.

그가 우리를 소개했다. "같은 사무실에서 일하는 친구야." 그런 후 "이쪽은 내 아내요"라고 말했다.

아내 쪽을 보면서 그는 "내 재킷 호주머니에서 가져가" 하고 말했다. 이번에는 여자가 그의 귓가로 몸을 숙이지 않고 중얼거렸다.

"돈 때문에 온 거 아니에요. 빵은 누가 가서 사오지요? 당신은 도무지 침대에서 떨치고 일어나지를 않으니!"

"누르텐을 보내. 바로 코앞이잖아!"

"이렇게 늦은 시간에 어린애를 가게에 어떻게 보내요? 날씨도 춥고, 여자앤데…. 게다가 다녀오란다고 개가 내 말을 듣나요, 뭐!"

36

라이프 에펜디는 곰곰 생각했다. 그런 후 마치 해결책을 찾은 듯 고개를 끄덕이며, "갠 갈 거야, 갈 거라고!" 하고 말한 후 앞을 바라보았다.

여자가 방을 나가자 나를 바라보며 말했다.

"이 집에선 빵 하나 사오는 것도 문제라오. 내가 아프기라도 하면 밖에 다녀올 사람이 없다니까!"

나는 무슨 의무라도 되는 듯 물었다.

"처남들도 어립니까?"

그는 대답 없이 내 얼굴만 쳐다봤다. 마치 질문을 못 들었다는 표정이었다. 그러다 잠시 후 입을 열었다.

"아니요, 전혀 어리지 않아요! 둘 다 직장에 다닌다오. 우리처럼 사무직이지요. 처남은 정부의 경제부처에서 일해요. 둘 다 지독히도 공부를 안 했지요. 중학교 졸업장도 없어요!"

그는 이렇게 말하다 갑자기 말을 멈추고는 내게 물었다.

"번역할 거 갖고 왔소?"

"아, 네, 가져왔습니다. 내일 필요하다는데요. 번역된 걸 받으러 아침 일찍 경비를 보낸다고 합니다."

그는 문서를 받아 옆에 내려놨다.

"병세가 어떠신지 궁금하기도 했고요."

"고마워요…. 이번에는 오래가네요. 툭툭 털고 일어날 엄두를 못 내고 있어요."

그의 시선에 낯선 호기심이 스쳐갔다. 나의 관심이 진심인지 알아내고 싶은 것 같았다. 그가 관심을 받고 있다는 확신을 심어주기 위해서라면 나는 무엇이든 할 준비가 되어 있었다. 한순간이나마 그에게서 열정이 꿈틀거리는 듯한 흔들림을 본 게 처음이었기 때문이다. 하지만 어느새 그의 눈빛은 여느 때와 같은 무심함으로, 공허한 미소로 재빨리 돌아갔다.

나는 한숨을 쉬며 일어났다. 갑자기 그가 몸을 일으켜 내 손을 잡았다.

"들러줘서 정말 고맙네, 젊은이."

목소리에 따스함이 묻어났다. 마치 내가 느끼는 것들을 다 이해한다는 듯이.

그의 집에 들른 것을 계기로 라이프 에펜디와 가까워지기 시작했다. 나를 대하는 그의 태도가 달라졌다고까지 할 수는 없다. 하물며 허물없어지고, 나에게 속내를 열어 보였다고 주장할 생각은 추호도 없다. 그는 계속 마음을 닫고 조용한 사람으로 남았다. 사실 저녁에 함께 퇴근해 그의 집까지 걷고, 때론 함께 집에 들어가 빨간 가구가 있는 응접실에서 커피를 마시기도 했다. 하지만 그럴 때도 앙카라는 물가가 너무 높다거나 이스메트 파샤 마을은 도로가 엉망이라거나, 이런 대수롭지 않은 이야기를 나누곤 했다. 그가 집이나 식구들 이야기를 하는 경우는 거의 없었다. 가끔 "딸아이 수학 성적이 또 영 안 좋다고 하네!" 같은 말을 하다가 금세 다른 화제로 말을 돌렸다. 나도 더 묻기를 꺼렸다. 그의 집에 처음 갔을 때 만난 그의 가족은 그다지 인상이 좋지 않았다.

아픈 그를 방에 두고 홀을 가로질러 나올 때였다. 홀 가운데 놓인 탁자에 열대여섯 살쯤 된 남자애 둘과 같은 또래의 여자애 하나가 서로 머리를 맞대고 둘러앉아 있었는데, 이들은 내가 채 등을 보이기도 전에 키득거리기 시작했다. 내 외모에 웃음거리가 될 만한 점이 없다는 걸 나는 알고 있었다. 하지만 머리 빈 십 대들이 흔히 그러는 것처럼 그들은 처음 본 사람을 대놓고 조롱하는 것으로 우월감을 확인하는 부류였다. 어린 누르텐조차 이런 언니, 삼촌 틈에 끼려고 애를 썼다. 나중에 이 집에 올 때마다 같은 행동을 보게 되었다. 나도 아직 젊은 나이였다. 스물다섯 살도 채 되지 않았으니까. 하지만 나보다 어린 친구들이 보여준 이 이상한 습성은 매번 당혹스러웠다. 그들은 난생처음 기이한 사람을 본다는 듯 노골적으로 낯선 이에게 호기심을 드러냈다. 내가 보기에 이 집안에서는 라이프 에펜디도 전혀 편안한 입장이 아니었다. 식구들은 그를 마치 없어도 되는 존재인 듯, 어딜 가나 방해되는 걸림돌처럼 여겼다.

나중에 이 집을 드나들면서 이 사람들을 더 잘 알게 되었다. 나쁜 사람들은 아니었다. 그저 아무 생각 없는, 골 빈 사람들이었을 뿐이다. 무례하고 뻔뻔한 언행도 모두 이 때문이었다. 오로지 다른 사람을 조롱하고 멸시하고 비웃는 것으로 내면의 공허를 채우고 있었다. 그런 걸로 만족을 얻고, 그러면서 존재감을 확인하고 있었다. 나는 그들의 말본새를 유심히 듣게 됐다. 경제부처에서 말단으로 일하는 외다트와 지하트가 온종일 하는 거라곤 직장 사람들에 대한 험담뿐이었다. 라이프 에펜디의 큰딸 네즐라는 입만 열면 학교 친구들을 욕했다. 그들은 다른 사람의 걸음걸이나 옷차림새를 입방아에 올려 끊임없이 조롱하고 낄낄거렸지만, 걸음걸이나 옷차림새는 그들이라고 다를 게 없었다.

"무알라가 결혼식에서 입었던 옷 있잖아, 그게 뭐니? 킥킥킥!"

"여자애가 우리 오르한을 어떻게 퇴짜 놨는지 네가 봤어야 하는데, 하하하!"

라이프 에펜디의 처제 페르훈데 부인은 세 살, 네 살짜리 아이 둘을 데리고 낑낑대느라 다른 건 돌아볼 겨를이 없었다. 어쩌다 언니에게 애들을 맡길 기회라도 생기면, 실크 옷에다 짙은 화장을 하고 허둥지둥 뛰쳐나가곤 했다. 나는 그녀가 옷장 거울 앞에서 곱슬곱슬한 염색 머리에 깃털 달린 모자를 쓰려 애쓰던 모습만 몇 번 보았을 뿐이다. 서른도 넘지 않았는데 눈가와 입가에 주름이 자글자글했다. 연푸른색 눈은 일 초 이상 어딘가에 고정된 적이 없고, 태어날 때부터 지녀왔음직한 우울한 기운을 풍겼다. 아이들은 늘 안색이 창백하고 단정치 못하고 지저분했다. 그녀는 아이들을 마치 사악한 적이 던져놓은 형벌이라도 되는 것처럼 여겨 늘 화를 내고 불평했다. 단장하고 외출할 때는 아이들이 지저분한 손으로 자기를 만질까 짜증을 냈고, 애들을 어떻게 멀리해야 할지 몰라 허둥댔다.

페르훈데 부인의 남편 누레틴 씨로 말하자면, 경제부처의 지방 사무소에서 중간관리자로 일하고 있었는데 함디와 똑같은 부류였다. 서른두어 살 정도로 갈색 곱슬머리를 세심하게 빗어 이발소 조수처럼 부풀렸고, "잘 지내십니까?" 같은 뻔한 말을 하고도 무슨 주옥같은 명언이라도 내

뻗은 양 입술을 앙다물고 고개를 끄덕이는 남자였다. 다른 사람의 말을 들을 때면 말하는 이의 얼굴을 뚫어지듯 쳐다보는데, 그 눈에는 "그걸 말이라고 해? 당신이 뭘 안다고!"라는 빈정거리는 빛이 감돌았다.

그는 직업학교를 마친 뒤 가죽 사업을 공부하러 이탈리아로 갔지만 배운 거라곤 수박 겉핥기로 익힌 이탈리아어, 중요한 인물인 척하는 얄팍한 요령뿐이었다. 여기에다 그는 아이디어를 몇 가지 보태 출세하는 방법을 터득했다. 첫째, 스스로 높은 자리에 올라야 마땅한 사람인 줄 알았고, 알든 모르든 아무 분야에나 섣부른 의견을 내놨고, 모든 사람을 멸시하면서 자신이 대단한 사람인 양 믿게 만들었다(나는 이 집 아이들 모두가 가진 남을 멸시하는 병이, 그들이 대단히 선망하는 이자로부터 전염되었다고 생각한다). 둘째, 그는 외모에 엄청나게 정성을 쏟았다. 매일 면도를 했고, 날렵한 바지를 빳빳하게 다리도록 붙어 서서 감시했고, 토요일에는 최신 유행 신발과 멋진 양말을 찾으러 하루 종일 쇼핑을 다녔다. 나중에 알았지만 그의 월급은 몽땅 옷값으로 들어갔다.

두 처남도 각각 35리라씩 벌긴 했지만 별 도움이 되지 않아서, 모든 살림은 우리 라이프 에펜디의 얇은 월급봉투에 의지하고 있었다. 그럼에도 이 딱한 노인을 제외한 모든 사람의 목소리가 집 안에 드높았다. 누레틴 씨는 라이프 에펜디만 빼곤 다른 식구들을 마치 하인 부리듯 했다. 식구들은 라이프 에펜디의 아내 미흐리예 부인에게도 함부로 대했다. 마흔 살이 채 되지 않았는데도 살집이 늘어지고 가슴은 배까지 처져 괴상할 만큼 뚱뚱하고 늙어 보이는 미흐리예 부인은 하루 종일 부엌에서 음식을 하고, 시간이 나면 셀수 없이 많은 양말을 꿰매고, 하나같이 버릇없는 여동생의 개구쟁이들을 돌봤다. 하지만 식구들 누구도 부인을 돕지 않았고, 누구도 집안이 어떻게 돌아가는지 묻지 않았다. 저마다 자기는 더 좋은 대접을 받아야 할 사람으로 여겼기 때문에 모두가 걸핏하면 음식이 못마땅해 짜증을 부리고 입을 삐죽거리고 콧방귀를 뀌면서 새로운 불화를 일으켰다. 누레틴 씨가 "이게 도대체 뭐지?"라고 불평할 때면 내심 "내가 벌어다 준 수백 리라는 도대체 어디다 쓴 거야?"라고 말하고 싶어 하는 것 같았다.

목에 7리라짜리 스카프를 맨 처남들은 "맛없어. 달걀 프라이나 해줘"라거나 "아직 배고파. 소시지라도 있어야겠는데"라고 투덜거리면서 조금도 미안해하거나 망설이지 않고 미흐리예 누나를 식탁에서 일으켜 부엌으로 보냈다. 빵을 살 11쿠루쉬가 필요했던 어느 저녁에는 이 돈마저 주머니에서 꺼내는 게 아까워, 아파 잠들어 있는 라이프 에펜디를 깨웠다. 이걸로 모자란 듯 왜 그가 여전히 낫지 않으며, 왜 가게에 가지 않는지 화를 내곤 했다.

손님의 눈에 띄지 않는 곳은 아수라장이어도, 이 집의 홀과 응접실은 완벽하게 정돈되어 있었다. 대부분 네슬라가 공을 들인 결과였다. 다른 식구들도 친구들에게 과시하기 위해 집에 이런 가면을 씌우는 데 동조했다. 가구를 사고 할부금을 내는 데는 식구들이 제각기 없는 돈을 짜내 보탰다. 그래서 빨간 벨벳 소파 세트는 손님들이 홀딱 반해 찬사를 늘어놓게 만들었고, 진공관 열두 개로 위용을 갖춘 라디오는 온 마을을 소음으로 채웠다. 장식장에 진열된 금박 크리스털 술잔 세트는 누레틴 씨가 친구를 데리고 와 라키*를 마실 때 절대 창피스럽지 않게 해줬다.

이 모든 걸 감당하는 사람이 라이프 에펜디임에도, 집에서 그의 존재와 부재는 아무 차이가 없는 것 같았다. 어린애부터 어른까지 모두 그를 무관한 사람으로 대했다. 일상용품과 돈 문제 외에 다른 것에 대해선 그와 얘기를 나누

---

• 터키에서 '국민 음료'로 불리는 증류주. 주로 물에 희석해 마신다.

지 않았다. 이런 이야기조차 그와 직접 이야기하기보단 미흐리예 부인이 중간에서 대신해주기를 바랐다. 마치 영혼 없는 기계가 이른 아침 모두의 주문을 받아 밖으로 나가고, 저녁 무렵 양손 가득 무언가를 들고 돌아오는 모양새였다. 오 년 전에 페르훈데 부인과 연애하던 무렵 누레틴 씨는 라이프 에펜디의 꽁무니를 따라다니며 잘 보이려고 온갖 정성을 들이고, 약혼한 후에는 이 집을 방문할 때마다 미래의 형님의 마음을 사려고 잊지 않고 뭐라도 들고 오곤 했다. 그랬던 그조차, 지금은 이렇게 보잘것없는 인간과 한집에서 사는 것이 모욕인 양 굴었다.

식구들은 그가 왜 돈을 더 많이 벌어오지 않는지, 왜 더 호화롭게 살게 해주지 못하는지 화를 냈다. 하지만 동시에 그가 아무 쓸모가 없고, 중요하지 않고, 가치도 없는 사람이라고 평가했다. 분별 있어 보이는 듯한 네즐라와 아직 초등학교를 다니는 누르텐조차 이모부, 이모 그리고 외삼촌의 영향으로 아버지를 대하는 이런 시선에 휩쓸린 것 같았다. 아버지에 대한 애정 표현에는 억지로 대강 해치우는 것 같은 다급함이 묻어났고, 아버지가 아플 때는 가난한 사람을 대하는 거짓 연민 같은 관심을 보였다. 수년 동안 조금도 나아지지 않는 집안일과 생활고로 약간 정신이 나간 것처럼 보이는 아내 미흐리예 부인만이 남편을 최선을 다해 돌보고, 자식들이 그를 업신여기거나 멸시하지 못하도록 애를 썼다.

저녁 식사 자리에 손님이 오는 날이면 그녀는 남편을 침실로 밀어넣었다. 그러다가도 동생들이나 누레틴 씨가 "매형한테 사오라고 하세요!"라고 큰소리칠 기색이 보이면 가슴 졸이며 남편에게 가서 가급적 달콤한 목소리로 "가게에 가서 달걀 여덟 개랑 라키 한 병만 사와요. 쟤들이 저녁 먹다가 식탁에서 일어나지 않게…"라고 말했다. 그녀는 남편과 자기가 왜 그 식탁에 앉지 않는지, 어쩌다 한 번 그럴 경우에는 왜 다른 사람들에게 무례를 범하는 것처럼 따가운 시선을 받는지 더 이상 생각하지 않았다. 어쩌면 이걸 알아차리지도 못하는 것 같았다.

라이프 에펜디 역시 아내에게 이상한 연민이 있었다. 몇 달 동안 앞치마 말고는 다른 걸 걸쳐볼 겨를도 없는 이 여인을 정말로 가여워하는 것 같았다. 가끔, "여보, 어때요? 오늘 많이 피곤했소?"라고 묻고, 때로는 그녀를 앞에 앉혀놓고 아이들의 학교생활, 다가오는 명절을 치를 비용에 대해 이야기하곤 했다. 하지만 그가 다른 식구들과는 사소하게나마 정신적 교감이나 애착이 있다는 걸 보여주는 징후는 없었다. 때때로 큰딸을 지긋이 바라보며 따스하고 다정한 뭔가를 기대하는 것 같은 태도를 보이긴 했다. 하지만 이런 순간은 스치듯 지나가고, 딸의 무의미한 애교와 적절치 않은 웃음 끝에 돌연 부녀 사이의 틈이 드러나곤 했다.

나는 그의 상황을 깊이 생각했다. 라이프 에펜디 같은 사람은—어떤 사람인지 나도 모른다. 하지만 보이는 그대로가 아니라는 건 확실하다—그렇다, 이런 사람은 가장 가까운 사람에게서 자기 의지로 도망칠 가능성이 없다. 모든 문제는 주위 사람들이 그가 어떤 사람인지 알지 못한다는 데 있었고, 그 역시 좀 알아달라며 어떤 시도를 할 사람이 아니었다. 앞으로도 그와 사람들 사이의 얼음이 녹거나, 그들 사이를 갈라놓은 소름끼치는 소원함이 누그러질 가능성도 없었다. 사람들은 서로를 알아간다는 게 얼마나 힘든지 알기 때문에 이 힘든 걸 시작하느니 차라리 장님처럼 무작정 돌아다니다가 서로 부딪칠 때만 상대방의 존재를 지각하는 쪽을 택하곤 한다.

그러나 이미 말한 것처럼 라이프 에펜디는 큰딸 네즐라에게만큼은 뭔가를 기대하는 것 같았다. 표정이나 입, 손동작은 입술을 짙게 바른 이모를 따라 하고 정신적 지향은 이모부의 거만함에 둔 이 딸은 영혼을 덮고 있는 두꺼운 각질에도 언뜻언뜻 그 안에 진실한 인간미가 남아 있음을 내비치곤 했다. 아버지에게 경멸에 가까울 만큼 무례하게 대하는 여동생 누르텐을 꾸짖는 걸 보면서 진심으로 속상해한다는 것이 느껴졌다. 식사 때나 침실에서 다른 식구들이 아버지를 지나치게 조롱하면 씩씩거리다 문을 쾅 닫고 나가버리기도 했다. 그녀 안에 감춰진 인간미가 가끔 숨을 쉬러 고개를 내미는 경우였다. 환경에서 자양분을 받으며 오랜 세월 자라온 거짓 자아는 진정한 자아가 일으키는 반란을 억누를 만큼 충분히 강했다.

그러나 내가 젊어서 인내심이 부족해 그럴 수도 있겠지만, 라이프 에펜디의 끔찍한 침묵은 몹시 못마땅했다. 회사에서도 집에서도, 완전히 다른 세상 사람처럼 정신적으로 낯선 이들이 자신을 무시하고 조롱하는 걸 견디는 걸로 모자라, 그들이 그럴 만하다고 적극적으로 수긍하는 것처럼 보였다. 주변에서 이해받지 못하고 제대로 평가받지 못하는 이들이 시간이 지나 이 외로움으로부터 도리어 자부심과 고통스런 희열을 느끼기 시작한다는 걸 나는 잘 안다. 하지만 주위의 이런 행동을 괜찮다고 받아들일 거라고는 전혀 생각하지 않았다.

여러 경우를 통해 그가 감정이 무딘 사람은 아니라는 걸 알았다. 오히려 무척 민감하고 섬세하며 쉽게 상처받는 사람이었다. 오로지 앞만 보는 것 같은 그의 눈은 어떤 것도 놓치지 않았다. 어느 날 내게 내올 커피 때문에 딸들이 밖에서 "네가 끓여!" 하고 소리 낮춰 실랑이하는 소리가 들렸다. 그는 그때는 아무 말도 하지 않았다. 하지만 열흘 뒤 내가 다시 가자 밖에다 대고 "커피 끓이지 마라, 마실 사람 없다!"라고 말했다.

커피 문제로 딸들이 옥신각신할 빌미를 아예 없애버리는 행동은 그가 얼마나 언짢았는지를 보여줬다. 그리고 이 행동은 나를 허물없게 여긴다는 뜻이었기 때문에 그에게 더 친근감을 갖는 계기가 됐다.

우리 대화는 여전히 겉돌았다. 그러나 더 이상 이런 걸로 곤혹스럽지는 않았다. 사람들의 못난 언행을 연민으로 지켜보고 그들의 상스러움을 즐기면서, 고요한 인내에 잠기는 것으로 충분히 기뻤으니! 게다가 함께 걸을 때는 내 옆에서 걷는 그의 인간성을 깊이 느꼈으니! 사람들이 서로를 찾아내고 서로를 이해하기까지 항상 말이 필요한 건 아니라는 이유를, 시인들이 자연의 아름다움을 함께 관조할 누군가를 그렇게 갈구하는 이유를 이즈음 나는 이해하게 되었다. 옆에서 한마디도 하지 않고 걷거나 맞은편에서 묵묵

히 일하는 이 남자로부터 내가 뭘 배우고 있는지 나는 몰랐
지만, 수년 동안 교사들에게 배운 것보다 훨씬 많은 걸 배
웠다고 확신한다.

　그리고 그도 나를 좋게 생각한다고 믿었다. 그는 이제 움
츠리거나 머뭇거리지 않았다. 모든 사람과의 관계에서 그
랬고 우리가 처음 만났을 때 보였던 태도는 더 이상 남지
않았다. 단지, 어떤 날은 황폐한 성격을 드러냈다. 표정이
사라진 눈매가 가늘어졌으며, 말을 건네도 감히 다가갈 수
없는 세상에 있는 듯한 목소리로 느릿느릿 대답했다. 이런
날엔 번역도 뒷전이었다. 자리에 앉아서 몇 시간이고 앞에
쌓인 서류 더미만 바라보았다. 그는 마치 우리와는 다른 시
간, 자신만의 공간에 잠겨 있는 것 같았다. 이럴 때는 모든
시간과 거리의 이면으로 물러나 아무도 그곳에 들이지 않
을 거라는 걸 알고는 근처에 갈 생각도 하지 않았다. 그를
현실로 불러낼 수 있는 건 아무것도 없었다. 이런 일이 생
길 때면 내 마음이 근심으로 가득 찼다. 왜냐하면 라이프
에펜디의 병이, 이상하게 들리겠지만, 주로 이런 행동을 보
인 바로 다음 날 도진다는 걸 알아챘기 때문이다. 그 이유
를 아주 빨리, 하지만 무척이나 슬픈 방식으로 알게 됐다.
어쨌거나 모든 걸 순서대로 설명하려 한다.

2월 중순 어느 날 라이프 에펜디가 또 회사에 나오지 않았다. 저녁 무렵 그의 집에 들르자 미흐리예 부인이 문을 열어줬다.

"당신이군요. 어서 오세요. 조금 전에 잠들었어요…. 원하면 깨울게요."

"아닙니다, 깨우지 마세요. 병세는 어떤가요?"

부인은 나를 응접실로 안내했다.

"열이 있어요. 이번에는 위장도 아프다네요!"

그러고선 불만 가득한 목소리로 덧붙였다.

"전혀 조심을 하지 않아요, 불쌍한 양반… 어린아이도 아닌데. 아무 이유도 없이 갑자기 화를 내요…. 왜 그런지 모르겠어요…. 누구하고도 말하려 하지 않는 걸요…. 자리를 박차고 나가선 길거리를 쏘다니다… 결국 이렇게 몸져눕고 말아요…."

이때 옆방에서 라이프 에펜디의 목소리가 들렸다. 부인이 서둘러 뛰어갔다. 방금 들은 말을 어떻게 받아들여야 할지 너무나 뜻밖이었다. 건강에 그렇게 노심초사해서 양모 내복과 스웨터를 겹겹이 껴입고 목도리까지 둘러 자기 몸을 보호하는 남자가 조심성이 없다니?

미흐리예 부인은 다시 돌아와, "초인종이 울릴 때 깼대요. 들어가시지요!" 하고 말했다.

이번에 라이프 에펜디는 완전히 맥이 빠져 보였다. 얼굴은 노랬고 숨소리도 가빴다. 여느 때 같은 순진한 미소가 이번에는 억지웃음처럼 느껴졌다. 눈도 안경 너머로 움푹 들어간 것 같았다.

"또 어떻게 된 거예요, 라이프 베이*? 빨리 나으셔야지요."

"고맙네!"

잔뜩 잠긴 목소리였다. 기침을 할 때면 가슴이 심하게 들썩였고 가래로 그르렁거렸다. 나는 궁금한 걸 참지 못하고 물었다.

"어쩌다가 이렇게 되신 거예요? 감기인 것 같은데."

그는 한동안 하얀 침대보를 보며 가만히 있었다. 아내와 아이들이 침대 사이에 놓아둔 작은 난로 때문에 방이 너무 더웠다. 그런데도 그는 추운 것 같았다. 담요를 턱까지 끌어올리며 말했다.

"그러게, 아마도 감기인 것 같네. 어제저녁을 먹고 잠깐

---

* Bey, 친숙하고 격식을 줄인 표현.

밖에 나갔어…."

"어디 가셨던 거예요?"

"아닐세. 그냥 좀 거닐고 싶었어. 글쎄 뭐… 좀 답답했던 것 같아."

그에게서 답답하다는 말이 나오다니, 내심 놀라웠다.

"너무 많이 걸은 것 같네. 농업연구소 쪽으로 걸어갔어. 케치외렌 오르막길까지 간 것 같아. 너무 빨리 걸은 걸까? 갑자기 더워졌어. 가슴을 풀어헤쳤다네. 밤바람이 많이 불었어. 눈발도 좀 날렸고. 아마도 찬바람을 쐬어서 이런 거겠지."

라이프 에펜디가 늦은 밤에 바람과 눈을 맞으며 가슴을 풀어헤치고 외진 길을 몇 시간이고 돌아다닌다는 건 상상할 수 없는 일이었다.

"속상한 일이라도 있는 건가요?"

그는 다급하게 대답했다.

"아니, 그럴 리가… 가끔 그런다네. 밤에 혼자 배회하고 싶을 때가 있어. 집 안 소음이 신경에 거슬리는 건지 뭔지."

잠시 후 말을 많이 해 마음에 걸렸는지 그는 "사람이 늙을수록 이렇게 되나봐! 애들이 무슨 죄가 있겠어!" 하고 황급히 말을 맺었다.

밖에서 다시 소음과 함께 소리 낮춘 말소리가 들렸다. 학교에서 돌아온 큰딸이 방에 들어와 아버지의 뺨에 입을 맞췄다.

"좀 어때요, 아빠?"

그런 후 몸을 돌려 내 손을 잡았다.

"늘 이래요, 아저씨…. 가끔씩 아빠 마음속에 번개처럼 어떤 생각이 일어나면 '찻집에나 가야지' 하고 나가시는데, 그러고선 찻집에서 감기에 걸리시는지 돌아오는 길에서 추위를 타시는지, 금세 몸져누우세요…. 벌써 몇 번짼지 셀 수도 없어요…. 찻집에서 무슨 일이 있었는지 도무지 알 수가 없어요!"

그녀는 코트를 벗어 의자에 던져놓은 후 곧 밖으로 나갔다. 라이프 에펜디는 이런 상황에 익숙한 듯 그다지 신경 쓰지 않았다.

나는 환자의 얼굴을 쳐다보았다. 그 역시 내게로 눈길을 돌렸다. 그 눈빛에는 어떤 설명도, 놀라는 기색도 보이지 않았다. 그가 가족에게 왜 거짓말을 했는지 의아했다. 하지만 그보다 더 궁금한 건 나에게 사실을 말한 이유였다. 궁금함도 있지만 자부심도 느꼈다. 어떤 사람에게 내가 특히 더 가까운 존재가 되었다는 그런 뿌듯함이었다.

집으로 돌아오는 길에 생각에 잠겼다. 라이프 에펜디는 정말 단순하고 텅 빈 사람일까? 아무 목표도, 열정도 없고, 사람들, 가장 가까운 사람에게도 전혀 집착하지 않는다는 건 확실하다…. 그렇다면 그는 뭘 원하는 걸까? 늦은 밤 거리를 배회하도록 그를 내모는 것은 어쩌면 공허함이나 막막함이 아닐까?

거기까지 생각이 미칠 즈음 내가 살던 호텔 앞에 도착했다. 나는 간신히 침대 두 개가 들어가는 호텔 방에서 친구와 함께 살았다. 여덟 시가 지나고 있었다. 아무것도 먹고 싶지 않아 방으로 올라가 책이나 읽을까 하다가 이내 포기했다. 늘 이 시간이면 호텔 아래층에 있는 찻집에선 축음기 볼륨을 끝까지 높이고, 옆방에 사는 시리아 출신 나이트클럽 가수가 업소에 나가기 전 치장을 하면서 귀가 째지도록 새된 소리로 아랍 노래를 부르기 때문이다.

나는 발길을 돌려 진흙탕인 아스팔트 길을 따라 케치외렌 쪽으로 걷기 시작했다. 양쪽 길가에는 자동차 정비소와 금방이라도 주저앉을 것같이 허름한 찻집들이 있었다. 조금 더 가자 오른쪽에는 언덕 쪽으로 집이 죽 늘어서고, 왼쪽 약간 아래로는 낙엽 진 나무가 빽빽한 정원들이 이어졌다. 나는 옷깃을 세웠다. 습하고 차가운 바람이 세차게 불었다. 갑자기 계속 걷고 싶고 뛰고 싶은, 술 취했을 때나 들던 충동이 일었다. 몇 시간이고 며칠이고 이렇게 걸을 수 있을 것만 같았다. 걷다 보니 어디인지조차 놓치고 말았다. 한참을 걸었다. 바람이 더 드세져 가슴을 밀치며 가로막았다. 이 거친 힘에 맞서 헤치고 나아간다는 희열이 샘솟았다.

내가 왜 이곳까지 왔는지 문득 의아해졌다…. 아무것도, 이유 따위는 없었다. 무슨 작정을 한 것이 아니라 그냥 걸은 것이다. 길 양옆에 늘어선 나무들이 바람에 신음했고, 하늘의 구름은 빠르게 달려갔다. 앞으로는 검은 바위 언덕이 어렴풋이 윤곽을 드러내고 있었다. 그 위를 기어가는 구름들이 몸 일부를 남겨놓고 가는 것 같았다. 나는 눈을 감고 걸으며 젖은 공기를 들이마셨다. 머릿속에서 끄집어내던져버린 질문이 되살아났다. 왜 여기에 왔는가? 바람은 어젯밤과 흡사했다. 어쩌면 잠시 후에 눈발이 날릴 수도 있다…. 어젯밤 이곳에서 다른 남자가, 김 서린 안경을 쓰고, 모자는 손에 들고, 가슴은 풀어헤치고, 빠른 걸음으로 걷다가 갑자기 뛰었다…. 짧고 듬성듬성한 머리칼 새로 바람이 파고들었을 것이다. 바람은 그의 뜨거워진 머리를 얼마나 식혀줬을까? 그의 머릿속엔 무엇이 있었을까? 그의 머리, 쇠약하고 늙은 몸은 왜 여기로 왔을까? 라이프 에펜디가 어둡고 추운 밤에 어떻게 걸었는지, 어떤 표정이었는지 상상하려 했다.

이제야 내가 왜 이곳에 왔는지 알게 되었다. 그를, 그의 머릿속에서 지나가는 것들을 이곳에서는 더 잘 볼 수 있으리라고 기대한 것이다. 하지만 모자를 날리려는 바람, 웅웅대는 나무들 그리고 시시각각으로 변하는 구름 말고는 아무것도 보이지 않았다. 그와 같은 곳에 산다고 해서 그와 똑같이 산다는 의미는 아니었다. 퍽이나 순진하거나 나처럼 넋이 나간 사람이 아니고야 이렇게 생각하는 사람은 없을 것이다.

나는 서둘러 호텔로 돌아왔다. 찻집의 축음기 소리와 시리아 여자의 노랫소리는 더 이상 들리지 않았다. 친구는 침대에 누워 책을 읽다 나를 흘낏 바라봤다.

"뭐야, 난봉질이라도 하다 오는 길이야?"

사람들은 서로를 얼마나 이해할 수 있는 걸까…. 나는 다른 사람의 마음속에 들어가 그가 감춰둔 영혼, 질서정연하든 뒤죽박죽이든 그 내면을 들여다보고 싶었다. 세상에서 가장 형편없고 가장 단순해 보이는 사람도 경이로운 내면을 품고 있을 수 있고, 가장 어리석은 사람도 고뇌에 찬 영혼의 소유자일 수 있다. 왜 우리는 이 사실을 직시하지 않고 미적거리며, 세상에서 제일 쉬운 일이라는 듯 사람이라는 피조물을 이해하고 판단 내리는 걸까? 왜 우리는 처음 본 치즈의 특성을 말할 때는 주저하면서, 처음 만나는 사람에 대해서는 단박에 결론짓고 아무렇지도 않게 넘어가는 걸까?

한참 동안 잠들지 못했다. 흰 침대보를 덮고 열에 들떠 누운 라이프 에펜디가 젊은 딸들과 지친 아내의 체취가 가득한 방에서 숨 쉬는 모습이 머리에서 떠나지 않았다. 그의 눈은 감겨 있었다. 그의 영혼이 어디를 떠도는지는 아무도 알지 못했다.


이번에는 라이프 에펜디의 병이 특히 오래갔다. 여느 감기 같지가 않았다. 누레틴 씨가 데려온 늙은 의사는 겨자즙을 추천하면서 기침약도 함께 처방해줬다. 나는 이삼 일에 한 번씩 그의 집에 들렀고, 갈 때마다 상태는 점점 나빠지는 것 같았다. 하지만 당사자는 그다지 걱정하지 않는 것처럼 보였다. 오히려 대수롭지 않다며 병세를 무시했다. 어쩌면 가족에게 걱정을 끼치고 싶지 않았기 때문일 수도 있다.

미흐리예 부인과 네즐라는 정반대였다. 불안감에 사로

잡혔고 이 기운을 퍼뜨렸다. 미흐리예 부인은 오랜 세월 고생하면서 생각하는 능력도 잃어버린 듯 멍한 채로 환자가 있는 방을 들락거렸고, 그의 등에 겨자즙을 발라줄 때는 들고 있던 행주나 접시를 떨어뜨리기 일쑤였으며, 방 안이나 밖에서 뭔가를 잃어버리고는 허둥지둥 찾으러 돌아다녔다. 맨발에 슬리퍼를 신고 사방으로 뛰어다니던 부인의 모습, 애원하듯 나를 응시하던 부인의 눈길이 지금도 눈에 선하다. 네즐라도 어머니만큼이나 불안해했고 큰 슬픔에 잠겨 있었다. 학교에도 가지 않고 아버지를 지켰다. 저녁 무렵 나는 환자를 보러 갔다가 아이의 충혈되고 부은 눈을 보고 방금 전까지 울고 있었다는 걸 알아챘다. 하지만 이 모든 것이 라이프 에펜디의 신경을 더욱 곤두서게 만들었다. 우리 둘만 남으면 그는 불평하곤 했다. 심지어 한번은 이렇게 말했다.

"아니, 왜들 저래? 내가 당장 죽기라도 해? 그리고 죽으면 또 어때? 무슨 상관이야? 내가 자기들한테 뭔데?"

그러고는 더욱 가차 없이 매정하게 덧붙였다.

"난 식구들한테 아무것도 아냐…. 내내 그래왔어. 여러 해 동안 우린 한집에서 살았어…. 그런데도 내가 누구인지 아무도 궁금해하지 않았지…. 그런데 지금은 내가 죽어버릴까봐 걱정들 하고 있어….”

“아니, 라이프 에펜디, 무슨 말씀을 그렇게 하세요? 사실 뭐, 지나치게 호들갑스럽긴 하지만, 그래도 그렇게 말씀하시는 건 옳지 않습니다. 아내와 딸이잖아요!”

“그래, 내 아내와 딸…, 그뿐이야.”

그는 고개를 돌렸다. 그 마지막 말을 이해하지 못했고, 다른 걸 묻기도 뭣해서 아무 말도 하지 않았다.

누레틴 씨는 식구들을 진정시키기 위해 내과 의사를 불러왔다. 의사는 한참 진찰하더니 폐렴이라고 진단했다. 사람들이 놀라는 것을 보고는 몇 마디 덧붙였다.

“아니, 뭐, 그렇게 심각하진 않습니다. 다행히 저항력이 있고 심장도 튼튼하니 회복될 겁니다. 그래도 조심해야 합니다. 감기 걸리지 말고. 병원으로 옮기면 더 좋겠군요!”

미흐리예 부인은 병원이라는 말을 듣자 완전히 넋이 나가고 말았다. 홀에 있는 의자에 털썩 주저앉으며 흐느껴 울기 시작했다. 누레틴 씨도 발끈해서는 얼굴을 찡그리며 “그게 무슨 말이오? 병원보다는 집에서 더 잘 간호할 거요!” 하고 말했다.

의사는 자기가 관여할 바 아니라는 듯 어깨를 으쓱하며 방을 나갔다.

처음에는 라이프 에펜디도 병원에 가고 싶어 했다. "거기선 최소한 차분하게 생각이란 걸 할 수 있을 것 같아"라고 말했다. 혼자 있고 싶은 게 분명했다. 하지만 다들 반대하자 뜻을 접었다. 절망적으로 미소 지으며 중얼거렸다. "어차피 병원에서도 가만히 내버려두진 않을 테니까, 뭐."

어느 금요일 저녁, 지금도 기억 난다. 라이프 에펜디의 머리맡 의자에 앉아 아무 말 않고 그르렁거리는 그의 숨소리를 들었다. 방에는 우리 둘뿐이었다. 협탁 위 약병들 사이에 놓인 커다란 주머니시계 소리가 째깍째깍 온 방을 채우고 있었다. 환자가 움푹 들어간 눈을 뜨고는 말했다.

"오늘은 좀 나아졌어!"

"당연히 그래야지요. 이렇게 지속되면 안 되잖아요…."

그러자 약간 슬픈 목소리로 그가 물었다.

"근데, 언제까지 이럴까?"

나는 질문에 담긴 의미를 이해하고는 공포에 휩싸였다. 그의 목소리에 묻어나는 지루함과 피로가 그 말뜻을 확인해줬다.

"왜 그러세요, 라이프 씨?"

그가 내 눈을 똑바로 쳐다보며 집요하게 물었다.

"그렇지만, 필요 없지 않나? 이제 충분하잖나?"

이때 미흐리예 부인이 들어왔다. 나에게 다가오며 "오늘 괜찮은 것 같아요! 이제 이겨내겠지요!"라고 말을 건넸다. 그러고선 남편에게 "일요일에 빨래할 건데… 사무실에 있는 당신 수건을 이분이 가져다주면 좋을 텐데요" 하고 말했다.

라이프 에펜디는 그리하자는 의미로 고개를 끄덕였다. 부인은 서랍에서 뭔가를 찾아 들고는 다시 밖으로 나갔다. 남편의 병세가 약간 차도를 보이는 것만으로 근심거리가 다 날아간 것 같았다. 그녀의 머릿속은 집안일, 음식과 빨래로 가득 차 어느새 과거로 돌아가 있었다. 그녀는 다른 평범한 사람들처럼 슬픔에서 기쁨으로, 흥분에서 평온으로, 단숨에 감정이 옮겨갔다. 그리고 여느 여자들이 그렇듯 모든 걸 빨리 잊었다.

라이프 에펜디의 눈에 깊고 슬픈 미소가 어렸다. 그는 고개를 끄덕여 발치에 걸린 재킷을 가리켰다.

"저기 오른쪽 호주머니에 열쇠 하나가 있을 거야. 그걸 가지고 사무실 내 책상 맨 위 서랍을 열게. 거기서 아내가 말한 수건을 좀 가져다주게…. 수고스럽겠지만…."

"내일 저녁에 가지고 오겠습니다!"

그는 눈을 천장에 고정시키고 한동안 아무 말도 하지 않왔다. 그러다 갑자기 내게로 고개를 돌렸다.

"그 서랍에 있는 걸 전부 다 가져다주게나. 뭐든 간에…
아내도 아마 내가 다시 회사에 가지 못할 거라는 걸 예감한
것 같네…. 난 이제 다른 곳으로…."

여기까지 말한 후 그는 얼굴을 베개에 묻었다.


다음 날 저녁, 퇴근 전에 라이프 에펜디의 책상으로 갔
다. 오른쪽으로 서랍 세 개가 나란히 있었다. 먼저 아래쪽
서랍 두 개를 열었다. 하나는 텅 비었고 다른 하나에는 서
류 뭉치와 번역 초고들이 있었다. 이어서 맨 위 서랍에 열
쇠를 꽂는 순간 소름이 돋았다. 라이프 에펜디가 오랜 세월
앉았던 의자에 내가 앉아, 그가 매일 몇 번이나 반복하던
행동을 내가 그대로 하고 있다는 것을 깨달았다. 급히 서
랍을 열었다. 거의 빈 것 같았다. 지저분한 수건 한 개, 신
문지로 싼 비누 한 조각, 도시락 뚜껑, 포크, 싱거 표 주머
니칼 외엔 별게 없었다. 이것들을 재빨리 종이에 쌌다. 서
랍을 제자리에 밀어넣고는 자리에서 일어났다. 그때, 서랍
에 정말 아무것도 남지 않았는지 확실히 해둬야겠다는 생
각이 들었다. 그래서 다시 열고 안쪽 끝까지 손을 뻗어 더
듬었다. 맨 안쪽에 노트 같은 것이 잡혔다. 얼른 집어 다른

물건들 사이에 던져 넣고 밖으로 뛰쳐나왔다. 사무실에 머물수록 라이프 에펜디가 이 의자에 다시 앉지 못할 것이고, 이 서랍들을 다시 열 수 없으리라는 생각이 머릿속에서 떠나지 않았다.

도착하니 온통 북새통이었다. 네즐라가 문을 열어줬고, 나를 보자 "어떡해요? 어떡해요?"라며 고개를 저었다. 나는 어느새 가족처럼 여겨져 아무도 나를 손님으로 생각하지 않았다.

"아빠 상태가 다시 나빠졌어요! 오늘 두 번이나 발작을 일으키시고, 너무 무서웠어요. 이모부가 의사를 불러와서 지금… 주사를 놓고 있어요…."

네즐라는 이렇게 말하고는 서둘러 환자가 있는 방으로 들어갔다.

나는 안으로 들어가지 않았다. 홀에 앉아 종이로 싼 꾸러미를 앞에 내려놨다. 미흐리예 부인이 몇 번이나 밖으로 나왔지만 이 남루한 물건들을 건네기가 멋쩍었다. 안에서는 사람이 죽음을 눈앞에 두고 사투를 벌이는 상황에서 가족에게 그의 지저분한 수건과 낡은 포크를 내미는 것은 때에 맞지 않는 행동인 것 같았다. 자리에서 일어나 가운데 있는 큰 탁자 주위를 맴돌았다. 그러다 장식장 거울에 비친 내 모습을 보곤 깜짝 놀랐다. 얼굴이 하얗게 질려 있었던 것이다. 심장이 빠르게 뛰기 시작했다. 누가 됐든 삶과 죽음 사이에 놓인 큰 다리에서 사투를 벌이는 건 끔찍한 일이었다. 그에게 가장 가까운 사람들, 그러니까 아내, 딸, 친척들이 있는데 내가 그들보다 더 마음을 쏟고 슬퍼하는 건 주제넘은 행동이라고 생각했다.

이때 응접실 문틈 사이로 시선이 이끌려 들어갔다. 가까이 다가가니 라이프 에펜디의 처남인 지하트와 외다트가 보였다. 그들은 소파에 나란히 앉아 담배를 피우고 있었다. 답답해 죽을 지경이며, 집 안에 갇혀 나가지 못해 불만스러운 기색이 역력했다. 누르텐은 안락의자에 앉아 손으로 머리를 괸 채 울고 있었다. 어쩌면 자는 건지도 몰랐다. 약간 떨어진 곳에 라이프 에펜디의 처제인 페르훈데가 아이 둘을 품에 안고, 아이들이 소란 피우지 않게 하려고 용을 쓰고 있었다. 하지만 그녀가 뭘 하든, 어떻게 하든 아이들을 달래는 데 얼마나 날탕인지 고스란히 보였다.

환자의 방문이 열렸다. 의사가 앞서고 뒤이어 누레틴 씨가 따라 나왔다. 둘 다 아무렇지 않은 척했지만 착잡한 표정은 감추지 못했다.

의사가 말했다.

"환자 곁을 떠나지 마십시오. 발작을 일으키면 그 주사를 놓아주시고요."

누레틴 씨는 눈썹을 치켜뜨며 물었다.

"위독한가요?"

의사는 이런 상황에서 모든 의사들과 똑같은 답변으로 대응했다.

"두고 봐야지요!"

그러곤 다른 질문으로 이어져 난처해지지 않도록, 특히 환자 부인한테 곤욕을 치를까봐 두려운 듯 다급하게 외투를 입고 모자를 썼다. 그리고 누레틴 씨가 미리 준비해뒀다가 내민 금화 3리라를 얼굴을 찡그리며 받고는 집을 나갔다.

나는 환자가 있는 방으로 천천히 다가가 들여다보았다. 미흐리예 부인과 네즐라는 근심에 싸여 누워 있는 남자를 바라보고 있었다. 그는 눈을 감고 있었다. 네즐라가 나를 보더니 들어오라고 고갯짓을 했다. 부인과 딸은 내가 환자의 상태를 보고 어떤 반응을 보일지 궁금한 것 같았다. 그 뜻을 알아챘기에, 나는 온힘을 다해 감정을 다스리려고 애썼다. 나는 안심한 듯한 표정으로 고개를 가볍게 끄덕였다.

그런 후 왼쪽에 거의 머리를 맞대고 선 여자들을 돌아보며 억지로 웃어 보였다.

"그리 두려워하실 필요는 없는 것 같습니다…, 회복하실 겁니다!"

환자가 가늘게 눈을 떴다. 한동안 나를 쳐다보았지만 알아보지 못하는 듯했다. 그런 후 안간힘을 써 아내와 딸 쪽으로 고개를 돌렸다. 알아듣기 힘든 말을 몇 마디 하더니 얼굴을 찡그리고 무언가를 가리키려 했다.

네즐라가 다가가 물었다.

"아빠, 뭐 드릴까요?"

"아니, 좀 나가 있지 그래."

무척 가냘프고 갈라진 목소리였다.

미흐리예 부인이 우리에게 나가자는 몸짓을 했다. 하지만 환자는 담요 밖으로 손을 뻗어 내 손목을 잡고는 "자네는 여기 있게"라고 말했다.

두 여자가 깜짝 놀랐다. 네즐라가 "아빠, 팔 꺼내지 마세요" 하고 말했다.

라이프 에펜디는 '알아, 알아!'라는 듯 머리를 빠르게 끄덕였고, 그들에게 다시 나가라고 신호했다. 두 사람은 수상쩍다는 눈길로 나를 보며 방에서 나갔다.

라이프 에펜디는 내가 완전히 잊고 있던, 내 손에 들린 꾸러미를 가리켰다.

"모두 가져왔나?"

처음에는 무슨 말인지 몰라 그의 얼굴만 빤히 쳐다보았다. 이 모든 의식이 이걸 묻기 위해서였단 말인가? 그는 여전히 내 얼굴을 살피고 있었다. 열망에 가득 찬 듯 눈이 반짝였다.

그 순간, 익히 알고 있는 검은 장정 노트를 떠올렸다. 나는 그걸 한 번도 펼쳐보지 않았고, 거기에 뭐가 적혀 있는지 궁금해하지도 않았다. 라이프 에펜디에게 이런 노트가 있을 거라고는 전혀 생각하지 않았던 것이다.

나는 황급히 꾸러미를 열고 그 안에 있는 수건과 다른 잡동사니들을 문 뒤에 있는 의자에 올려놨다. 그런 뒤 노트를 집어 라이프 에펜디에게 보여줬다.

"이걸 찾으시는 겁니까?"

그가 고개를 끄덕였다.

나는 천천히 노트를 펼쳐 뒤적였다. 호기심이 억누를 수 없이 커졌다. 비망록이었다. 크고 고르지 못한 글씨들, 급히 휘갈겨 쓴 글씨들이 단정한 괘선을 넘나들고 있었다. 첫 쪽을 보았다. 제목은 없었다. 오른쪽에 '1933년 6월 20일'

이라는 날짜가 있었다. 날짜 바로 아래에서 글은 이렇게 시작했다.

어제 이상한 일이 일어났다. 세월의 수레바퀴를 거꾸로 돌려 십 년 전 그 시간으로 나를 다시 데려갔다….

다음 글을 읽지 못했다. 라이프 에펜디가 다시 팔을 뻗어 내 손을 잡았다.

"읽지 말게!"

그는 이렇게 말하고는 고갯짓으로 방 한쪽을 가리키며 중얼거렸다.

"저기다 던져버리게나."

그가 가리킨 곳을 바라보았다. 분리대 뒤로 붉은 불꽃이 활활 타오르고 있었다.

"난로에 말입니까?"

"그래!"

이 순간 나의 호기심이 극에 달했다. 내 손으로 라이프 에펜디의 비망록을 불태워버리는 짓은 하지 않을 것이고, 할 수도 없는 일이었다.

"안 됩니다, 라이프 씨! 아깝지 않습니까? 오랜 세월 당신의 친구가 되어준 비망록인데, 불태워 없애서야 되겠습니까?"

"이젠 필요 없네!"

그는 다시 난로를 가리키며 "더 이상 아무 쓸모도 없어…" 하고 중얼거렸다.

그의 생각을 바꾸기는 불가능해 보였다. 모두에게 감춰온 영혼을 이 노트에 쏟아부었고, 이제는 함께 사라지고 싶은 것이리라.

아무것도 남기고 싶어 하지 않고, 죽음을 향해 외로움조차 함께 끌어안고 가는 이 남자를 나는 물끄러미 바라보았다. 마음속에 끝없는 연민과 함께 그의 운명에 대해 한없이 관심이 일었다.

"라이프 씨, 이해합니다! 네, 아주 잘 이해합니다. 당신이 가졌던 모든 걸 조용히 덮어두려는 마음, 옳아요. 이 비망록을 없애버리고 싶어 하는 것도 옳습니다…. 하지만, 단 하루만이라도 기다려줄 수 없습니까?"

그는 '왜?'라는 눈빛으로 나의 얼굴을 쳐다보았다.

기왕 시작한 말을 이으며, 마지막 방법을 써보려고 바짝 다가갔다. 그러고는 그에게 느끼는 나의 지대한 관심과 사랑을 눈길에 담으려고 최대한 노력했다.

"이 노트를 하룻밤만 제게 맡겨주시겠습니까? 우리가 그래도 긴 나날을 친구로 지냈는데 당신에 관해서 제게 아무것도 말해주지 않으셨습니다…. 당신을 궁금해하는 게 당연하지 않겠습니까? 저한테도 이렇게까지 숨기실 필요가 있습니까? 제게 당신은 이 세상에서 가장 소중한 분입니다. 그런 저한테 다른 사람들처럼 무의미하다고 말하고 두고 가시려는 겁니까?"

저절로 눈물이 글썽였다. 가슴에 격정이 차올랐으나 멈추지 않고 말을 이었다. 몇 달이나 내가 다가가지 못하도록 피하던 이 남자에게 내 영혼에 쌓인 억울함을 이 순간 다 쏟아내는 것 같았다.

"사람들을 믿지 않는 건 그러실 만하다고 생각합니다. 그래도 예외라는 건 없나요? 있을 수 없나요? 당신도 사람이잖아요…. 당신 행동은 결국 헛된 이기심일 뿐이에요."

여기서 입을 다물었다. 위중한 환자에게 할 얘기가 아니라는 데 생각이 미쳤다. 그도 아무 말 하지 않았다. 나는 안간힘을 다해 마지막으로 말했다.

"라이프 씨, 저를 이해해주세요! 저는 지금까지 당신이 살아온 여정 초입에서 이제 막 인생을 시작하는 사람입니다. 저는 사람들을 이해하고 싶고, 무엇보다도 사람들이 당신에게 뭘 어떻게 했는지 알고 싶습니다."

그는 고개를 세차게 저으며 내 말을 잘랐다. 무슨 말인가를 중얼거렸다. 나는 몸을 숙였다. 얼굴에 그의 숨결이 느껴졌다.

"아냐, 아냐! 사람들은 아무것도 하지 않았어. 아무것도…. 다 내가, 다 내가…."

갑자기 말이 끊겼고, 턱이 가슴으로 떨어졌다. 숨이 한층 가빠졌다. 방금 벌어진 일로 탈진한 것이 분명했다. 내 영혼도 지치기 시작했다. 아주 잠깐, 나는 노트를 난로에 던지고 도망칠 생각을 했다. 환자가 다시 눈을 떴다.

"누구의 잘못도 아니야…. 나도 잘못이 없어!"

그는 말을 잇지 못했다. 기침이 터졌다. 마침내 그는 눈으로 노트를 가리키며 '읽게나, 알게 될 걸세'라고 허락했다.

내내 기다린 답을 듣자마자 나는 검은 장정 노트를 얼른 주머니에 집어넣었다.

"내일 아침에 다시 가져와서 당신이 보는 앞에서 태울게요!"

라이프 에펜디는 조금 전까지 자기를 내보이는 걸 극도로 꺼리던 사람이 맞는지 혼란스러울 정도로 무심하게 어깨를 으쓱했다. 마치 '자네가 알아서 해!'라며 모든 걸 내려놓듯이.

삶의 가장 소중한 부분을 기록해둔 게 확실한 이 노트에서도 이젠 관심을 거둔 것이었다. 나는 그의 손등에 입을 맞췄다. 몸을 일으키려 하자 그가 나를 붙잡고 끌어당겼다. 그러고는 먼저 내 이마, 그다음 뺨에 입을 맞췄다. 고개를 들어 보니 그의 눈가에서 관자놀이로 눈물이 흐르고 있었다. 라이프 에펜디는 눈물을 감추려고도, 닦으려고도 하지 않고, 눈을 깜박이지도 않고 나를 바라보았다. 더 이상은 나도 마음을 억누를 수가 없었다. 소리도 없고 말도 없는, 고요한 눈물이 쏟아졌다. 지극히 깊은 곳에서 애끓는 슬픔을 마주할 때 터져 나오는 눈물이었다. 그와 헤어지는 게 얼마나 힘들지 알고 있었다. 하지만 이것이 그렇게 끔찍한 고통을 가져올 줄, 그때는 알지 못했다.

라이프 에펜디가 다시 입술을 달싹였다. 들릴 듯 말 듯 가느다란 소리가 들려왔다.

"자네와 지금처럼 길게 얘기를 나눠본 적이 한 번도 없어…. 안타까워…."

거기까지 말하고 그는 눈을 감았다.

이렇게 우리는 헤어진 것이다. 문 앞에서 기다리던 사람들이 나의 일그러진 얼굴을 볼까봐 뛰다시피 현관을 지나 거리로 뛰쳐나갔다. 뺨에 흐른 눈물이 차가운 바람에 말라붙었다. 나는 계속해서 혼잣말을 중얼거렸다. "안타까워…. 너무 안타까워…."

호텔에 도착해보니 친구는 이미 잠들어 있었다. 침대로 들어가 머리맡 스탠드를 켜고는 당장 라이프 에펜디가 노트에 담아놓은 이야기를 읽기 시작했다.

1933년 6월 20일

    어제 이상한 일이 일어났다. 세월의 수레바퀴를 거꾸로 돌려 십 년 전 그 시간으로 나를 다시 데려갔다. 지워버렸다고 여기던 이 기억들은 이제 절대로 나를 떠나지 않을 것이 분명하다…. 어떤 배신자가 우연히 내가 가던 길에 그들을 보낸 걸까? 지난 십 년 동안 빠져들었던 깊은 잠에서, 이제야 서서히 익숙해져 무감각해진 나를 누가 잔인하게 깨웠단 말인가? 미쳐버릴 것 같고 죽을 것 같다는 말은 거짓말이 될 것이다. 사람은 견디지 못할 거라고 여기던 것에도 어떻게든 자기를 끼워 맞추고 버텨낸다. 나도 견딜 것이다…. 하지만 어떻게? 앞으로 남은 삶은 끔찍한 고문이 될 것이다. 그래도 견뎌낼 방법을 찾겠지…. 지금까지 그래온 것처럼.

그러나 이제는 견딜 수 없다. 이 모든 걸 머릿속에 담아둘 순 없다. 말할 것들이 있다. 너무나 많다…. 하지만 누구에게? …이 거대한 세상에 나처럼 철저하게 외로운 누군가가 또 있을까? 누가 내 얘길 끝까지 들어준단 말인가? 어디서부터 시작해야 하나? 지난 십 년 동안 누구에게 뭔가를 말한 기억이 없다. 부질없이 사람들에게서 도망치고, 부질없이 사람들을 쫓아냈다. 이제 뭘 할 수 있을까? 돌아갈 수도 없고 그래봐야 아무 소용도 없다. 그러니까 그럴 운명이었다는 것이지. 말할 수만 있다면… 한 사람에게라도 속을 털어놓을 수 있다면…. 아무리 진심으로 원한다 해도 이제 그런 사람을 찾는 건 불가능하다. 찾을 힘도 남지 않았다. 남아 있다 하더라도 찾지 않을 것이다. 이 노트를 왜 샀겠는가 말이다. 한 조각이라도 희망이 있었다면 세상에서 가장 싫어하는 글쓰기를 할 생각이나 했을까? 하지만 사람들은 때때로 마음에 담긴 것을 털어놓아야 해…. 어제 그 사건만 벌어지지 않았더라도…. 아, 차라리 어제 진실을 마주치지 않았더라면… 어쩌면 변변찮은 위안에라도 기대 그럭저럭 살아갈 수 있었을 텐데….

어제 길을 걷다가 우연히 두 사람과 마주쳤다. 한 명은 처음 보는 얼굴이고, 다른 한 명은 이 세상에서 나와 가장 거리가 먼 부류였다. 이 사람들이 내 인생에 이렇게 커다란 영향을 미칠 줄 누가 상상이나 했을까?

어차피 글을 쓰려고 마음먹었으니 차분하게 처음부터 설명해야겠다. 몇 년 전, 아니 십 년, 십이 년 전으로 돌아가야 한다… 어쩌면 십오 년…. 이 시간들을 새롭게 만나려는 참이다…. 어쩌면 이 시간들을 거닐면서 끔찍하게 두려웠거나 무의미하고 사소했던 일들을 완전히 파악하면 그 영향에서 벗어날 수도 있을 것이다. 어쩌면 내가 글로 옮기려는 시간들이 그 후 살아온 시간보다 딱히 더 고통스럽지 않다는 사실을 깨달아 숨통이 트일 수도 있을 것이다. 많은 것이 생각보다 덜 중요하고 단순하다는 걸 알고는 왜 그렇게 흥분했는지 부끄러울 수도 있을 것이다… 어쩌면….


아버지는 하우란 출신이다. 나도 거기서 태어나고 자랐다. 초등학교도 거기서 다니고, 한 시간 정도 떨어진 에드레미트 사립 중고등학교를 다녔다. 제1차 세계대전 막바지인 열아홉 살에 징집됐는데 훈련소에 있을 때 휴전이 됐다. 고향으로 돌아와 다시 학교를 다녔지만 졸업은 하지 못했

다. 어차피 공부하고 싶은 열망도 별로 없었다. 학업 도중
에 입대했던 일 년, 그리고 그 지역에서 계속된 복잡한 상
황에 학업 욕구가 식어버렸다.

휴전 후에는 모든 게 느슨해졌다. 제대로 된 정부도, 확
고한 이념과 목표도 남지 않았다. 어떤 지역은 외국군이 점
령했고, 갑자기 생겨난 여러 조직은 제각각의 이름 아래 때
로는 적군에게 대항했고 때로는 마을을 습격해 강도짓을
했다. 어제는 영웅으로 불리던 두목이 일주일 후에는 제거
되어 시체가 에드레미트의 코나크외뉘 광장에 걸렸다고
발표되기도 했다. 이런 시절에 네 벽 사이로 숨어들어가 오
스만 제국사 혹은 도덕담화道德談話를 읽는다는 건 쉽게 납
득할 만한 행동이 아니었다. 그렇지만 고향에서 상당한 재
력가로 통하던 아버지는 나를 공부시키겠다는 의지가 확
고했다. 아버지는 내 또래 대부분이 X자 모양으로 탄띠를
두르고 마우저* 총을 어깨에 멘 조직원이 되어 적군의 손
에든 도적떼의 손에든 결국 죽는 것을 보고 나의 미래를
두려워하기 시작했다. 사실 나도 가만히 있을 수만은 없
어 몰래 준비하고 있었다. 그때쯤 점령군이 마을에 들어

* 독일 마우저Mauser가 발명한 5연발 소총.

왔고, 영웅이 되려던 나의 환상은 마음속에 묻어둘 수밖에 없었다.

　몇 달 동안 부랑아처럼 배회했다. 친구들은 대부분 자취를 감추고 말았다. 아버지는 나를 이스탄불로 보내기로 결정했다. 어디로 갈지 구체적인 목적지는 당신도 몰랐다. 단지 "적당한 학교 한 군데를 찾아서 공부해보렴!" 하고 말씀하셨다. 아버지가 아들을 얼마나 모르는지를 확인하는 데는 이걸로 충분했다. 나는 늘 어눌하고 세상과 어울리지 못하는 은둔자가 아니던가.

　그렇지만 내 마음속에는 비밀스런 동경이 있었다. 학교 다닐 때 선생님에게 칭찬을 받은 수업이 하나 있었다. 나는 그림을 꽤 잘 그렸다. 이스탄불에 있는 예술학교에 가고 싶다는 생각을 이따금 했고, 달콤한 상상을 하기도 했다. 어차피 난 어릴 때부터 현실보다는 상상 세계에 사는 조용한 아이였다. 천성적으로 지나치게 수줍음을 타 흔히들 바보가 아닌가 오해했고, 그런 일들로 나는 몹시 속상하기도 했다. 무엇보다 두려운 건 사람들이 나를 대하는 잘못된 생각들을 제대로 돌려놔야만 하는 상황이었다. 학교에서 친구들이 저지른 잘못을 뒤집어쓰는 일도 잦았지만, 나의 결백을 밝히고 스스로를 지켜내는 말 한마디도 용기 있게 하지 못했다. 그저 집에 들어와 구석진 곳을 찾아들어 훌쩍일 뿐이었다. "아이고, 넌 계집애로 태어났어야 했는데, 잘못 태어났구나!" 하던 부모님의 말, 특히 아버지가 말씀하시던 기억이 또렷하다. 어릴 적 나는 우리 집 정원의 후미진 구석이나 시냇가에 혼자 앉아 정처 없이 흐르는 생각에 젖을 때가 제일 행복했다.

이 몽상들은 실제 생활과는 정반대로 대담하고 광활했다. 모험과 영웅이 넘쳐났다. 그동안 읽은 수많은 외국 소설 속 주인공처럼, 나도 달콤하고 신비로운 열정에 사로잡혔다. 건넛마을의 파흐리예라는 소녀가 환상의 대상이었다. 나는 영웅이었고, 내 말에 무조건 복종하는 부하들과 함께 사방을 휘젓고 다녔다. 가면을 쓰고 허리에는 쌍권총을 차고 힘차게 돌격해 소녀를 산에 있는 나의 멋진 동굴로 납치했다. 처음에는 두려워서 발버둥 치겠지. 그러다가 내가 나타나면 벌벌 떠는 부하들이 얼마나 많은지 보게 되겠지. 동굴에 그득 쌓인, 세상 어디에도 없는 호화찬란한 보물을 보고 놀라 자빠질 거야. 마침내 내가 가면을 벗으면 소녀는 기쁨을 감추지 못하고 환희의 비명을 지르며 내 목을 얼싸안겠지…. 이렇게 상상하곤 했다. 때로는 위대한 탐험가처럼 아프리카를 여행하고, 식인종 사이에서 전례 없는 모험을 하고, 아무도 밟지 않은 땅에 첫발을 내딛기도 하고, 어떨 때는 유명한 화가가 되어 유럽을 여행하기도 했다. 내가 읽은 모든 책의 저자들, 그러니까 미셸 제바코*, 쥘 베른, 알렉산더 뒤마, 아흐메트 미트하트 에펜디**, 외지히 베이***가 내 머릿속에 상상력을 불어넣었다.

아버지는 내가 허구한 날 소설을 읽는 것에 화를 냈고, 때로는 책을 집어던지기까지 했다. 어느 날 밤에는 방의 불도 켜지 못하게 했다. 하지만 나는 어떻게든 소설을 읽을 방도를 찾아냈다. 작은 등유 램프 아래서 『레미제라블*Les Misérables*』이나 『파리의 비밀*Les Mystères de Paris*』****에 빠져든 나를 붙잡은 밤, 아버지는 마침내 미련을 버리고 나를 내버려두기로 했다. 나는 손에 잡히는 모든 것을 읽었고, 이미 읽은 모든 것, 예를 들면 『르코크 탐정*Monsieur LeCoq*』***** 같은 추리물이든, 무라트 베이의 역사물이든, 무엇이든 그 힘에 사로잡히곤 했다.

* Michel Ževaco, 1860~1918. 프랑스 작가, 신문 기자, 영화 감독.
** Ahmet Mithat Efendi, 1844~1912. 터키 소설가, 신문 기자, 출판인.
*** Vecihi Bey, 1869~1904. 터키 소설가, 본명 메흐메트 외지히.
**** 프랑스 소설가 외젠 쉬의 작품.
***** 프랑스 추리소설가 에밀 가보리오의 소설.

고대 로마사에서 무키우스 스카이볼라*라는 대사는 적군과 평화협상을 할 때, 제시한 조건을 수락하지 않으면 죽음의 고통을 맛보게 해주겠다는 위협에 대한 응답으로 옆에 있던 불에 팔을 쑤셔넣고 팔꿈치까지 지지면서 조용히 협상을 계속했다. 위협 따위에 꺾이지 않는 용기를 보여주는 대목에 큰 감명을 받아, 나도 똑같이 손을 불에 넣고 단호함을 시험하고 싶은 갈망에 휩싸였다. 결국 손가락만 심하게 데고 말았지만. 고요히 미소를 머금은 채 끔찍한 고통을 견뎌낸 이 남자에 대한 환상은 뇌리에서 떠나지 않았다. 한때는 나도 글을 쓰고 심지어 시도 끼적거렸다. 하지만 금세 포기하고 말았다. 마음속에 뭔가를 담고 있다 한들, 어떤 형태로 그것을 표출하는 두려움과 무의미하고 쓸데없는 겁에 짓눌려 끝내 글을 쓰지 못했다. 하지만 그림은 계속 그렸다. 그림은 내면의 무언가를 드러내는 걸로 느껴지지 않았다. 외부 세계에 있는 어떤 것을 가져와 종이에 새로운 생명을 불어넣는 과정에서 나는 매개자일 뿐, 그 이상 아무것도 아니었다. 하지만 시간이 흘러 사실은 이렇지 않

* 로마 건국 신화에 등장하는 인물로 죽음을 두려워 않는 용감한 행동으로 에트루리아인의 침략을 물리쳤다.

다는 것을 알게 되자 그림 역시 그만뒀다…. 항상 그렇듯 바로 그 두려움 때문에….

그림이 표현 양식이며 불가피하게 내면 표현이 될 수밖에 없다는 것을 이스탄불의 예술대학에서 누구의 도움도 받지 않고 깨달았다. 미술 공부를 계속하는 것이 소용없는 짓 같았다. 어차피 교수들도 내게서 그다지 재능을 발견하지 못했다. 집이나 아틀리에에서 끼적거린 것 중 가장 무의미한 것들만 내보였으니 말이다. 조금이라도 나의 내면을 표현했거나 나의 어떤 특성을 드러내는 그림들은 꽁꽁 숨겼으며, 꺼내기가 부끄러웠다. 이런 그림들이 우연히 누군가의 손에 들어가면 발가벗겨진 여인처럼 숨이 턱 막히고 새빨갛게 달아올라 도망쳤다.


뭘 해야 할지 몰라 한동안 이스탄불에서 배회했다. 전쟁은 휴전 중이었고, 도시는 견딜 수 없을 만큼 방종하고 혼란스러웠다. 하우란으로 돌아가겠다고 아버지한테 돈을 보내달라고 했다. 열흘쯤 뒤 아버지로부터 길고 긴 편지가 왔다. 그것은 아들이 출세하기를 바라시는 아버지의 마지막 노력이었다.

아버지는 독일 화폐가치가 폭락했기 때문에 외국인들

이 무척 싸게, 이스탄불보다 적은 비용으로 독일에서 살 수 있다는 것을 어디선가 들으셨고, 내가 그곳으로 가서 비누 제조업, 특히 향기 나는 비누 제조업을 배우기를 원하셨다. 그러면서 여비와 독일에서 지낼 돈을 보냈다고 알려왔다. 나는 뛸 듯이 기뻤다. 비누 만드는 기술에 관심이 생겨서가 아니라, 어릴 적부터 꿈꾸던 환상의 원천인 유럽을 볼 기회가 이렇게 불쑥 다가왔기 때문이었다. '이 년 동안 거기서 비누 사업을 배워라. 그리고 고향에 돌아와서 여기 있는 우리 비누 공장을 확장하고 개량해서 네가 직접 경영을 해라. 너도 사업을 해 자리 잡으면 행복이 뭔지 알고 풍족하게 살 수 있을 게다'라고 아버지는 편지에 쓰고 있었다. 하지만 난 이런 것들은 생각조차 하지 않았다….

내 계획은 외국어를 배우고, 이 언어로 된 책을 읽는 것이었다. 무엇보다 중요한 건 지금까지 소설로만 만나던 사람들을 바로 이 유럽에서 직접 만나고 마주 보는 것이었다. 어차피 내가 주위 사람들과 섞이지 못하고 성격이 황폐한 것도 책에서 알고 받아들인 사람들을 현실에서 찾지 못했기 때문이 아닌가 말이다.

나는 일주일 만에 채비를 마치고 기차에 올랐다. 기차는 불가리아를 거쳐 베를린으로 갔다. 외국어는 전혀 할 줄 몰랐다. 독일로 가는 나흘 동안 공부한 포켓형 회화책을 보고 외운 문장 서너 개에 의지해 하숙집을 찾아갔다. 하숙집 주소는 이스탄불에서 미리 메모해뒀다.

처음 몇 주 동안은 최소한의 생존에 필요한 독일어를 배우고, 넋을 놓고 거리를 둘러보면서 돌아다녔다. 그러나 처음 왔을 때 느낀 경이로움은 그리 오래가지 않았다. 따지고 보면 또 다른 도시였을 뿐이다. 거리가 조금 더 넓고, 아주 깨끗하며, 사람들의 피부가 더 하얀 도시. 하지만 정신없이 빠져들 만큼 혹하게 하는 것은 없었다. 내가 꿈꿔온 유럽을 아직 알지 못하기에, 지금 살고 있는 이 도시가 그동안 내가 상상해온 유럽에 비해 뭐가 부족한지 판단할 순 없었다…. 우리가 마음속에 그리는 멋진 것들과 견줄 만한 건 이 세상에 존재하지 않는다는 걸 미처 깨닫지 못한 때였다.

언어를 배우지 않고는 일을 시작할 수 없어, 제1차 세계 대전 때 터키에 있으면서 터키어를 조금 익힌 퇴역 군인에게 수업을 받기 시작했다. 하숙집 여주인도 비는 시간에 나와 수다 떠는 것을 좋아했기 때문에 말을 배우는 데 도움이 됐다. 하숙집에 머무는 다른 손님들은 터키인과 친구가 되는 걸 기회로 여겨 말도 안 되는 질문들을 퍼붓는 바람에 골치가 아팠다. 저녁 식탁엔 꽤 다양한 사람들이 모여 활기가 넘쳤다. 특별히 세 사람, 네덜란드인 과부인 반* 티데르만 부인, 포르투갈 무역업자로 카나리아 군도에서 베를린으로 오렌지를 수입하는 카메라 씨, 그리고 나이 많은 됩케 씨가 나를 살갑게 대했다. 됩케 씨는 독일 식민지인 카메룬에서 무역을 하다가 휴전 협정 이후 모든 것을 그만두고 조국으로 돌아온 사람이었다. 몇 푼 건진 돈으로 소박하게 살면서, 낮에는 종일 베를린에서 당시 유행하던 정치 모임에 나가고 밤에는 하숙집으로 돌아와 낮에 들은 인상 깊은 이야기들을 해주며 하루하루를 보냈다. 가끔씩은 제대 이후 백수가 된 독일 군인들을 집으로 데려와 그들과 몇 시간이고 논쟁을 벌였다. 내가 어중간하게 이해하기론, 이들은 '철의 재상' 비스마르크 같은 의지 강한 사람이 통치해야 하고 지체 없이 무장해 새로운 전쟁을 일으켜서 무너진 정의를 바로세우는 것이 독일 해방이라고 생각들을 하고 있었다.

때때로 하숙집 손님 한 명이 나가고 다른 손님이 그 방에 들곤 했다. 시간이 흐르면서 이런 식으로 바뀌는 등장인

---

* 네덜란드어 van은 이름 앞에 붙어 '~가문 출신'을 뜻한다.
프랑스어 de, 독일어 von, 스페인어 don도 마찬가지로
성 앞에 붙여 귀족임을 나타내지만 요즘은 거의 쓰지 않는다.

물의 변화에 익숙해졌다. 식사를 하던 어두운 거실에 항상 켜 있던 전등의 빨간 갓, 하루도 거르지 않고 풍기는 다양한 양배추 요리 냄새, 식사 때마다 불붙는 정치 논쟁은 이제 지루해지기 시작했다. 특히 정치 논쟁은 견딜 수가 없었다. 모두가 나름대로 독일을 구할 방법을 주장했다. 하지만 이 모든 주장은 정작 독일과는 아무런 상관이 없고 각자의 이해관계가 얽힌 것이었다. 고리대금업을 하다가 재산을 몽땅 날린 늙은 여자는 전쟁에서 진 군인들에게 화를 냈고, 군인들은 파업하는 노동자와 전쟁을 계속하고 싶어 하지 않는 군인들이 잘못하고 있다고 생각했으며, 식민지에서 사업하는 사람은 뜬금없이 전쟁을 일으킨 제국에 욕설을 퍼부었다. 매일 아침 내 방을 정리하는 젊은 여자조차 나와 정치 얘기를 하고 싶어 했고, 시간 날 때마다 신문을 들이팠다. 그녀도 현란한 주장을 펼쳤다. 자기주장을 내보일 기회라도 생기면 흥분해서 꽉 쥔 주먹을 허공에 대고 흔들었고 얼굴은 홍당무처럼 시뻘겋게 변했다.

　나는 독일에 왜 왔는지 잊은 것 같았다. 비누 사업 문제는 아버지에게서 편지를 받을 때만 떠올렸다. 나는 답신을 보내, 아직 독일어를 배우기 바쁘고 곧 이 분야의 직업학교를 찾아 지원할 거라고 전했다. 이렇게 나는 아버지뿐 아니라 나 자신도 속이고 있었다. 하루하루 시간이 흘러갔다. 그동안 이 도시를 샅샅이 훑었다. 박물관과 동물원도 돌아다녔다. 인구 수백만의 도시가 보여줄 수 있는 모든 것을 불과 몇 달 만에 다 봐버린 것이 절망적으로 느껴질 정도였다. '유럽이야, 이게… 여기에 도대체 뭐가 있다는 거야?' 라고 뇌까렸다. 이렇게 생각하다 보니 세상 자체가 기본적으로 무척 지루한 곳이라는 결론까지 이르는 것은 한순간이었다. 오후에는 대로를 따라 인파를 헤치고 돌아다니며 사람들을 구경했다. 무슨 대단한 일이라도 해낸 듯이 근엄한 표정으로 귀가하는 남자들, 아직도 군인처럼 걷는 남자의 팔에 매달려가는 천박한 미소와 지루한 눈빛의 여자들.

아버지에게 완전히 거짓말을 하고 싶지는 않아 비싼 비누를 생산하는 회사에 지원했다. 몇몇 터키 친구들이 입사를 도와줬다. 스웨덴에 본사가 있는 이 비누 회사의 독일 직원들은 나를 꽤 호의적으로 맞아줬다. 그들은 우리가 전우*였다는 것을 잊지 않고 있었다. 하지만 그들은 내가 하우란에 있는 우리 비누 공장에서 어깨너머로 배운 것보다 깊은 세세한 생산 공정은 알려주길 꺼렸다. 회사의 기밀을

---

* 제1차 세계대전 때 터키는 독일과 같은 진영의 동맹국이었다.

보호하려는 차원이려니 하고 받아들였다. 어쩌면 내가 일하겠다는 열정을 보이지 않았기 때문에 쓸데없이 시간 낭비를 하지 말자는 뜻으로 그랬는지도 모른다.

나는 점차 공장에 가지 않게 됐고, 그들도 내가 왜 오지 않는지 묻지 않았다. 그즈음 아버지는 드문드문 편지를 썼고, 나는 베를린에서 뭘 할지, 이곳에 왜 왔는지 전혀 생각하지 않고 되는대로 살아갔다.

일주일에 세 번 저녁에 퇴역 군인에게서 독일어 수업을 받는 것은 계속했다. 낮에는 박물관이나 새로 개관한 미술관에서 그림을 관람하면서 시간을 보냈다. 저녁에 돌아올 때면 하숙집까지 아직 백 걸음이나 남았는데도 양배추 냄새가 훅 끼쳐오곤 했다. 하지만 이제 처음처럼 지루하지는 않았다. 이제 독일어를 똑바로 읽는 법을 깨치기 시작했고 이게 대단한 즐거움이 되었다. 얼마 지나지 않아 독서는 거의 중독 수준에 이르렀다. 침대에 엎드려 한번 책을 펼치면 낡고 두꺼운 사전을 끼고 몇 시간이고 읽었다. 더러는 번거롭게 사전을 찾지 않고도 문맥을 헤아려 의미를 찾아낼 수 있었다. 눈앞에 새로운 세계가 열리는 것 같았다. 이제 내가 읽는 것들은 영웅이나 위인이 신기한 모험을 떠나는, 어린 시절에 번역본에서 본 이야기 수준을 넘어섰다. 책에는 나 자신, 내 주위, 내가 본 것들 그리고 들은 것들이 담겨 있었다. 예전에 봤지만 온전히 이해하지 못한 것들을 책이 말해주고 있었다. 그것들의 참된 의미가 본모습을 드러내기 시작했다.

러시아 작가들에게서 특히 깊은 영향을 받았다. 이반 투르게네프의 소설은 앉은자리에서 전부 읽었다. 그의 작품 중 하나가 며칠 동안 나를 휘저어놓았다. 단편 「클라라 밀리치*Clara Militch*」의 여주인공은 순진해빠진 청년을 사랑하게 되지만 속마음을 털어놓지 못한다. 대신 이런 바보와 사랑에 빠진 자기 자신을 벌주기로 하고 끝내 독약을 마신다. 이유를 알 순 없지만, 나는 여주인공 클라라가 무척 가깝게 느껴졌다. 마음속의 진실한 감정을 말하지 못한다는 점에서, 가장 강하고 심오하고 아름다운 부분들을 두려움과 부러움으로 억눌러버린다는 점에서 나는 그녀에게서 나를 발견했다.

베를린의 박물관에 있는 옛 거장들도 덜 지루하게 사는데 도움이 되었다. 국립미술관에서 몇 시간이고 그림을 바라보고 나서는 나중에 그림 속 얼굴과 풍경을 머릿속에서 며칠이고 되살려내기도 했다.

독일에 온 지 거의 일 년이 되어가는 즈음이었다. 비 내리고 어두컴컴하던 10월 어느 날—기억이 너무나 또렷하다—신문을 뒤적이다 신진 화가들의 전시 비평이 눈에 들어왔다. 사실 나는 이들 새로운 세대의 작품을 별로 이해하지 못했다. 아마도 지나치게 과감하고, 어떤 식으로든 눈에 띄려 하기 때문에 좋아하지 않았으리라. 자신을 드러내려는 경향은 나의 기질과 달라 생경하고 혐오스러웠다. 그래서 신문에 나온 비평조차 읽지 않았다. 하지만 몇 시간 마음 내키는 대로 거리를 어슬렁거리며 산책하다 보니 신문에 실린 전시회장 앞에 서게 되었다. 달리 급한 일도 없었다. 우연이 이끄는 대로 안으로 들어가, 벽에 걸린 크고 작은 그림들을 무심하게 보면서 한동안 돌아다녔다.

그림은 대부분 웃음을 참기 어려운 수준이었다. 각진 어깨와 무릎, 불균형한 머리와 가슴, 크레이프지*로 만든 것처럼 삭막한 색채의 자연 풍경, 깨진 벽돌 조각처럼 형태가 없는 크리스털 꽃병, 오랜 세월 책갈피에 꽂혀 있었던 것 같은 생명 없는 꽃들, 그리고 죄수들을 그린 것 같은 음산한 초상화들…. 그래도 관람객들은 재미있는 모양이었다.

* 깃발이나 파티 장식에 사용되는 가볍고 주름진 종이.

고작 이 정도 노력으로 이렇게 큰 성취를 얻으려는 예술가들을 진작 마음속에서 밀어내버리는 것이 옳을 수도 있었다. 하지만 그들이 이해받지 못하고 놀림감이 되는 데서 뒤틀린 즐거움을 얻는다고 생각하자 연민을 느끼는 것 외에 달리 할 도리가 없었다.

그러다 주 전시관으로 가는 문과 가까운 벽 앞에 갑자기 멈춰 섰다. 그 순간의 느낌을, 그때 나를 휘감은 격정을 이만큼 세월이 흐른 지금도 설명할 길이 없다. 오로지 그곳에서, 모피 코트를 입은 어떤 여인의 초상화 앞에서 얼어붙고 말았다는 기억뿐이다. 사람들이 나를 이리저리 밀치고 지나갔지만 그 자리를 떠날 수가 없었다. 초상화에 무엇이 있었단 말인가? 말로는 이를 표현할 수 없으리라. 낯설고 강인하고 거만하며 심지어 야성적이었다. 그때까지 어떤 여성에게서도 보지 못한 표정이었다. 이 얼굴 혹은 이와 비슷한 얼굴을 어디에서도 보지 못했다는 것을 첫 순간에 이미 알았지만, 마치 아는 여자 같은 기분이 들었다. 창백한 얼굴, 짙은 갈색 머리, 짙은 눈썹, 그 아래 검은 눈, 그리고 가장 중요한 순진함과 굳은 의지, 끝없는 따분함과 강한 개성을 합친 그 표정은 결코 생소하지 않았다. 나는 이 여성을 일곱 살 때 읽은 책, 다섯 살부터 꿈꾸던 상상 세계에서 이미 알고 있었다. 나는 그녀에게서 할리트 지야*의 니할**, 외지히 베이의 메흐주레***, 기사騎士 뷔리단의 연인을 봤다. 역사책에서 읽은 클레오파트라, 심지어 예배에서 기도문을 들을 때 상상하던 무함마드의 어머니 아미나 하툰****의 모습도 떠올랐다. 상상 속에 있던 모든 여성이 그림 속 여자에게 뒤섞여 보였다.

그녀는 살쾡이 털로 된 모피 코트를 입고, 갸름한 얼굴을 약간 왼쪽으로 돌린 모습이었다. 그림 대부분에 그늘이 지고, 창백한 목선 일부만 눈부시게 희었다. 검은 눈은 먼 곳을 바라보며 깊은 생각에 빠져 있었다. 찾을 수 없는 뭔가를 갈구하는 마지막 한 가닥 희망에 매달리는 것 같았다. 그러나 이 눈빛에는 슬픔과 함께 도전하는 기색도 묻어났다. "그래요, 내가 찾으려는 걸 끝내 못 찾을 수도 있을 거예요…. 그래서, 그게 뭐 어떻단 말인가요?"라고 말하는 것 같았다. 도전의 기색은 아래쪽이 조금 더 부풀어 오른 도톰한 입술에서도 드러났다. 눈꺼풀은 약간 부어 있었다. 눈썹

* Halit Ziya, 1866~1945. 터키 소설가.
** 할리트 지야의 소설 『금지된 사랑』에 나오는 여주인공 이름.
*** 외지히 베이의 소설 제목이자 여주인공 이름.
**** Hatun, 여성 이름 다음에 붙는 존칭. '부인'이라는 의미.

은 두껍지도 얇지도 않았지만 길이가 약간 짧았다. 다갈색 머리칼은 넓은 이마를 감싸면서 뺨으로 흘러내려 코트의 살쾡이 털과 섞여들었다. 날렵한 턱선은 앞으로 뻗고 코는 가늘고 길었으며, 콧방울은 약간 도톰했다.

나는 부들부들 떨면서 전시 카탈로그를 펼쳤다. 이 그림을 더 자세히 알고 싶었다. 카탈로그 제일 아랫부분에 그림 번호와 함께 단어 세 개가 있었다. 마리아 푸데르<sup>Maria Puder</sup>, 자화상. 이것뿐이었다. 전시회에 이 화가의 작품은 이 자화상이 유일하다는 것을 알 수 있었다. 나는 그게 약간 마음에 들었다. 이 멋진 그림을 그린 여성의 다른 그림은 이렇게까지 큰 영향을 미치지는 못할 거라고, 심지어 나의 첫 경탄을 반감시킬 거라고 생각하며 두려워했다. 나는 늦은 시간까지 전시장에 머물렀다. 가끔 주변을 돌며 멍한 눈으로 다른 그림들을 봤지만 어느새 같은 곳으로 돌아가 한참 동안 그 그림을 바라보았다. 갈 때마다 얼굴에서 새로운 표정이 나타났고, 그녀는 천천히 살아나는 것처럼 보였다. 아래를 향한 시선은 은밀히 나를 살피고 입술도 약간 움직였다고 생각했다.

시간이 흘러 사람들이 돌아가고 전시관은 텅 비었다. 문 옆에 선 키 큰 남자는 아마도 내가 빨리 나가길 기다렸으리

라. 황급히 정신을 차리고 밖으로 나왔다. 도시에는 가랑비가 내리고 있었다. 이날은 처음으로, 여느 저녁처럼 거리에서 어정거리지 않고 곧장 하숙집으로 돌아왔다. 서둘러 저녁을 먹고 방으로 들어가 혼자 그 얼굴을 눈앞에 떠올리고 싶은 마음이 간절했다. 식탁에서도 한마디도 하지 않았다.

"오늘은 어디 다녔어요?" 하고 하숙집 여주인 헤프너 부인이 물었다.

"뭐 특별히 어디 간 것은 아니고, 그냥 돌아다녔습니다. 그러다 현대 회화 전시회를 하는 화랑에 들어갔어요."

식탁에 있던 사람들은 저마다 현대 회화에 대해 아는 것들을 쏟아내기 시작했다. 나는 슬그머니 일어나 방으로 왔다.

옷을 벗으려는데 재킷 주머니에서 신문이 떨어졌다. 신문을 집어 책상에 올려놓으려니 갑자기 심장이 쿵쾅거리기 시작했다. 아침에 찻집에서 읽은, 전시회 비평이 실린 그 신문이었다. 그 그림에 대해서든 화가에 대해서든, 비평에 한 줄이라도 담겨 있는지 보고 싶어 거의 찢듯이 신문을 펼쳤다. 나처럼 굼뜨고 좀체 흥분하지 않는 사람이 이렇게 다급하게 행동하는 것에 나 자신도 놀랐다. 비평을 처음부터 훑어나갔다. 그러다 카탈로그에서 본 이름에서 눈길이 멈췄다. 마리아 푸데르.

전시회에 그림을 처음 출품한 이 젊은 예술가에 대해 신문에선 제법 많은 지면을 할애하여 소개하고 있었다. 그녀가 고전주의자들의 노선을 걸으려 하며, 순간적인 표정을 포착하는 재능이 놀랄 만큼 뛰어나다고 적혀 있었다. 특히 이 여성 화가가 자화상을 그리는 많은 예술가들과 달리 '일부러 추하게 꾸미기' 같은 경향에 빠지지도 않고 '과장된 아름다움'을 좇지도 않는다고 칭찬했다. 비평은 그림의 새로운 표현 기법을 몇 가지 언급한 뒤 초상화 속 여자가, 이상한 우연이지만 표현이나 양식 면에서 안드레아 델 사르토*의 〈아르피에의 성모 Madonna delle Arpie〉 그림에 있는 성모 마리아와 놀랄 만큼 닮았다는 의견을 내놨다. 그러고선 반쯤 농담 투로 '모피 코트를 입은 마돈나'에게 성공을 기원한다고 덧붙이며 다른 화가에 대한 언급으로 넘어갔다.

다음 날 아침 일찍, 복제화를 파는 유명 상점으로 달려가 〈아르피에의 성모〉부터 찾았다. 커다란 사르토 화집에서 그 그림을 찾았다. 꽤나 형편없는 복제화여서 원작의 감동을 느끼기엔 턱없이 부족했으나, 비평을 쓴 사람의 말이 옳다는 것은 충분히 알아챌 수 있었다. 마돈나는 성스러운

* Andrea del Sarto, 1486~1530. 르네상스 전성기의 피렌체 화가.

아이를 품에 안고 받침대에 올라서서 땅을 내려다보고 있었다. 오른쪽에 있는 수염 난 남자와 왼쪽 젊은이에게는 전혀 신경 쓰지 않는 듯이. 고개를 갸웃하는 마돈나의 얼굴과 입술에서 나는 어제 그림에서 본 번민과 분노를 확연히 볼 수 있었다. 낱장으로 파는 그림을 사들고 나는 얼른 방으로 돌아왔다. 자세히 들여다볼수록 대단히 가치 있는 작품이라는 확신이 들었다. 태어나서 처음으로 진정한 마돈나를 본 것이다. 지금까지 본 모든 성모 마리아 그림은 마리아를 너무나 순진무구하게 표현해서 작품 자체를 우스꽝스럽게 만들어버릴 정도였다. 이런 그림들에서 마리아는 때로는 품에 안은 아이를 내려다보며 "보셨지요? 신이 나에게 어떤 선물을 하사하셨는지!"라고 말하고 싶은 어린아이 같았다. 때로는 이름도 모르는 어떤 남자의 은혜로 잉태하는 바람에 느닷없이 인생에 끼어든 아이를 멍하니 바라보는 하녀처럼 그려지기도 했다.

그러나 사르토의 그림 속 성모 마리아는 어떻게 생각해야 하는지를 배우고, 어떻게 살아가야 하는지를 결정하고, 세상을 하찮게 여기기 시작한 여성이었다. 그녀는 양쪽에 간청하듯 서 있는 성인들에게도, 품에 안고 있는 메시아에게도 눈길을 주지 않는다. 더구나 하늘을 올려다보는 게 아니라 땅을 내려다본다. 그녀의 눈은 분명 땅에 있는 뭔가에 고정돼 있었다.

나는 그림을 책상에 올려놨다. 눈을 감고 전시회에 걸려 있던 그림을 상상했다. 바로 그때, 그림에 묘사된 여성이 현실 세계에 존재한다는 데 생각이 미쳤다. 그렇지, 이건 자화상이잖아! 이 멋진 여성이 어딘가에 살고 있고, 그녀의 깊고 검은 눈이 길 건너 사람을 쳐다보고, 아랫입술이 더 도톰한 입을 열어 말을 할 것이다…. 그녀가 세상에 있다! 그녀가 살아 있다! 어디선가, 언젠가는, 그녀를 볼 수도 있을 것이다…. 이런 가능성에 생각이 미치자 엄청난 공포에 압도됐다. 나처럼 아무 경험도 없는 남자가 여자를, 그것도 그녀 같은 여자를 마주하고 만난다는 건 상상만으로도 두려움 그 자체였다.

그때 나는 스물네 살이었지만 그 나이가 되도록 어떤 여자와도 모험에 뛰어든 적이 없었다. 하우란에 있을 때 나보다 나이 많은 동네 친구들과 함께 술 마시고 벌인 몇 가지 무용담과 방탕한 일탈이 있었지만, 나는 그런 행각들을 끝내 이해하지 못했다. 말수 적고 부끄러움 타는 나의 천성 때문에 다시 이런 모험을 벌일 용기를 낼 수도 없었다. 내가 아는 여자들이라곤 모두 상상 속에 있었다. 그들은 온갖 모험을 함께하지만 내가 더운 여름밤 올리브 나무 아래 누워 지어낸 피조물일 뿐이다. 물론 나도 몇 년 동안 아무에게도 말하지 않고 어느 소녀를 사랑한 적이 있었다. 이웃에 사는 파흐리예가 나의 연인이었다. 꿈속에서는 파렴치할 정도로 부도덕한 관계를 몇 번이나 맺었음에도 그녀와 길에서 마주치기라도 하면 기절할 것처럼 심장이 뛰고, 얼굴이 새빨갛게 달아올라 도망칠 곳을 찾았다. 라마단* 기간 밤에 그녀가 어머니와 함께 등불을 들고 예배 드리러 가는 걸 보려고 집에서 몰래 도망쳐 그녀의 집 대문 맞은편에 몸을 숨기곤 했다. 하지만 마침내 대문이 열리고 은은한 주황 불빛 아래 온몸을 감싼 검고 긴 실루엣이 보이기 무섭게 나는 벽으로 돌아서선 그들이 내가 있는 것을 알아챌까 봐 덜덜 떨곤 했다.

끌리는 여성을 만날 때 내가 처음 하는 생각은 도망치는 것이었다. 그런 여성과 마주하고 만나는 순간부터 나의 모든 시선과 모든 행동이 속마음을 드러내지 않을까, 그런 두려움과 숨 막히는 부끄러움에 휩싸여 세상에서 가장 가여운 인간이 되곤 했다. 청소년기에는 어떤 여자의 눈

* 무슬림들이 한 달간 일출부터 일몰까지 금식하는 기간.

도, 심지어 어머니의 눈도 똑바로 바라본 적이 없었다. 그 후 이스탄불에서 살던 무렵에는 이런 바보 같은 부끄러움을 극복하기 위해 친구들 소개로 몇몇 여자를 만났고 이들과 편하게 지내려고 애를 썼다. 하지만, 그녀들이 내게 사소한 관심이라도 보일라치면 나의 모든 의도와 결심과 용기는 날아가버리고 말았다. 나는 절대 결백한 사람이 아니었다. 상상 속에서 그녀들과 즐길 때 나는 사랑에 능란한 고수들도 주눅이 들 만큼 뜨거운 장면들을 연출했다. 그녀들이 불타오르는 입술로 내 입술을 찍어 누르는 상상은 현실의 삶에서 얻을 수 있는 것보다 훨씬 강렬한 흥분을 불러일으켰다.

그러나 전시회에서 본 모피 코트 입은 여자 그림은 상상에서조차 만질 엄두를 낼 수 없을 만큼 나를 뒤흔들었다. 그녀와 사랑을 나누는 장면은 고사하고, 만나서 친구처럼 앉아 있는 것마저도 상상할 수가 없었다. 내가 바라는 건 그저 그림 앞에 몇 시간이고 서 있는 것이었다. 그렇게 서서 검은 눈동자, 보아도 보이지 않는 눈동자를 바라보는 것이었다. 이런 갈망은 갈수록 커졌다. 외투를 걸치고 다시 화랑을 향해 길을 나섰다. 이 상태는 몇 날 며칠이고 계속됐다.

매일 오후 그곳에 가서 그림을 하나하나 둘러보는 척 멈춰 서며 천천히 발걸음을 옮겼다. 그럴수록 안달이 났다. 나는 오로지 나의 마돈나에게 곧장 달려가고 싶을 뿐이었다. 간신히 조바심을 억누르며 마침내 그 그림에 다다르면, 나는 〈모피 코트를 입은 마돈나〉를 우연히 처음 본 것처럼 행동했다. 그리고 문이 닫힐 때까지 그림 앞에 서 있었다. 얼마 안 가 전시회 경비들과 거의 매일 그곳에 나오는 몇 안 되는 화가들이 나를 알아보기 시작했다. 화랑에 들어서면 그들은 환한 미소로 나를 반겼고, 그림에 열정적으로 관심을 보이는 이 이상한 사람을 한동안 눈으로 쫓았다. 나는 마침내 다른 그림 앞에서 시간을 보내는 시늉도 그만뒀다. 곧장 〈모피 코트를 입은 마돈나〉 앞으로 가 긴 의자 한쪽에 자리를 잡았다. 그리고 보고 또 보았다. 더 이상 볼 수 없을 만큼 눈이 피곤해지면 가끔 바닥으로 시선을 내렸다.

전시회에 있는 사람들의 호기심을 자극하는 것을 피할 길이 없었다. 어느 날 그토록 두려워하던 상황이 벌어지고 말았다. 화랑을 자주 찾은 예술가 대부분은 넓은 풀라르*

---

* 풀라 천을 뜻하는 패션 용어. 얇은 비단의 일종.

타이를 매고, 짙은 옷을 입고, 머리를 기른 남성들이었지만 그들과 간혹 어울려 이야기를 나누는 젊은 여성도 한 사람 있었다. 그녀 역시 화가일 거라고 나는 생각했다.

어느 날 그녀가 내게로 다가왔다.

"저 그림에 정말 관심이 많은가봐요? 매일 와서 그림을 보고 계신데."

나는 눈을 들려다가 지나치리만큼 격의 없고, 살짝 놀리는 듯한 웃음에 당황했다. 급히 시선을 내렸다. 하지만 한 걸음 정도 앞, 내 시선이 닿는 그곳에 그녀의 기다란 구두 코가 마치 대답을 기다리는 것처럼 내 얼굴을 바라보고 있었다. 눈을 조금 들자 짧은 치마 아래로 드물게 매끈한 다리가 보였다. 그녀는 가볍게 뒷걸음쳤고, 그러자 스타킹 아래 둥근 무릎까지 달콤한 파도가 번졌다.

내 대답을 듣지 않으면 갈 생각이 없다는 것을 눈치채고 나는 "네, 그래요! 아주 멋진 그림이에요…"라고 말했다. 그러고선, 이유는 모르겠지만 거짓말일지라도 설명을 해야 할 필요성을 느끼며 중얼거렸다.

"제 어머니를 많이 닮아서요…."

"아, 그러니까 그 때문에 이렇게 와서 몇 시간이고 바라보는군요!"

"네."

"어머니가 돌아가셨어요?"

"아니요!"

그녀는 내 말이 계속되기를 바라는 듯 기다렸다. 나는 여전히 바닥만 바라보며 덧붙였다.

"멀리 계시거든요."

"아, 그래요? 어디에요?"

"터키요."

"당신, 터키 사람인가요?"

"네."

"외국인이라고 생각했어요!"

그녀는 가볍게 폭소를 터뜨렸다. 그러고는 무척 자연스러운 태도로 내 옆에 앉았다. 다리를 꼬자 치마가 무릎 위로 말려 올라갔다. 얼굴이 벌겋게 달아오르는 게 느껴졌다. 늘 그랬던 것처럼. 내가 불편해하는 모습이 그녀를 더 즐겁게 만드는 것 같았다. 그녀는 다시 물었다.

"어머니 사진 가지고 있어요?"

나는 여자의 불필요한 관심에 짜증이 났다. 그저 놀리려고 이런다는 걸 알았기 때문이다. 분명 다른 화가들이 멀리서 우리를 바라보며 히죽히죽 웃고 있을 것이다.

"있어요, 하지만… 이 그림하고는 달라요!"

"아, 그래요. 그러니까 이 그림과는 다르다는 거군요."

그러면서 그녀는 또다시 웃음을 터뜨렸다.

나는 자리를 뜨려고 몸을 일으켰다. 그러자 여자가 말했다.

"불편해하지 마세요, 전 이제 가요…. 어머니와 단둘이 있게 해줄게요!"

그녀는 일어나 몇 걸음 걷는 듯했다. 잠시 후 갑자기 돌아서더니 다시 내 옆으로 왔다. 조금 전과는 다른 목소리로 그녀가 물었다. 진지한 데다 심지어 슬픔이 밴 음성이었다.

"진짜로 이런 어머니가 있으면 좋겠어요?"

"물론이지요, 아주 간절히."

"아…."

그녀는 몸을 돌려 천천히 멀어졌다. 고개를 들어 그 뒷모습을 바라보았다. 짧은 머리가 목덜미에서 찰랑거렸고, 손을 재킷 호주머니에 넣어 그렇지 않아도 딱 맞는 정장이 몸을 더 꼭 감싸고 있었다.

나의 마지막 말이 우리의 첫 대화를 거짓말로 끝내버렸다고 생각하자 당황스러워 견딜 수 없었다. 자리에서 벌떡 일어났다. 주위를 둘러볼 용기를 차마 내지 못하고 거리로 뛰쳐나왔다.

여행에서 만나 마음을 나누고 의지하게 된 동반자와 너무나 빨리 이별하는 것 같은 공허함이 가슴에 남았다. 이제 그 전시장에 다시는 발을 들여놓을 수 없으리라고 직감했다. 사람들이, 서로 전혀 이해하지 못하는 사람들이 나를 그곳에서도 도망치게 했다.

하숙집에 돌아오자 앞으로 닥쳐올 따분하고 무의미한 나날이 떠올랐다. 매일 저녁 식탁에서 인플레이션 때문에 살림 형편이 쭈그러진 고만고만한 서민들의 악다구니를 듣거나, 독일이 어떻게 해방되고 재건되어야 하는지 교조적인 훈시와 열변에 시달리겠지. 밤이 되면 방으로 들어가 투르게네프나 테오도어 슈토름*의 소설에 파묻히겠지. 이렇게 생각하니 내 삶이 지난 2주 동안 비로소 의미를 갖기 시작했다는 것을 알게 됐다. 그걸 잃는다는 것이 무슨 뜻인지도 깨달았다. 한 줄기 빛이 공허하고 무의미하게 흘러가던 내 삶을 비춰, 감히 꿈도 꾸지 못하던 어떤 가능성으로 내 곁에 다가왔다가, 왔던 것처럼 이상하게 한순간에 사라졌다.

* Theodor Storm, 1817~1888. 독일의 시인이자 소설가.

나 자신도 깨닫지 못했고 나의 영혼에도 고백하지 않았지만, 나는 모든 나날을 한 사람을 찾는 데 쏟아부었다. 다른 모든 사람들로부터 도망친 것도 그 때문이었다. 그 그림은 간절히 찾던 그 사람을 찾을 수 있고, 더욱이 그녀와 아주 가까이 있다는 것을 잠시나마 믿게 만들었고, 내 마음속에 다시는 잠재울 수 없는 희망을 일깨워줬다. 그만큼 절망감도 컸다. 주위 사람들에게서 도망쳤고, 더욱 더 나만의 세계로 꽁꽁 숨어들었다.

아버지에게 편지를 써 이제 귀국하고 싶다고 말할까도 생각했다. 하지만 '유럽에서 뭘 배웠느냐?' 물으시면 뭐라고 대답할 것인가? 차라리 몇 달 더 머물면서 향비누 사업을 제대로 배우기로 마음먹었다. 그저 아버지를 기쁘게 할 요량으로. 본사가 스웨덴에 있는, 예전 그 회사에 다시 지원했다. 그들은 처음처럼 따뜻하진 않았지만 그래도 나를 받아줬다. 나는 규칙적으로 공장에 다니기 시작했다. 일하면서 배우는 그들의 생산 기법과 화학 공식 들은 노트에 부지런히 옮겨적었다. 이 사업에 관한 책들도 구해 읽었다.

하숙집에 있는 티데르만 부인은 내게 관심이 많았다. 기숙사에 사는 열 살짜리 아들에게 주려고 산 어린이 소설을 나한테 읽게 한 뒤 감상을 묻기도 했다. 저녁 식사를 마치고는 어설픈 핑계를 대고 내 방에 와 한동안 수다를 떨곤 했다. 주로 내가 독일 여자들과 무슨 짓을 했는지 알고 싶어 했고, 사실을 얘기하면 '내가 모를 줄 알고? 이런, 이런 바람둥이 같으니라고!'라는 의미의 뻔한 미소를 지은 채 검지를 흔들면서 눈을 흘겼다.

어느 날 그녀는 오후에 함께 산책하자고 제안했고, 저녁 무렵 함께 집으로 돌아오는 길에 나를 억지로 맥줏집으로 끌고 갔다. 시간 가는 줄 모르고 늦게까지 술을 마셨다. 베를린에 온 이래 가끔 맥주를 마시기는 했지만 그날처럼 취한 적은 없었다. 맥줏집 천장이 머리 위에서 돌기 시작하더니 이내 정신을 잃고 티데르만 부인의 품으로 쓰러진 것만 기억난다. 한참 후 정신을 차리자, 이 마음씨 좋은 미망인이 웨이터에게 물수건을 청해 내 얼굴을 닦아주고 있었다. 나는 당장 집으로 돌아가자고 했다. 그녀는 계산을 자기가 하겠다고 고집을 부렸다.

밖으로 나와 보니 그녀도 나만큼 취해 휘청거렸다. 우리는 팔짱을 끼고 반대편에서 오는 사람들과 부딪치며 비틀거렸다. 자정이 가까웠기 때문에 거리는 그다지 붐비지 않았다. 그런데 맞은편 인도로 길을 건너려는 순간 상황이 이상하게 돌아갔다. 티데르만 부인의 발이 차도 가장자리 연석 어딘가에 걸렸다. 제법 살집이 있는 데다 어쩌면 키도 나보다 더 큰 부인은 균형을 잡으려고 나를 붙잡다가 내 목을 부둥켜안고 말았다. 그녀는 균형을 잡은 뒤에도 나를 놓지 않고 오히려 더 꼭 끌어안았다. 아마도 술기운 때문이었겠지만, 나도 부끄러움 같은 건 잊어버리고 그녀를 꽉 껴안았다. 서른다섯 살 여자의 굶주린 입술이 내 입술을 더듬었다. 자극적이고 격정으로 일렁이는 그녀의 더운 숨결이 내 몸에 향기처럼 서서히 퍼져나갔다. 지나가던 사람들 몇몇이 우릴 보며 키득거렸고 행복하라는 농을 던졌다.

그때, 열 걸음 앞 가로등 아래에서 우리 쪽으로 걸어오는 여성에게 눈길이 멈췄다. 설명할 수 없는 어떤 설렘으로 온몸이 떨리기 시작했다. 여전히 나를 안고 있는 여자는 내가 떨고 있다는 것을 눈치채고는 더욱 열에 들떠 내 머리에 키스를 퍼부었다. 하지만 나는 이제 그녀에게서 벗어나려고 버둥거렸다. 이쪽으로 다가오는 여성을 보고 싶은 마음뿐이었다. 그녀였다. 순간적으로 본 그 얼굴이 머릿속에서 뿌연 안개를 걷어내고 번개처럼 번쩍였다. 살쾡이 모피를 입고, 창백한 얼굴에 약간 긴 코와 검은 눈동자, 그림에서 본 바로 그녀, 나의 마돈나였다.

슬프고 따분하다는 표정으로 주변의 모든 것은 알 바 없다는 듯 걷고 있었다. 하지만 그녀는 우리를 봤고, 흠칫 멈춰 섰다. 그 순간 그녀와 눈이 마주쳤다. 그녀의 눈매에 미소 같은 것이 스쳤다. 나는 채찍으로 목덜미를 세차게 맞은 것처럼 깜짝 놀랐다. 비록 취한 상태였지만 어쩌다 이런 꼴로 그녀를 처음 만난 것인지 재앙처럼 느껴졌다. 그녀가 나를 어떻게 판단할지는 조금 전의 미소가 분명하게 보여준 셈이다.

마침내 티데르만 부인의 결박에서 벗어났다. 당장 뛰어가 '모피 코트를 입은 마돈나'를 따라잡으려 했다. 무슨 말을 할지, 뭘 할지도 모른 채 모퉁이까지 따라갔다. 하지만 그녀는 사라져버렸다. 몇 분 동안 주위를 둘러보았지만 아무도 없었다. 티데르만 부인이 다시 곁으로 왔다. "왜 그래요? 말해봐요. 무슨 일이에요?" 이렇게 묻고는 팔짱을 끼고 나를 하숙집 쪽으로 끌고 갔다. 가는 내내 내 팔을 자기 가슴에 누르며 내 얼굴 쪽으로 몸을 기울였다. 더운 숨결이 이제는 견딜 수 없을 정도로 역겨웠다…. 그래도 밀쳐내지는 않았다. 거절하는 방법을 배우지 못했기 때문이다. 내가 할 수 있는 거라곤 도망치는 것뿐이었다. 그런데 그마저도 할 수 없었다. 여자는 내가 세 걸음만 앞서가도 나를 잡아당겼다.

　나는 조금 전의 우연한 만남 때문에 완전히 멍했다. 취기가 달아나면서 이성적으로 생각하려 했고, 몇 분 전 나를 향해 미소 짓던 눈을 떠올리고 싶었다. 모든 것이 한바탕 꿈을 꾼 것만 같았다. 아니다, 그녀를 보았을 리가 없다, 그런 꼴로 그녀와 마주친다는 건 있을 수 없는 일이라고 나는 생각했다. 이 모든 건 옆에 있는 여자가 나를 부둥켜안고, 숨도 못 쉬도록 키스를 퍼붓고, 뜨거운 숨결을 얼굴에 뿜어대는 바람에 생긴 악몽이었다고…. 조금이라도 빨리 침대로 도망쳐 잠에 빠져들고 싶었다. 깊은 잠이 이 싸구려 환영을 쫓아내주길 갈망할 뿐이었다. 하지만 티데르만 부인은 나를 놓아줄 기미가 보이지 않았다. 집에 가까워질수록 더 과감해졌고, 억누르지 못한 욕구로 나를 더욱 강하게 억누르고 있었다.

　그녀가 계단에서 다시 내 목을 끌어안으려 했다. 가까스로 몸을 빼내 위층으로 뛰어 올라갔다. 그녀는 육중한 몸으로 계단을 뒤흔들며, 곧 숨이 넘어갈 듯 씩씩대며 내 뒤를 따라 뛰어왔다.

　서둘러 열쇠를 꽂으려 더듬거리고 있을 때 복도 반대쪽 끝에 옛 식민지에서 무역을 하던 뫼케 씨가 보였다. 그가 천천히 다가왔다. 이 시간까지 잠을 자지 않고 우리를 기다리고 있었다는 사실을 알아채고, 나는 숨을 깊게 들이마셨다. 재력 있는 신사인 그가 욕망이 활활 타오르는 과부에게 달콤한 갈망을 품고 있다는 것을 하숙집 사람들은 다들 알고 있었다. 게다가 여자도 남자의 진심을 완전히 나 몰라라 외면하진 않았다. 그래서 사람들은 티데르만 부인이 쉰 살이 넘어서도 건장한 늙은 미혼자를 부드러운 끈으로 묶어 둘 심산으로 꿍꿍이를 부린다고 수군거렸다. 두 사람은 복도에서 우연히 마주치자 한동안 멈춰 서 있었다. 나는 얼른 방으로 들어가 문을 걸어 잠갔다. 소리 죽여 주고받는 이야기가 들려왔고 대화는 한동안 이어졌다. 조심스러운 질문과 상처 주지 않으려는 해명이 오갔다. 그 해명은 믿으려 애쓰는 사람의 의심과 분노를 녹여줬다. 잠시 후 발소리와 속삭이는 소리와 함께 둘은 복도의 다른 쪽으로 멀어지더니 마침내 사라졌다.

　침대에 눕자마자 잠이 들었다. 새벽 무렵 악몽을 꾸었다. 꿈속에 '모피 코트를 입은 마돈나'가 여러 차례 모습을 바꿔 나타났고, 그때마다 매번 아름다운 미소로 내게 고통을 줬다. 그녀에게 뭔가 말하고, 뭐라고든 해명하고 싶었지만 그럴 수 없었다. 강렬한 검은 눈동자가 나의 입을 옴짝달싹 못 하게 만들었다. 그녀가 내게 유죄 선고를, 그것도 변경 불가능한 확정 판결을 내린 걸 생각할수록 고통스러웠고 깊은 절망에 몸부림쳤다. 해가 뜨기도 전에 잠에서 깨어났다. 머리가 아팠다. 전등을 켜고 뭐라도 읽으려 했다. 하지만 문장들은 눈앞에서 지워지고, 하얀 종이 한가운데 안개 속에서 폭소를 터뜨리며 딱한 나를 진심으로 비웃는 검은 눈동자가 나타났다. 어제저녁에 내 눈으로 본 것이 틀림없이 환상이라고 되뇌어도 마음을 다잡을 수 없었다.

일어나 옷을 입고 거리로 나갔다. 차갑고 눅눅한 베를린의 아침이었다. 거리에는 작은 손수레로 집집마다 우유와 버터, 작은 빵을 배달하는 아이들뿐이었다. 모퉁이에선 밤새 벽에 붙여놓은 혁명주의 성명서들을 경찰 몇 명이 뜯어내 찢느라 바빴다. 수로를 끼고 티어가르텐*까지 걸었다. 잔잔한 물에 백조 두 마리가 장난감처럼 미동도 없이 조용히 떠다녔다. 숲속 잔디와 벤치는 흠뻑 젖어 있었다. 벤치 한 곳에는 사람들이 앉았다 떠난 듯 구겨진 신문지와 머리핀 몇 개가 있었다. 이것들을 보자 어제저녁이 떠올랐다.

* 독일 베를린 중앙에 있는 큰 공원.

분명 티데르만 부인도 맥줏집에서 비틀거리며 돌아오는 길에 머리핀을 많이 떨어뜨렸을 것이다. 그리고 아마 지금은 늙은 돕케 씨 옆에서 세상모르고 잠들어 있을 것이며, 아침에 방 치우는 사람들이 일어나 움직이기 전에는 자기 방으로 돌아갈 생각도 하지 않을 것이다.

공장에 여느 때보다 일찍 갔고, 경비에게 친절하게 인사도 했다. 지금부터 온 힘을 다해 일에 열중하겠다고 작심했다. 나를 옥죄는 고통스런 환영이 그동안의 무위도식 때문에 생긴 것이니, 고통에서 벗어날 방편으로 일에 뛰어들 심산이었다. 장미 에센스를 넣는 큰 솥단지 옆에 자리를 잡았다. 장미향을 맡으며 시시콜콜 필기를 했다. 비누에 압인을 찍는 프레스가 어느 공장 제품인지를 메모할 때는 벌써 내가 하우란의 현대적인 비누 공장 책임자라도 된 양 '메흐메트 라이프-하우란'이라고 압인한 분홍색 계란형 비누가 부드럽고 향기 나는 종이에 싸여 터키 전역으로 팔려나가는 상상을 했다.

정오쯤 되자 앞날이 조금 밝아 보였고 고통도 점차 사그라지는 것 같았다. 너무나 오랫동안 아무것도 아닌 일로 고통받았고, 모든 잘못이 몽상과 내면에 간힌 채 허상에 사로잡혀 있었기 때문이라고 생각했다. 이제는 변할 참이었다.

책 읽는 것도 직업과 경력에 도움이 되는 것으로 가려 읽을 참이었다. 유복한 집안에서 태어난 내가 행복하지 못할 이유가 뭐란 말인가?

아버지의 올리브 농장, 하우란에 있는 공장 두 개, 그리고 비누 제조 공장이 나를 기다리고 있었다. 부유한 남편을 둔 두 누나도 사업을 거들 테니, 나는 우리 나라에서 존경받는 사업가로 살 수 있었다. 국군도 이제 조국에서 적들을 몰아냈고, 하우란을 해방시켰다. 아버지는 흥분해서 편지에 나라 사랑을 외치는 문장을 줄줄이 나열했다. 우리도 이곳 베를린에 있는 대사관에서 대대적인 모임을 갖고 승리의 흥분을 누렸다. 나는 가끔 평소의 조용한 기질에서 벗어나 뒵케 씨와 그의 할 일 없는 군인 친구들에게 독일이 어떻게 해방되어야 하는지, 아나톨리아 작전*에 대해 아는 것들을 주워섬기며 충고하기도 했다. 고통스러울 일은 아무것도 없었다. 무의미한—의미가 있다 하더라도 어쩌란

---

* 오스만제국 말기에 제1차 세계대전에 참전했다가 패하고 영토를 잃는 등 혼란을 겪으면서 그리스, 이탈리아, 프랑스 군대가 터키 여러 도시를 점령하자, 터키 공화국 설립자이자 초대 대통령인 아타튀르크가 이 점령군들에 맞서 조국을 수호하기 위해 아나톨리아 지역에서 개시한 작전. 터키 독립 전쟁의 시작으로 간주된다.

말인가—그림 한 점, 책 속 인물로 꾸며낸 허구가 왜 내 인생에 영향을 미치며, 왜 조바심쳐야 한단 말인가? 아니다, 난 이제 완전히 변할 테다….

그럼에도 저녁이 되어 어둑어둑해지자 마음속에 원인 모를 우울함이 내려앉았다. 식탁에서 티데르만 부인과 마주치지 않으려고 밖에서 저녁을 먹었고 맥주도 두 잔 마셨다. 하지만 아무리 애를 써도 낮에 품었던 낙관은 되돌아오지 않았다. 심장을 뭔가가 계속해서 답답하게 억누르는 것 같았다. 걸으면서 맑은 공기를 마시면 혼란스런 마음을 씻어낼 수 있지 않을까 기대하며 서둘러 계산을 치렀다.

밖에는 가랑비가 내렸고 하늘은 흐렸다. 도시의 환한 불빛이 뿜어내는 붉은 기운이 낮게 드리운 구름에 투영되었다. 쿠르퓌르스텐담 대로에 도착했다. 이곳 하늘은 훤했고, 수백 미터 위에서 내리는 빗방울조차 주황빛으로 물들었다. 거리 양쪽은 가지노*, 영화관, 극장이 즐비했다. 사람들은 비가 내리는데도 아랑곳 않고 거리를 거닐었다. 나는 무의미하고 관련 없는 것들을 생각하며 천천히 걸었다. 끈질기게 머릿속으로 들어오려는 어떤 생각에서 멀어지려

* 음식도 먹고, 공연도 보고, 음악도 들을 수 있는 유흥 장소.

고 애쓰는 것처럼. 그런 심정으로 몇 킬로미터나 되는 이 거리를 여러 번 왕복했다. 그런 뒤 오른쪽으로 접어들어 비텐베르크 광장을 향했다.

이곳엔 빨간 장화를 신고 여자처럼 화장한 청년들이 무리 지어 있었다. 이들은 카데베 백화점 앞 인도를 어슬렁거리다가 오가는 사람들을 유혹하는 눈빛으로 바라봤다. 나는 시계를 꺼냈다. 열한 시가 지나고 있었다. 시간이 이렇게나 흘러버린 것이다. 갑자기 발걸음이 빨라졌고, 근처 놀렌도르프 광장으로 향했다. 어디로 가는지 이번에는 잘 안다. 어젯밤 정확히 이 시간에 '모피 코트를 입은 마돈나'와 우연히 마주친 그곳으로 가는 것이다. 광장은 텅 비어 있었다. 북쪽에 있는 큰 극장 앞에 경찰 몇이 순찰을 돌고 있었다. 길 건너, 불과 하루 전 티데르만 부인과 비틀거리던 곳에 도착했다. 나는 저 앞 가로등 아래에 시선을 고정했다. 마치 그렇게 하면 간절히 보고 싶은 그 여성을 마법으로 불러낼 수 있을 것처럼. 어젯밤에 본 것이 망상이며 취한 내 머리가 지어낸 환영이라는 것을 스스로 그렇게 주입시켰건만, 지금 여기서 그녀를, 그 허상을 기다리고 있었다. 아침부터 줄곧 생각하던 자리에는 바람만 불 뿐이었다. 나는 또다시 예전처럼 세상과 동떨어진, 나만의 상상에 갇힌 꼭두각시이고 환상에 사로잡힌 포로였다.

그때 광장 한가운데를 지나 내가 있는 골목으로 누군가가 다가왔다. 나는 가까운 어느 집의 현관 사이에 몸을 숨기고 고개를 내밀어 광장을 살폈다. 짧고 거친 걸음으로 다가오는 사람은 바로 마돈나였다. 이번에는 착각일 리가 없었다. 정신이 멀쩡했으니. 메마른 구둣발소리가 한적한 거리 양옆으로 나란히 늘어선 건물 벽에 부딪치며 울려퍼졌다. 심장이 쫄아드는 것처럼 아프고 쿵쾅쿵쾅 뛰기 시작했다. 발소리가 꽤 가까워졌다. 나는 거리를 등지고 문을 만지작거렸다. 문을 열고 안으로 들어가려는 시늉을 하며 몸을 숙였다. 발소리가 바로 뒤까지 다가오자 나는 다리가 풀려 주저앉거나 비명을 지르지 않도록 안간힘을 쓰면서 벽을 짚었다. 그녀는 나를 지나쳐 가던 길을 계속 갔다. 나는 숨었던 곳에서 나와 그녀를 다시 시야에서 잃지 않을까 마음 졸이며 뒤를 따라가기 시작했다. 그녀와 마주치는 걸 그렇게나 두려워하면서도 대여섯 걸음 뒤에서 그녀를 뒤따르고 있었다. 그녀는 뒤를 밟는 나를 눈치채지 못한 것 같았다. 나는 왜 그녀가 볼지도 모른다는 생각에 벌벌 떨며 숨을 곳을 두리번거리면서까지 여기에 왔으며, 그녀가 오기를 기다렸단 말인가? 왜 이곳에 되돌아왔나? 왜 따라가는 건가? 정말 그녀가 맞나? 어느 시간에 어떤 거리를 지나간 여자가 정확히 24시간 뒤 같은 시간에 같은 거리를 지나갈 거라는 걸 어떻게 확신했단 말인가? 나는 이 모든 질문에 대답할 수 있는 상태가 아니었다. 심장이 걷잡을 수 없이 요동쳤다. 계속 그녀의 뒤를 따랐다. 한 걸음 한 걸음 내디딜 때마다, 그녀가 갑자기 뒤돌아서 나를 볼지 모른다는 생각에 조마조마했다. 고개를 숙인 채 아스팔트만 쳐다보면서, 발소리를 따라 걸었다. 갑자기 그녀의 발소리가 끊겼다. 나도 그 자리에 섰다. 고개를 더 깊이 숙이고 기다렸다. 아마 죄인 같았으리라. 아무도 내게 다가오지 않았다. "왜 날 따라오세요?"라고 묻는 이도 없었다. 몇 초가 지나서야 내가 선 거리가 다른 곳보다 밝다는 것을 알아챘다.

천천히 고개를 들었다. 여자는 보이지 않았다. 몇 발자국 앞에 환하게 입구를 밝힌 꽤 유명한 카바레가 있었다. 거리쪽으로 튀어나온 커다란 간판에 푸른색 전구들로 새긴 '아틀란틱'이라는 상호가 깜박였고, 그 아래에는 똑같은 푸른 전구들로 일렁이는 파도 장식이 있었다. 쇳조각으로 스팽글 장식을 한 반짝이 옷에다 빨간 모자를 쓰고, 키가 2미터쯤 되어 보이는 남자가 문 앞에서 몸을 숙여 나를 안으로 이끌었다. 그녀가 이곳으로 들어간 게 틀림없다고 생각했다. 주저하지 않고 남자에게 다가가 물었다.

"조금 전에 제 앞에서 걷던 모피 코트를 입은 여자가 여기 들어갔습니까?"

바람잡이 사내는 한층 더 몸을 기울이면서 "네!" 하고 대답했다. 그 얼굴에는 다 안다는 듯한 미소가 피어 있었다.

그녀가 이 술집 단골이라고? 의아했다. 매일 밤 같은 시간에 이곳에 온다면 단골일 가능성이 매우 높다. 나는 심호흡을 하면서, 하지만 침착하게 외투를 벗고 안으로 들어갔다.

안은 무척 붐볐다. 한복판 움푹 팬 곳에 둥그런 댄스 플로어가 있고, 그 뒤로 오케스트라가 자리 잡았다. 가장자리 높은 곳에는 은밀한 특실들이 줄지어 있고 대부분은 커튼을 친 상태였다. 특실에 있는 연인들은 춤을 추러 간혹 플로어에 나왔고, 다시 특실로 들어가선 커튼을 내렸다. 아무도 없는 특실 한 곳으로 들어가 앉았다. 맥주를 주문했다. 더 이상 심장이 쿵쾅거리지 않았다. 차분하게 주위를 살폈다. 저 수많은 테이블 어딘가에서 젊거나 늙은 카사노바와 함께 어울리는 그녀를, 모피 코트를 입은 그녀를, 몇 주 동안 나를 잠 못 이루게 한 그녀를 보게 되리라 기대했다. 그토록 중요하게 생각하고 그토록 깊은 의미를 부여한 여자가 어떻게 이런 시장에 자기를 내놓고 거래하는지 눈으로 확인하면 그녀에 대해 판단이 서고 자유로워질 거라는 희망을 품었다.

댄스 플로어 주변 테이블에선 그녀를 볼 수 없었다. 아마도 특실 중 한 곳으로 들어간 모양이었다. 나는 씁쓸하게 웃었다. 사람을 있는 그대로 보지 못하는 나 자신을 책망했다. 스물네 살이 됐지만 아직도 어린아이 같은 순진함에서 벗어나지 못했던 것이다. 그냥 그림일 뿐인데, 어쩌면 전혀 아름답지 않은 그림 한 점일 뿐인데, 그게 뭐라고 이렇게 과장된 인상으로 남아 부질없이 큰 희망을 품게 했단 말인가! 나는 그 창백한 얼굴에서 도서관을 가득 채울 만큼 많은 의미를 찾아냈고, 현실에 존재할 수 없는 특별함을 그 얼굴에 부여했다. 하지만 그녀는, 그 또래에 흔해 빠진 노는 여자애들처럼 이런 천박한 카바레에서 저속한 쾌락을 쫓고 있었던 것이다. 내가 그토록 동경한 살쾡이 모피도 분명 이곳에서 그녀가 제공하는 그렇고 그런 서비스의 대가였을 것이다.

커튼 친 특실 쪽에서 눈을 떼지 않고 드나드는 남녀들을 유심히 살폈다. 삼십 분쯤 지나자 이글거리는 욕정으로 이 은밀한 구석을 찾아든 연인들을 완전히 파악할 수 있었다. '모피 코트를 입은 마돈나'가 이 특실 중에는 없는 게 확실했다. 사람들의 눈총도 아랑곳하지 않고 커튼 틈 사이로 안을 훔쳐보기도 했지만, 어떤 방에도 혼자 있는 사람은 없었고 춤추러 나오지 않은 연인도 없었다.

나는 다시 의기소침해졌다. 오늘 밤 내가 쫓아온 여성도 망상이었을까? 그런 모피를 베를린에서 한 사람만 입는 것도 아니지 않은가? 얼굴을 본 것도 아니었다. 어떤 여자를 단지 걸음걸이로 알아본다는 것이 가능하단 말인가? 그녀의 조롱하는 듯한 미소를 술에 취해 인사불성인 상태에서 보았을 뿐인데? 어젯밤 정말 그녀를 보긴 본 걸까? 어쩌면 이 모든 게 꿈이 아닐까? 또 다른 두려움이 몰려와 도대체 무슨 일이 일어나고 있는 건지 혼란스러웠다. 어떻게, 그리고 왜, 그림 한 점이 나를 이렇게 홀려버린 걸까? 한밤중에 지나쳐간 어떤 여자를 바로 그녀라고 믿다니! 발소리와 모피 코트만으로 지레짐작하고 이렇게 따라오다니! 당장 여기서 나가 나를 단단히 추스르는 것 외엔 다른 방법이 없었다.


홀이 갑자기 어두워졌다. 오케스트라 자리에만 희미한

조명이 드리웠다. 댄스 플로어도 비었다. 잠시 후 느리고 장중한 선율이 흐르기 시작했다. 관악기 파트에서 시작된 음악은 바이올린의 가녀린 흐느낌으로 이어졌다. 소리가 천천히 다가왔다. 어깨가 드러난 흰 이브닝드레스를 입은 젊은 여성이 바이올린을 켜면서 아래로, 댄스 플로어로 내려왔다. 여자는 남자만큼이나 낮은 음색으로 유행가를 부르기 시작했다. 스포트라이트가 바닥에 원을 그리며 가수를 비췄다.

나는 대번에 알아보았다. 수수께끼가 풀렸고, 수천 가지 무의미한 추측이 단숨에 깨졌다. 아! 다시 가슴이 미어졌다. 그녀가 여기서, 저렇게 거짓 미소를 지으면서, 저렇게 애처롭게 마지못해 애교를 부리며 일하고 있다니!

그림 속 여자가 처한 상상할 수 있는 모든 상황을 떠올렸다. 심지어 이 품에서 저 품으로 안기며 돌아다니는 장면마저도. 하지만 이런 그녀를 볼 거라고는 생각지 못했다. 이렇게 비참할 수가! 내 꿈속을 휘젓던 당당하고 강인하고 도전적인 마돈나는 대체 어디 있는가?

'조금 전까지 상상하던 것처럼 남자들과 어울려 술 마시고 춤추고 키스하는, 그런 모습이 차라리 나았을 걸!' 나는 혼자 한탄했다. 왜냐하면 그런 건 최소한 스스로 원해서 하고, 정신없이 몰입하는 것이기 때문이다. 그녀가 지금 하는 일은 결코 원해서 하는 게 아니었다. 바이올린 연주는 딱히 이상하지 않았지만 목소리에는 진한 비애가 묻어났고, 노랫말도 술 취한 소년의 입에서 굴러떨어지는 것처럼 갈망으로 떨렸다. 화석처럼 굳은 얼굴에 마치 헝겊으로 덧댄 듯 묻어 있는 미소는 분명 어디론가 사라지고 싶은 듯 탈출구를 갈구하는 것 같았다. 한 테이블로 몸을 숙여 손님들에게 김빠진 후렴구 몇 소절을 불러준 뒤 다른 자리로 옮겨가는 순간 여자의 얼굴은 심각해졌고 그림과 똑같은 표정이 나타났다. 세상사에 지쳐 만신창이가 된 사람이 억지로 웃는 것만큼 슬픈 것은 없었다.

그녀가 한 테이블에 다가가자 앉아 있던 취객이 비척비척 일어나 훤히 드러난 그녀의 등에 입을 맞추었다. 그녀는 뱀에 물린 듯 움찔 놀랐고, 차가운 소름이 온몸을 타고 번졌다. 하지만 극히 짧은 순간, 4분의 1초도 안 걸려 평정심을 되찾았다. 어느새 몸을 돌려 미소를 가득 머금고 주정뱅이를 바라보았고, 그 눈빛은 마치 '아, 정말 잘했어요!'라고 말하는 듯했다. 남자의 일행인 여자가 화난 표정을 짓자, 이번에는 그녀에게 시선을 돌려 달래는 표정으로 '내버려두세요. 남자들이 다 그렇잖아요? 어쩌겠어요?'라고 고개를 끄덕였다.

노래가 한 곡 끝날 때마다 객석에선 박수가 터졌고, 그
녀는 오케스트라를 향해 다음 곡을 연주해달라고 고갯짓
을 했다. 쉰 듯한 저음에 분노가 밴 목소리가 이 테이블에
서 저 테이블로 옮겨다녔다. 그때마다 하얀 드레스가 플로
어에 끌렸다. 잔뜩 취해 엉겨붙은 남녀의 테이블 앞에서,
안에서 무슨 일이 일어나는지 보이지 않는 특실 커튼 앞에
서, 그녀는 바이올린을 턱에 받치고 썩 노련하지 않은 손가
락을 바삐 움직였다.

내가 앉은 자리로 그녀가 다가오기 시작했다. 지독한 공
포가 나를 짓눌렀다. 어떻게 그녀를 볼 것인가? 무슨 말을
해야 하나? 그러나 이런 의문이 터무니없다는 데 생각이
미치자 실소가 터져 나왔다. 한밤중에 거리에서 지나친 남
자를 알아볼 리 없잖아? 그녀에게 나는, 친구들과 함께 즐
기러 이곳을 찾은 어슷비슷한 젊은이일 뿐이지 않은가 말
이다! 그럼에도 나는 고개를 숙이고 있었다. 드레스 밑단은
바닥을 쓸고 다녀 먼지가 묻었고, 그 아래 화려한 샌들이
밖으로 코를 내밀었다. 스타킹은 신지 않았다. 발끝에 스
포트라이트가 쏟아지면서 연분홍빛 기운이 감돌았다. 그
부분에 눈길이 멈추자 마치 그녀의 벌거벗은 몸을 보는 것

같았다. 부끄러움을 감추지 못하고 고개를 들어 올려다보았다. 그녀는 주의 깊게 나를 바라보고 있었다. 노래는 끊기고 바이올린 선율만 이어졌다. 조금 전까지의 거짓 미소는 사라졌고, 그녀의 눈빛에서 따뜻한 인사를 읽을 수 있었다. 그렇다. 아무런 가식도 없이, 입술조차 움직이지 않고 그녀는 오래된 친구에게 하듯이 내게 인사했다. 단지 눈을 한 번 감았다 떴을 뿐이지만 명료하게 그 의미가 다가왔다. 이번엔 틀리지 않았다. 그리고 그녀가 함빡 웃었다. 얼굴 전체에 퍼지는, 환하고 깨끗하며 거짓 없는 웃음이었다. 오래된 친구에게 그러는 것처럼 나를 보며 웃었다…. 조금 더 연주를 한 후, 나에게 한 번 더 고개를 끄덕이고, 이번에는 눈으로 안녕이라 인사하고는 다른 테이블로 옮겨갔다.

자리에서 벌떡 일어나 그녀의 목을 감싸안고 키스하면서 펑펑 울고 싶은 강렬한 욕망이 나를 휘감았다. 이렇게 행복했던 적이 없었다. 난생처음 가슴이 탁 트이는 기분이었다. 어떤 사람이 다른 어떤 사람을, 아무것도 하지 않고 이렇게 행복하게 한다는 게 어떻게 가능할까? 다정한 인사와 깨끗한 웃음… 그 순간 내게는 다른 무엇도 필요치 않았다. 난 세상에서 가장 행복한 남자였다. 눈길로 그녀의 뒷모습을 따르면서 "고마워요, 고마워요!" 하고 넋을 놓고 중얼거렸다. 그림에서 본 게 모두 진실이었다. 그녀는 세상에 존재하는 여자, 내가 상상한 바로 그런 사람인 것이다. 그렇지 않고서야 나를 그렇게 친근한 눈길로 쳐다볼 수 없을 것이고, 그렇게 따뜻하게 인사를 보낼 리가 있단 말인가?

그러다 문득 '혹시나' 하는 의심이 스쳤다. 혹시 나를 다른 사람과 혼동하는 건 아닐까? 아니면, 어젯밤 길거리에서 수치스런 모습을 보인 얼굴이 낯설지 않았고, 나를 어디서 알게 됐는지 도무지 떠오르지 않아 조심스럽게 인사를 보낸 건 아닐까? 하지만 그녀의 얼굴에는 머뭇거리는 기색이 전혀 없었고, 기억을 더듬는 듯하지도 않았다. 확신하는 표정으로 내 눈을 들여다보며 미소 지은 것이다. 어찌 됐든 그녀가 내게 마음을 여는 순간 나는 세상에서 제일 행복한 사람이 되었다. 이내 나는 자신감으로 빛났다. 자기 삶에 만족하는 사람들이 내보이는 편안한 시선으로 주위에서 일어나는 일들을 바라보면서 앉아 있었다. 내 앞에 있던 그녀는 이제 홀 다른 쪽으로 가 있었다. 굽슬굽슬한 짙은 머리카락은 목덜미까지 흘러내려 나풀댔다. 맨살이 드러난 팔이 흔들리면서 허리가 가볍게 꼬였다가 풀리고, 이 진동은 팽팽한 등에서 잘게 물결쳤다.

그녀는 마지막 곡을 부른 후 미끄러지듯 오케스트라 뒤

편으로 사라졌다. 조명이 다시 밝아졌다. 나는 승리감에 젖어 그대로 앉아 있었다. 한참 후에야 '이제 뭘 해야 하지?' 하는 생각이 들었다. 당장 밖으로 나가 문 앞에서 그녀를 기다려야 할까? 무슨 목적으로? 아직 말 한마디도 건넨 적이 없는데… 그녀가 오기를 기다려 "집까지 바래다드려도 될까요?"라고 불쑥 나서는 게 가당키나 하단 말인가? 날 어떻게 생각할까? 그녀가 관심을 조금 보여줬기로서니 이렇게 뻔한 바람둥이 같은 말이나 건네서야 되겠느냐 말이다.

최대한 점잖게 행동하기로 결정을 내렸다. 당장 여기서 나가 내일 저녁에 다시 오는 걸로. 그렇게 서서히 가까워져야지…. 하룻밤 만에 이렇게 된 것도 대단한 진전이었다…. 난 어릴 때부터 내게 찾아든 행복을 낭비하는 게 두려웠고, 나중을 위해 행복을 아껴두고 싶어 했다. 그래서 기회를 놓친 적도 많았다. 하지만 너무 많은 걸 탐내고 욕심 부리면 그나마 찾아온 행운도 겁먹고 도망치지 않을까 싶어 항상 망설이곤 했다.

웨이터를 부르려고 주변을 둘러보았다. 시선이 오케스트라 건너편으로 흘러 홀 쪽으로 다가오는 그녀에게 가닿았다. 바이올린은 손에 없었다. 걸음이 빨랐다. 내 쪽으로 다가오는 걸 보고는 그녀를 기다리는 다른 누가 있는지 주위를 살폈다. 그녀는 나에게, 내 자리로 오고 있었다. 조금 전처럼 활짝 웃었다. 내 앞에 멈춰 섰다. "잘 지냈어요?" 하고 물으며 그녀가 손을 내밀었다.

그때서야 놀란 가슴을 진정시키며 벌떡 일어났다.

"감사합니다…. 잘 지냈습니다."

그녀는 맞은편 의자에 앉았다. 고개를 가볍게 흔들어 뺨으로 흘러내린 머리카락을 뒤로 넘긴 후 내 눈을 똑바로 바라보며 말했다.

"나한테 마음이 상한 것 같은데요?"

무슨 말이지? 이해가 되지 않아 머릿속에서 엉뚱한 생각들이 미친 듯이 뒤엉켰다.

"마음 상해요? 전혀, 무슨 말씀을!"

귀에 익은 목소리였다. 그럴 만했다. 그 얼굴선 하나하나를 외우다시피 하고, 거기에서 실제 존재하는 것보다도 더 많은 의미들을 찾아냈으니.

나는 그녀의 그림을 며칠이나 바라보며 마음에 새겼고, 심지어 마돈나 원화를 보면서 그 인상이 각인되기에 이르렀다. 하지만 목소리는… 어디선가 들어본 것 같았다…. 어쩌면 아주 옛날, 어린 시절… 어쩌면 상상 속에서.

잡다한 생각에서 벗어나야 했다. 그녀가 내 앞에 있고 나와 애기하고 있지 않은가? 다른 건 생각할 필요도 없고 의미도 없었다.

그녀가 다시 물었다.

"그러니까 나한테 화나지 않았다는 거군요. 근데 왜 다시 오지 않았어요?"

이런! 그녀는 나를 정말로 다른 사람과 혼동하는 것이다. '날 어디에서 알았지요?' 하고 물으려다 그만뒀다. 썩좋은 질문이 아니었기 때문이다. 그렇게 물었다가 자기가 착각했다는 것을 깨닫고 서둘러 미안해하면서 일어나 가버리면 어쩌지?

이 기적같이 멋진 꿈이 지속되면 될수록 그만큼 좋았다. 이 꿈을 중간에 잘라버려서 좋을 게 뭐란 말인가? 어차피 머잖아 꿈에서 깨어나 현실로 돌아올 텐데.

여자는 내가 대답하지 않자 방향을 바꿨다.

"어머니한테서 편지가 오나요?"

그 말에 감전된 듯이 놀라 벌떡 일어났다. 그리고 그녀의 손을 잡으면서 소리쳤다. "아, 세상에, 당신이었군요!" 이제야 모든 것이 분명해졌다. 이 목소리를 어디서 들었는지 기억해냈다.

그녀는 경쾌하게 깔깔거리며 웃어댔다.

"당신은 정말 이상한 사람이군요!"

이 웃음소리 역시 기억났다. 전시회에서 내가 그림 앞에 넋을 놓고 앉아 있을 때 그녀가 다가와 뭘 느끼는지 물었었지. "그림 속 여자를 보고 있으면 어머니가 떠올라요!"라고 답하자 "어머니 사진 가지고 있어요?"라고 물으면서 지금처럼 밝게 깔깔거린 여자, 그 여자가 바로 이 사람이었다.

그림 속 여성이 그녀였다는 걸 그때 왜 알아보지 못했는지 도무지 납득이 가지 않았다. 실제 모델을 알아볼 정신을 앗아갈 정도로 그림이 나를 흔들어놓은 것일까? 그림이 내 눈을 멀게 한 것일까?

"그런데 당신은, 그때는 그 그림과 전혀 닮지 않았어요!" 하고 내가 중얼거렸다.

"어떻게 아세요? 내 얼굴을 보지도 않았잖아요!"

"아니요, 그렇지 않아요…, 말도 안 돼요."

"나를 한두 번 흘낏 보긴 했지요…. 그런데 어떻게 본 줄 아세요? 마치 보지 않으려고 안간힘 쓰면서 보는 것 같았어요!"

그녀가 그때까지 내 손에 잡혀 있던 자기 손을 빼면서 말을 이었다.

"친구들한테 당신이 나를 못 알아본다는 말은 하지 않았어요. 그랬다가는 다들 날 놀렸을 테니까요."

"고맙다고 해야 할지….."

그녀는 잠시 생각에 잠겼다. 눈동자에 그늘이 드리웠다. 돌연 진지해지더니 "아직도 그런 어머니가 있었으면 하고 바라나요?" 하고 물었다.

잠시 그 말의 의미를 이해하지 못해 가만있었다. 그러다가 얼른 대답했다.

"물론… 물론입니다…, 아주 간절히!"

"그때도 똑같이 말했어요!"

"뭐, 어쩌면….."

그녀는 다시 웃었다.

"하지만 내가 당신의 어머니가 될 수 있을까요?"

"아! 아니요, 아니요!"

"어쩌면 누나는 될 수 있겠지요!"

"몇 살인데요?"

"그런 거 물어봐도 되나요? 하지만 뭐 어때요, 스물여섯 살이에요. 당신은요?"

"스물넷!"

"봤죠? 누나는 되겠네요!"

"네⋯."

우리는 잠시 아무 말도 하지 않았다. 그녀에게 하고 싶은 말이 너무나 많았다. 영원히 계속해도 끝나지 않을⋯. 하지만 이 순간에는 아무것도 떠오르지 않았다. 그녀도 아무 말 없이 앞만 바라보았다. 오른쪽 팔꿈치를 탁자에 기대고, 손은 무심하게 하얀 시트에 올려뒀다. 길고 섬세하며 날렵한 손가락의 끝마디가 추위를 타는 듯 빨갰다. 조금 전 내가 얼떨결에 잡았을 때도 손이 차가웠던 게 생각났다. "손이 정말 차군요!" 하고 말했다. 기회를 놓치지 않고.

그녀가 조금도 주저하지 않고 대답했다.

"따뜻하게 해주세요!"

그러면서 두 손을 내 앞으로 내밀었다.

그녀의 얼굴을 바라보았다. 대담하고 의지가 강해 보이는 눈이었다. 처음 얘기를 나누는 남자에게 손을 맡기는 것을 별반 이상하게 여기지 않는 것 같았다. 그런 게 아니라면? 너저분한 가능성들이 자꾸 머리를 맴돌았다. 무슨 말이든 해서 나의 못난 두려움을 떨쳐버리고 싶어 지껄이기 시작했다.

"당신을 전시회에서 알아보지 못한 것에 용서를 구하고 싶습니다. 나름대로 핑계가 있긴 합니다. 그때 당신은 너무나 유쾌했고, 심지어 놀리는 것 같았으니까요. 그리고 어떻게 말해야 하나…, 당신은 모든 면에서 그림 속 주인공과는 정반대였어요…. 머리도 짧고, 치마도 짧고, 옷도 몸에 꽉 끼었어요. 거의 뛸 듯이 팔짝거리며 걸었고요. 비평가들이 '마돈나'라고 이름 붙인 그 지혜롭고 사려 깊고 심지어 슬퍼 보이는 그림에서 당신의 모습을 찾아내기는 어려웠어요…. 하지만 놀라기는 했지요. 그러니까 내가 아주 넋이 나간 상태였던 것 같아요."

"네, 아주 그런 것 같더군요. 당신이 전시회에 처음 온 날부터 기억해요. 뭔가 따분하다는 표정으로 거닐다가 갑자기 제 초상화 앞에 멈춰 섰지요. 얼마나 이상하게 바라보던지! 사람들이 오가면서 다들 쳐다봤어요. 처음에는 당신이 아는 어떤 사람과 그림 속 내가 닮았나보다고 생각했지요.

그러고 나서 당신은 매일 오기 시작했어요. 금방 이해하시겠지만 자연히 호기심이 생겼지요. 몇 번 당신 옆으로 다가가 함께 앉아 나란히 그림을 바라보았어요. 당신은 내가 옆에 있는지조차 깨닫지 못하더군요. 가끔 불편하게 하는 관람객에게 눈길을 돌리긴 했지만 나의 존재를 전혀 알아차리지 못했어요. 그 넋 나간 모습이 묘하게 매력적이었지요. 게다가 궁금하기도 했고요…. 그러다가 하루는 당신에게 말을 걸어보기로 결심했답니다. 다른 화가 친구들도 당신을 궁금해했으니까요…. 그들이 저를 떠밀기도 했고요…. 그때 다가가지 않았더라면 좋았을 것을… 당신을 완전히 잃고 말았으니까요. 그 뒤로 당신은 다시는 전시회에 오지 않았잖아요!"

"나를 갖고 논다고 생각했어요!"

이 말을 내뱉고선 곧바로 후회했다. 그녀의 마음을 상하게 만들지도 모르니까. 하지만 그녀는 "그래요, 그렇게 생각할 수 있지요"라고 답했다. 그런 후 뭔가를 찾는 것처럼 내 얼굴을 들여다보았다.

"베를린에 혼자지요?"

"무슨 말인지?"

"그러니까… 혼자라는 말… 아무도 없다는, 영혼이 외롭다는, 어떻게 말해야 할까… 당신, 그런 분위기예요!"

"네, 맞아요. 철저히 혼자지요. 외로워요…. 하지만 베를린에서만 그런 게 아니라… 세상 어디서든 혼자예요…. 어릴 때부터."

"나도 외로워요."

이번에는 그녀가 내 손을 감싸쥐고는 "숨 쉬기도 힘들 만큼 외로워요. 병든 개만큼 처량하죠" 하고 말했다.

그녀는 내 손을 꽉 쥐고는 살짝 들어올리더니 탁자를 내리쳤다.

"우린 친구가 될 수 있겠어요!"라고 소리쳤다. "당신은 이제 막 나를 알게 됐지만, 난 당신을 벌써 삼 주 정도 관찰했어요. 여느 사람들과는 달랐어요. 그래요, 우리는 아주 좋은 친구가 될 수 있을 거예요."

나는 의아한 눈길로 그녀를 쳐다보았다. 무슨 말을 하고 싶은 거지? 여자가 남자에게 이런 제안을 하다니, 어리둥절했다. 나는 이런 경험이 전혀 없었고 다른 사람들은 어떤지도 알지 못했다.

이런 의문을 그녀도 눈치챈 것 같았다. 자기가 너무 앞서갔고 내가 기분 나쁘게 받아들일까봐 염려하는 기색이었다.

"평범한 남자들과 똑같이 생각하진 말아줘요. 내 말에 다른 의미를 부여하지도 마세요. 저는 항상 이렇게 솔직하답니다, 남자처럼…. 사실 제 성향이 남자들과 많이 비슷해요. 이 때문에 외로운 건지도 모르지만…."

그녀가 한동안 나를 머리끝부터 발끝까지 훑어보았다. 그러다 갑자기 "당신은 오히려 약간 여성스러운 면이 있군요! 지금 알게 됐어요. 어쩌면 그래서 처음 당신을 봤을 때부터 호감을 느낀 것 같아요…. 네, 정말 당신한테는 소녀들에게서 느껴지는 분위기가 있어요."

부모님께 많이 듣던 말을 처음 얘기를 나누는 사람에게서 듣게 되니 놀랍고 속이 상했다. 그녀가 말을 이었다.

"어제저녁 당신 모습을 잊지 못할 거예요! 밤새 생각할수록 얼마나 웃음이 나오던지… 순결을 지키려는 소녀처럼 몸부림치더라니까요. 그래도 티데르만 부인한테서 벗어나기가 그리 쉽지 않지요."

나는 깜짝 놀라 눈을 동그랗게 떴다.

"그녀를 알아요?"

"아다마다요, 친척인걸요! 외삼촌의 딸이에요. 그런데 지금은 사이가 좋지 않아요. 나랑은 별 상관없지만… 엄마가 왕래하고 싶어 하지 않아요. 그녀의 사생활 때문에…. 그분 남편이 변호사였는데 전쟁 때 죽었어요…. 지금은, 엄마의 말로는 '부적절하게' 살고 있지요. 하지만 뭐 그게 우리랑 무슨 상관이에요? 어젯밤 어떻게 된 거예요? 무사히 벗어난 거예요? 티데르만 부인을 어떻게 알아요?"

"같은 하숙집에 살거든요. 어제저녁엔 운 좋게 벗어날 수 있었어요. 하숙집에 티데르만 부인과 가까운 뮙케 씨가 있는데, 그분과 마주친 덕분에요."

"둘이 결혼이나 하면 좋을 텐데."

이런 말을 하는 것으로 보아 그녀는 더 이상 이 화제를 입에 담고 싶지 않은 것이 분명했다. 우리는 한동안 아무 말도 하지 않았다. 서로를 살피다가, 물론 티 나게 그러지는 못했지만, 눈이 마주치면 미소를 지었다.

먼저 침묵을 깬 건 나였다.

"어머니가 계시군요?"

"네, 당신도 그렇겠지요."

영 찜찜했다. 이런 멍청한 질문이나 하고 있으니, 나도 참 답답한 인간이었다. 그녀가 얼른 화제를 바꾸었다.

"여기서는 당신을 처음 보는데요?"

"네, 이런 데는 한 번도 온 적이 없어요. 그런데 오늘밤은…."

"오늘밤은?"

나는 모든 용기를 쥐어짰다.

"당신 뒤를 따라왔어요!"

그녀는 놀란 듯했다.

"문 앞까지 날 따라온 게 당신이었어요?"

"네. 알고 있었나요?"

"그럼요…. 여자가 그런 정도를 눈치채지 못한다는 게

말이 되나요?"

"하지만 뒤돌아보지 않았잖아요?"

"난 절대 뒤돌아보지 않아요."

그녀는 또다시 입을 다물고 골똘히 생각에 잠겼다. 그런
다음 장난기가 가득한 눈길로 미소를 지으며 "그게 나한테
는 놀이거든요!"라고 말했다.

"길에서 누군가 내 뒤를 따라온다고 느낄 때면 모든 호
기심을 억누르고 돌아보지 않으려고 안간힘을 씁니다.
그사이 내 머릿속에는 여러 가지 생각이 스쳐가지요. 따라
오는 사람이 청년일까, 노인일까, 아니면 한물간 여자 사
냥꾼일까, 부유한 왕자일까, 가난한 학생일까? 술 취한 건
달일 수도 있겠지. 발소리로 누구인지 알아내려 하고, 그
러느라 어떻게 왔는지도 모르고 어느새 목적지에 도착하
지요…. 그러니까 오늘 저녁은 당신이었던 거예요! 하지
만 많이 망설이는 발소리여서 나이 많은 유부남이겠거니
했는데."

그녀는 돌연 내 눈을 들여다보며 "내가 지나가기를 기다
린 거예요?" 하고 물었다.

"네."

"내가 오늘도 같은 곳을 지나갈 줄 어떻게 알았어요? 내

가 여기서 일하는 거 알고 있었어요?"

"아니요, 어떻게 알겠어요? 그냥 '어쩌면…' 하고 생각했어요…. 아니, 나도 모르게 같은 시간에 그곳에 와 있더군요. 그러다가 정말로 당신이 지나가다가 나를 볼까봐 겁이났어요. 그래서 어떤 문 사이에 숨었고."

"자, 가요, 우리. 가면서 얘기해요!"

그녀는 놀란 내게 이렇게 말했다.

"날 집까지 바래다주고 싶지 않아요?"

말이 끝나기가 무섭게 나는 자리에서 일어났다. 그녀가 어이없다는 듯 웃었다.

"서두르지 말아요, 친구. 난 들어가서 이 드레스를 갈아입어야 하니까. 문 앞에서 기다려요. 오 분이면 돼요."

그녀가 서둘러 오른손으로 치맛자락을 모아 잡고는 빠른 걸음으로 오케스트라 뒤로 사라졌다. 가면서 다시 나를 쳐다보았고, 오래된 친구에게 하듯이 그 아름다운 눈을 찡긋해 보였다.

웨이터를 불러 계산을 했다. 한순간에 세상 모든 걱정이사라졌고 용기가 샘솟았다. 길쭉한 장부에 머리를 박고 숫자들을 적는 웨이터의 얼굴을 보면서 한마디 해주고 싶다는 충동이 일었다. '내가 얼마나 행복한 사내인지 좀 보라고, 이 등신아!' 방마다 들어앉은 사람들에게 넙죽 절이라도 하고 싶었다. 손님들과 오케스트라 연주자들까지 모두 얼싸안고, 오랜 친구들과 재회한 듯 온 애정을 다해 입 맞추고 싶었다.

자리에서 일어났다. 성큼성큼 걸었고, 한 번에 계단을 여러 개씩 뛰어 소지품 보관소로 갔다. 난봉꾼 같은 짓은 전혀 익숙하지 않았지만, 외투를 건네는 여자에게 1마르크를 줬다. 밖으로 나와 문 앞에서 심호흡을 하며 주위를 둘러봤다. 문 위에 걸린 간판은 불이 꺼져 있었다. 일렁이던 푸른 파도도, 그 위에 떠 있던 '아틀란틱' 글자도 보이지 않았다. 하늘은 맑고, 서쪽 지평선으로 초승달이 넘어가고 있었다.

등 뒤에서 낮은 목소리가 들려왔다.

"많이 기다렸어요?"

"아니요, 방금 나왔어요!"

이렇게 답하며 나도 돌아다보았다.

그녀가 눈앞에 서 있었다. 마치 뭔가를 결정해야 하는 사람처럼 눈을 깜박였다. 마침내 그녀가 입술을 달싹이며 "정말 좋은 사람 같군요!" 하고 말했다.

그러나 모든 용기와 안도감은 그녀가 오자마자 사라지

고 말았다. 나는 고맙다고 답하고, 손을 잡고, 입 맞추고 싶은 마음이 간절했지만 겨우 들릴까 말까 한 소리로 "글쎄요, 잘 모르겠어요"라고 웅얼거렸을 뿐이다.

그녀에겐 상대방의 마음을 무장 해제시키는 당당한 자신감이 있었다. 아무렇지 않게 내 팔짱을 끼고 다른 손으로는 내 턱을 잡고는 아이를 달래듯 말했다.

"아, 정말 순진한 사람이네요, 소녀처럼 부끄럼을 타고!"

나는 얼굴이 빨갛게 달아올라 시선을 떨궜다. 여자가 나를 이렇게 가볍게 다루는 것이 썩 달갑지는 않았다. 다행스럽게도 그녀는 더 나가지는 않았다. 내 턱을 쥔 손을 놓았고, 다음에는 팔을 잡았던 손을 풀어 천천히 옆으로 내려놨다. 눈을 들어 그녀를 보곤 깜짝 놀랐다. 충격과 수치심이 뒤섞인 표정이었다. 뺨이 붉게 물든 것은 물론이고 목까지 홍조가 번져 있었다. 눈을 반쯤 감고, 나를 똑바로 쳐다보지 못했다. 머릿속에 의문이 스쳐지나갔다. '왜 이러지? 이런 부류는 아닌 것 같은데. 근데 왜 이런 식으로 행동하지?'

그녀는 내 생각을 읽은 것 같았다. "난 이런 사람이에요! 이상한 여자예요. 나와 친구로 지낼 거라면 여러 가지에 익숙해져야 할 거예요. 변덕이 심하고, 앞뒤가 맞지 않는 행동을 할 때도 있어요…. 미리 일러두는데, 친구들은 그래요, 나 때문에 불안하고 짜증난다고요."

이렇게 자기를 깎아내리다가는 급기야 화가 난 듯, 무례하다 싶을 만큼 신랄한 말투로 덧붙였다.

"맘대로 하세요…, 난 친구 필요 없어요. 친구를 찾으러 다니지도 않아요…. 다른 사람 친절에 기대고 싶은 마음 따위 없어요. 아무한테도 신세 지지 않아요…. 그러니 당신이 결정하기에 달렸어요…."

"이해해볼게요. 노력할게요" 하고 나는 말했다. 여느 때처럼 느린 말투에다 두려움이 묻어나는 목소리로 돌아와 있었다. 우리는 말없이 몇 걸음 걸었다. 그녀의 손이 살며시 내 겨드랑이로 들어와 다시 팔짱을 꼈다. 그러고는 사소한 수다를 떨듯이 무신경하고 메마른 목소리로 말하기 시작했다.

"그러니까 날 이해하려고 애를 쓸 거란 말이지요? 나쁜 생각은 아닌 것 같군요…. 근데, 내 생각에는 쓸데없는 노력일 것 같아요. 아주 가끔은 내가 좋은 친구가 되어줄 수 있을 거라고 생각해요. 시간이 지나봐야 알겠지요. 어쩌다가 내가 사소한 걸로 따지고 들더라도 너무 신경 쓰지 마세요. 기분 나쁘게 받아들이지 말아요."

그녀는 멈춰 서더니 아이에게 주의를 주듯 오른손 검지

를 흔들었다.

"잊지 말아요. 당신이 나한테 뭔가를 바라는 순간 모든 게 끝나는 거예요. 아무것도, 어떤 것도 요구하지 마세요. 알았죠?"

그녀는 마치 보이지 않는 적과 싸우는 것 같았다. 격분한 목소리로 말을 이었다.

"내가 당신을, 그러니까 세상 남자들을 왜 증오하는지 알아요? 당신들은 너무 많은 걸 요구해요. 마치 그래도 되는 권리를 타고나기라도 한 것처럼…. 내 말 명심해요. 말로 드러나는 요구만 이야기하는 게 아니에요…. 남자들의 그런 눈길, 그런 웃음, 손을 드는 모습, 간단히 말해서 여자를 대하는 모든 태도들… 자기들이 스스로 얼마나 과신하고 얼마나 멍청한 짓들을 하는지 남자들만 모르는 것 같아요. 여자한테 접근하다 거절이라도 당하면 어찌나 황당해하는지, 그것만 봐도 남자들의 오만한 우월감이 드러나는 거지요. 자기네는 항상 사냥꾼이고, 우린 그냥 불쌍한 사냥감일 뿐이죠. 우리 의무는 늘 굽실거리고 순종하고 남자들이 바라는 걸 주는 거지요…. 하지만, 우리도 그래선 안 돼요. 손톱만큼도 거저 줘선 안 돼요. 남자들의 오만불손한 자만에 맞서야 해요…. 무슨 말인지 알겠어요? 그래요, 그러니까 당신과는 친구가 될 수 있을 것 같아요. 당신한테선 남자들의 오만한 우월감 같은 게 보이지 않으니까…. 하지만 모를 일이지요…, 순한 양의 입에서 사나운 늑대 이빨이 번뜩일지도요."

그런 말을 하면서 우린 다시 걷기 시작했다. 내딛는 발걸음이 급하고 단호했다. 손짓과 동작 하나하나에 분노가 가득 차올랐고, 때론 땅을 노려보고 때론 하늘을 쳐다봤다. 도중에 할 말을 다 했다는 듯 긴 정적을 두기도 했다. 그러다간 눈초리가 가늘어지면서 다시 걸었다.

이렇게 한참을 걸었다. 다시 긴 침묵에 빠졌다. 나는 대화가 끊기는 것이 두려웠다. 함께 걷던 그녀는 티어가르텐 근처 어느 골목, 3층짜리 석조 건물 앞에서 멈췄다.

"여기 살아요, 엄마와 함께. 우리 이 얘기, 내일 다시 해요…. 하지만 클럽엔 오지 말아요…. 당신에게 그런 모습을 보이는 게 편치 않아요…. 당신한테도 그게 나을 거예요…. 내일 낮에 만나요, 함께 돌아다녀요. 베를린에서 내가 좋아하는 곳을 보여줄게요. 당신도 좋아할지 모르겠지만. 이만 헤어져요, 좋은 밤이 되길…. 잠깐만, 그런데 아직 당신 이름도 모르고 있네요!"

"라이프!"

"라이프? 그게 끝이에요?"

"하팁자데Hatipzade 라이프!"

"아, 이런, 너무 어려워요! 내가 기억할 수 있을까? 똑바로 발음하기도 어렵겠어요! 그냥 라이프라고 해도 될까요?"

"그게 더 좋아요."

"당신도 나를 그냥 마리아, 이렇게 부르면 돼요…. 말했지요, 마음에 빚지고는 못 산다고!"

그녀는 다시 웃었다. 지금까지 표정이 몇 번이나 바뀌던 그녀는 이제 정말 친구처럼 다정한 얼굴로 돌아왔다. 그녀는 팔을 뻗어 내 손을 꼭 쥐었다. 좋은 밤 보내라고, 마치 사과하듯이 부드러운 목소리로 한 번 더 말했다. 그리곤 핸드백에서 열쇠를 꺼내 돌아섰다. 나는 천천히 그곳을 떠났다. 열 걸음도 채 떼지 않았는데 등 뒤에서 그녀의 목소리가 들려왔다.

"라이프!"

나는 그 자리에서 뒤돌아 다음 말을 기다렸다.

"이리 와요, 이리 와요!"

웃음이 터져 나오려는 것을 억지로 참는 것 같은 목소리였다. 그녀는 짐짓 점잖은 투로 말했다.

"우리가 이렇게 편하게 이름을 부를 수 있는 사이가 되다니, 정말 기뻐요."

그녀가 현관 계단 끝까지 올라가 있었기 때문에 나는 고개를 들고 쳐다보았다. 하지만 너무 어두워 얼굴이 보이지 않았다. 그녀의 말이 계속 이어지기를 기다렸다. 웃음기 여전한 음성으로, 그래도 진지하려고 애쓰면서 그녀가 물었다.

"그러니까, 가시려는 거지요?"

일순 심장이 제 박자를 놓치고 멈칫했다. 한 걸음 앞으로 다가섰다. 함께 있고 싶은 걸까? 나에겐 결정권이 없다. 하지만 가슴속의 열망을 억누르려는 만큼 어떤 기대감이 틈새를 비집고 고개를 쳐들었다.

"가지 말까요?"

그녀가 두 계단 내려왔다. 이제 가로등 불빛에 얼굴이 보였다. 호기심 가득한 영악한 검은 눈이 내 얼굴을 살폈다.

"왜 다시 불렀는지 아직도 이해 못 하겠어요?"

그렇지, 이제 알았다…. 이제 난 그녀의 품으로 뛰어들 참이었다. 하지만 그 순간 절망과 충격, 심지어 메스꺼움 같은 것이 치밀어올랐다. 나는 얼굴이 달아올라 바닥만 내려다봤다. 아냐, 아냐! 이런 걸 원하는 게 아냐!

그녀가 내 뺨을 어루만졌다.

"왜 그래요? 금방이라도 울 것 같잖아요. 당신에겐 누나가 아니라 정말로 엄마가 필요하군요…. 말해봐요, 이제 나와 헤어지고 돌아가야지요, 그렇지요?"

"네!"

"다시는 나를 아틀란틱에서 찾지 않을 거지요…? 우리 그렇게 얘기했지요?"

"네! 내일 낮에 만나기로 했어요!"

"어디서?"

나는 바보처럼 그녀의 얼굴을 쳐다보았다. 미처 생각지 못했기 때문이다. 기어드는 소리로 애처롭게 되물었다.

"그것 때문에 다시 부른 거예요?"

"물론이에요…. 당신은 정말 다른 남자들과는 다르군요. 다른 남자들은 어디서 만날지부터 확실하게 하는데 말이지요. 그런데 당신은 그냥 무심히 가네요…. 당신이 찾는 사람이 항상 오늘 밤처럼 원하는 데서 뾰로롱 나타나지는 않는답니다."

소심함에서 비롯된 의심이 사라지는 것 같았다. 그녀와 그저 그런 사랑놀음을 한다는 게 두렵고 혼란스러웠다. 앞으로 이런 일들이 일상처럼 벌어질 거라면 나로선 감당할 수가 없을 것 같았다. 이런 식으로 '모피 코트를 입은 마돈나'를 보느니, 차라리 그녀가 나를 바보 애송이로 여겨 차버리는 편이 나을 것 같았다. 정말 그런다면 물론 몹시 슬프겠지…. 헤어진 뒤 그녀가 등 뒤에서 비웃고 순진한 겁쟁이라고 조롱하는 장면을 상상했다. 그렇게 되면 나는 모든 것에 희망을 잃고 모든 사람에게 등을 돌리고, 스스로 세상과 영원히 단절돼 철저히 혼자만의 세계에 고립되겠지….

하지만 지금은 마음이 편했다. 불과 몇 초 전 무례한 의심을 품은 것이 부끄러웠고, 그런 의심을 마음속에서 멀리쫓아내준 친구에게 진정으로 고마웠다. 내게 있는 줄도 몰랐던 용기를 내 말했다.

"당신은 특별한 여자예요!"

"속단하지 마세요…. 특히 나 같은 사람을 판단할 때는, 조심스럽게."

그녀의 손등에 입을 맞췄다. 눈물도 솟았다. 그녀의 얼굴이 내게 다가오고, 그녀의 눈이 지금까지보다 더 따스하게 나를 껴안는 것 같았다. 그녀의 눈에서 따뜻한 빛을 보았다. 심장이 멈출 것만 같았다. 천국이 한 치 앞에 있었다. 하지만 그때, 그녀는 단호하게 손을 빼고 자세를 바로잡았다.

"당신은 어디 살아요?"

"뤼초프가요."

"멀지 않군요! 내일 오후에 여기로 날 데리러 오세요."

"몇 호에 살아요?"

"창문 앞에서 기다릴게요. 올라올 필요 없어요."

그녀는 문에 꽂아둔 열쇠를 돌려 안으로 들어갔다.

나도 이번에는 빠른 걸음으로 집으로 향했다. 어느 때보다 몸놀림이 가뿐했다. 그녀의 모습이 눈앞에서 사라지지 않았다. 나도 모르게 알 수 없는 소리를 중얼거렸다. 그녀의 이름을 몇 번이고 되뇌었다. 달콤한 속삭임으로 그녀를 사랑스럽게 어루만지고 있었다. 자꾸만 푹푹 짧은 웃음이 터져 나왔다. 하숙집에 도착하니 어느새 동이 트고 있었다.

'어제와 다를 것 하나 없고 늘 허망하게 끝나는 하루가 또 이렇게 지나갔네'라고 체념하던 버릇, 무의미한 삶을 곱씹던 나날을 잊고 나는 스르륵 잠에 빠져들었다. 어릴 적 이후 처음이었다.


다음 날에는 공장에 가지 않았다. 오후 두 시 반쯤 티어가르텐을 지나 마리아 푸데르의 집 근처로 갔다. 너무 일찍온 건 아닐까, 마음이 쓰였다. 밤늦도록 일해 피곤할 줄 알면서 휴식을 방해하고 싶지는 않았다. 그녀를 향한 마음이

건잡을 수 없이 커졌다. 침대에 누운 그녀를 상상했다. 베개를 뒤덮은 흐트러진 머리카락, 깊고 느린 숨결…. 내 삶에서 이런 장면을 실제로 보는 것만큼 큰 행복은 없을 거라고 생각했다.

지금까지 나는 누구에게도 마음을 열지 않고 살았다. 사랑도 알지 못했다. 그러나 이제 모든 문이 활짝 열렸다. 갇혔던 열정이 터져 나와 단 한 사람, 이 아름다운 여인을 향하고 있었다.

아직 그녀에 대해 전혀 모르는 거나 다름없다는 사실을 물론 알고 있었다. 그녀에 대한 모든 판단도 나의 소망과 상상에서 나왔을 뿐이다. 하지만 동시에, 내가 절대로 틀리지 않았으리라는 확고한 믿음도 있었다.

지금까지 사는 동안 늘 그녀를 찾고 기다렸다. 주의를 집중하고 혼신의 힘을 다해 사방에서 그녀가 남기는 작은 흔적이라도 찾으려 했다. 쓰디쓴 경험을 거쳐 비로소 통찰력을 갖게 됐는데 어떻게 틀릴 수 있단 말인가? 지금까지 나는 너무나 자주 이성과 경험이 판단력을 흐리도록 내버려뒀다. 첫인상으로 어떤 사람을 판단하는 건 성급한 짓이라고 스스로 타일렀다. 이성과 경험으로 이것은 잘못된 판단이라고 정정하곤 했다. 하지만 번번이 첫인상이 옳았다. 긍

정적으로 판단한 사람이 시간이 흘러 안 좋게 보인다거나, 혹은 반대 경우도 있었다. 그럴 때면 '첫인상이 틀렸군!' 하고 혼잣말했다. 하지만 얼마 지나—잠깐일 때도 있고 한참 뒤일 때도 있다—첫 판단이 옳았고, 이성이나 경험 같은 외부 요인이 만든 변화는 거짓이며 일시적일 뿐이라는 것을 인정할 수밖에 없었다.

이제 마리아 푸데르는 내가 살아가는 절대적인 이유가 됐다. 이런 마음을 받아들이기가 처음에는 좀 어색했다. 지금까지 존재조차 몰랐던 사람을 어느 날 갑자기 갈망할 수 있단 말인가? 그렇지만 항상 이렇지 않은가? 사람은 무언가를 발견하고 나서야 비로소 그것이 필요했다는 걸 알게 된다. 나 역시 그때까지 내 삶이 공허하고 아무 쓸모없어 보이던 이유가 바로 그녀가 내 삶에 들어오지 않았었기 때문이라고 여기기 시작했다. 언제나 사람들에게서 도망치고 사소한 속마음 자락조차 남들과 나누지 않던 인생이라니, 이제 와 생각하면 얼마나 무의미하고 어리석었던가! 때때로 나를 에워싸는 우울함, 삶에 대한 권태가 일종의 정신병의 징조라고 생각하며 두려워하기도 했다. 책을 읽으면서 보낸 두 시간이 몇 년 치 진짜 삶보다 즐겁다는 걸 알아내고는 끔찍하기 짝이 없는 인생의 무상함을 상기하며 절망에 빠지곤 했다.

하지만 이제는 모든 것이 변했다. 그림을 본 순간부터 지난 몇 주 동안이 그전 삶 전체보다 긴 느낌이었다. 모든 날과 모든 시간이 풍성했고, 자는 시간마저도 그러했다. 피곤하기만 하던 몸뚱이뿐 아니라 영혼까지 되살아나 오랫동안 묻어뒀던 귀한 풍경을 펼쳐 보이기 시작했다. 마리아 푸데르는 나의 영혼이 존재한다는 사실을 가르쳐줬다. 또 나는 지금까지 만난 사람 가운데 처음으로 그녀의 영혼이 존재한다는 것을 확신했다. 분명 모든 사람이 저마다의 영혼을 받아 이 세상에 왔을 것이다. 하지만 대부분 이를 알고 온 것이 아닌 것처럼, 떠날 때도 뭘 놓쳤는지 모르고 돌아간다. 영혼이 짝을 찾으면 구차한 설명 없이 드러나게 마련이다. 그제야 우리는 진정으로, 영혼을 갖고 살기 시작한다. 모든 망설임과 부끄러움을 제치고 모든 규범도 뛰어넘어, 두 영혼은 서로 부둥켜안는다.

나의 소심함이 깡그리 사라졌다. 오로지 그녀에게 온 마음을 쏟아붓고 싶을 뿐이다. 선량함과 사악함, 강인함과 유약함, 아무것도 감추지 않고 발가벗은 영혼을 그녀 앞에 내보이고 싶었다. 그녀에게 말할 것이 너무나 많았다…. 평생해도 다 할 수 없는 이야기들이다. 여태껏 나는 거의 입을 닫고 살았다. 말하고 싶은 유혹에 이끌릴 때마다 얼른 마음을 고쳐먹었다. '뭣 하러?', '너도 참, 말한다고 뭐가 달라져?' 이렇게 나 자신을 타일렀다. 지난날 나는 사람을 판단할 때도, 감정이 다른 쪽을 가리켜도 빈약한 증거에 기대 섣부른 결론을 내렸다. 그 사람이 나를 이해하지 못할 거라고. 그러나 이번엔 나의 첫인상이 굳건히 가리키고 있다. 그녀는 나를 완벽하게 이해할 것이다.

천천히 걷다 보니 티어가르텐 남쪽을 지나는 수로에 이르렀다. 이곳 다리에 서면 마리아 푸데르의 집이 보인다. 아직 오후 세 시였다. 창문이 햇빛을 받아 일렁거렸고, 그 유리창 뒤에 누가 있는지는 알 수 없었다. 다리 난간에 기대 잔잔한 물을 바라보았다. 이제 막 내리기 시작한 부슬비가 떨어져 매끄러운 수면에 으스스 소름이 돋았다. 멀리선 커다란 엔진이 달린 바지선이 부두에 과일과 채소를 내렸고, 물건을 받아가려는 수레들이 줄지어 서 있었다. 수로 가장자리에 있는 나무에서 떨어진 이파리들이 나선을 그리며 물 위로 내려앉았다. 이 음산하고 을씨년스런 광경이 얼마나 아름답던지! 가슴속으로 밀려드는 축축한 공기가 얼마나 신선하던지! 살아가는 것, 자연의 지극히 미세한 움직임을 감지하고 순리에 따라 흘러가는 삶을 바라보는 것, 누구보다도 기운차게, 매순간을 일평생처럼 충만하게 채우며 삶을 자각하는 것…. 그리고 특히 이 모든 것을 함께 나눌 사람이 있다는 사실을 마음에 새기며 그녀를 기다리는 것….

세상에 이보다 행복한 게 있을까? 이제 우리는 촉촉하게 젖은 길을 함께 걸을 것이다. 한적하고 어둑한 곳을 찾아 앉을 것이다. 서로 눈을 맞추며 많은 것을, 지금까지 누구에게도, 심지어 나 자신에게도 허락하지 않았던 것들을 얘기할 것이다. 순간적으로 이런 생각들이 또 순식간에 다음 생각으로 이어졌다. 그녀의 손을 꼭 쥐고, 추위에 발갛게 언 손가락을 비벼 따스하게 해줄 것이다. 한마디로 나는 그녀와 가까워질 터다.

세 시 삼십 분쯤, 그녀가 일어났으리라 생각했다. 집 앞으로 가서 기다리는 게 옳은 걸까? 창문에서 내다볼 거라고 했었다. 내가 여기서 기다릴 거라고는 짐작하지 못하겠지? 정말 나를 만나러 올까? 이내 이런 의심들을 머릿속에서 지워버렸다. 이런 생각은 그녀에 대한 나의 나약한 믿음을 드러낼 뿐이었다. 마음속에 그녀에 대한 생각으로 집을 지었다가 내 발로 차 허물어버리는 것과 같다. 하지만 일단 떠오른 의심은 수십 개의 가지를 치면서 번져갔다. 어쩌면 병이 났을 수도 있다. 급한 일이 생겨 이미 집을 떠났을 수도 있다. 하늘에서 툭 떨어지듯이, 행복이 이렇게 쉽게 오는 건 정상이 아니다. 시간이 지날수록 마음이 더욱 다급해졌고, 심장은 빠르게 뛰었다. 어젯밤에 일어난 일은 사람이 살면서 단 한 번 일어날 법한 굉장한 일이었다. 이런 일이 반복될 거라는 기대는 가당치 않다. 내 머리는 허겁지겁 스스로를 달랠 방도를 찾아냈다. 인생이 갑자기 새롭고 불투명한 미래로 들어선 건 좋은 일이 아닐 거야. 아무리 위안거리를 찾으려 해도 사방이 절망이고 암흑이었다. 차라리 과거의 적막과 뻔한 일상으로 돌아가는 것이 쉽지 않을까?

고개를 돌려보니 그녀가 나를 향해 곧장 걸어오고 있었다. 얇은 트렌치코트를 입고 군청색 베레모를 쓰고, 굽 낮은 구두를 신고 있었다. 얼굴은 웃고 있었다. 내 곁으로 오더니 손을 내밀며 "여기서 기다렸어요? 언제부터요?" 하고 물었다.

"한 시간 전부터요."

목소리가 떨려 나왔다. 그녀는 내 말을 불평으로 여기고는 장난치듯 불만스레 나무랐다.

"당신 잘못이에요. 난 당신을 한 시간 삼십 분 전부터 기다렸다고요. 조금 전에 우연히 당신을 봤어요. 근데 저의 집 앞으로 오지 않고 이 시적인 풍경을 즐기고 계시던데요?"

그녀가 나를 기다리다니, 그렇다면 나는 그녀에게 중요한 사람인 것이다. 마치 누군가가 쓰다듬어준 어린 고양이처럼 나는 그녀의 눈을 들여다보았다.

"고맙습니다."

"뭐가 고맙다는 거지요?"

그녀는 이렇게 묻고는 대답도 기다리지 않고 내게 팔짱을 꼈다.

"자, 가요, 우리!"

그녀를 따라 걷기 시작했다. 발걸음이 빨랐다. 어디에 가는지 묻기가 겁났다. 둘 다 아무 말도 하지 않았다. 이 침묵이 좋았지만 뭔가 꼭 얘기를 해야 할 것만 같은 생각에 애가 탔다. 조금 전까지만 해도 머릿속에 줄줄이 지나가던 중요하고 맥락 있고 멋지고 특별한 생각들이 하나도 떠오르지 않았다. 생각해내려고 안간힘 쓸수록 머릿속은 텅 비어버려 내 뇌가 욱신거리는 고깃덩어리밖에 되지 않는 한심한 기분이었다. 그녀를 곁눈질했지만 나처럼 전전긍긍하거나 불안해하는 기색은 전혀 보이지 않았다. 검은 눈은 아래를 향하고, 얼굴은 바위처럼 단단하고 고요했으며, 입가는 미소를 따라 자연스런 곡선을 그리면서 계속 걸었다. 왼손은 내 팔에 무심하게 걸쳐 있었다. 앞쪽 어딘가를 가리키듯 검지가 의미심장하게 약간 올라와 있었다.

다시 얼굴을 살피니 무언가 골똘히 생각하는 것처럼 약간 산만하고 두툼한 눈썹을 찌푸린 채였다. 눈꺼풀 위로 푸르고 가느다란 정맥이 보였다. 길고 검은 속눈썹이 가볍게 떨렸고, 그 위에서 작은 빗방울이 반짝였다. 머리카락도 드문드문 젖어 있었다.

그녀가 불현듯 고개를 돌리며, "왜 그렇게 나를 빤히 보는 거예요?" 하고 물었다.

이미 내가 나에게 한 질문이었다. 어떻게 이렇게 거리낌 없이, 주의 깊게 본다는 걸 의식하지도 않고 한참 동안 여자를 빤히 볼 수 있단 말인가? 여태 한 번도 그렇게 해본 적이 없는데. 그리고 어떻게 여전히 나는 그녀가 이렇게 묻고 눈을 돌려 바라보는데도 대담하게 계속 그녀를 쳐다보고 있을까? 나도 놀랄 만큼 용기를 내 되물었다. "내가 쳐다보는 게 싫으세요?"

"아니요, 그게 아니고, 그냥 물어본 거예요…. 아마도 좋아서요. 그래서 물었어요!"

그녀의 시선이 의미심장했다. 까만 눈동자에 빨려 들어 가는 것 같아 나 자신을 억누르기가 힘들었다.

"당신은 원래 독일인이에요?"

"네, 왜요?"

"금발도 아니고, 눈도 파란색이 아니어서요."

"그럴 수 있지요."

그녀의 웃음에 언뜻 망설이는 기색이 스쳤다.

"아버지는 유대인이었어요. 어머니는 독일 사람이고요. 하지만 어머니도 금발은 아닌걸요."

궁금증이 꼬리를 물었다.

"그러니까 당신은 유대인이군요?"

"예…. 내 질문이 신경을 건드리지 않으면 좋겠는데, 혹시 당신도 유대인을 싫어하세요?"

"그게 말이 되나요…. 우리나라에는 그런 적대감 없어요. 당신이 유대인일 거라고는 생각하지 못했어요."

"네, 난 유대인이에요, 아버지는 프라하 출신이고요. 내가 태어나기 전에 가톨릭으로 개종하셨대요."

"그러면 종교로 보면 크리스천이군요!"

"아니요…, 난 종교와는 관련 없어요!"

한참 동안 걸었다. 그녀는 말을 계속하지 않았다. 나도 더는 묻지 않았다. 어느새 도시 외곽에 이르렀다. 나는 어디로 가는지 궁금해지기 시작했다. 바깥 산책을 할 만한 날씨는 아니었다. 비가 계속해서 부슬부슬 내리고 있었다. 마리아가 한번은 "우리 어디로 가나요?"라고 물었다.

"모르겠는데요."

"궁금하지 않아요?"

"난 당신을 따르겠어요…. 어디로 가든지."

그녀는 이슬을 가득 머금은 흰 꽃처럼 촉촉하고 창백한 얼굴로 물었다. "정말 고분고분하시네요. 다른 생각이나 바라는 게 전혀 없어요?"

나는 곧바로 어젯밤 그녀가 한 말을 꺼냈다.

"당신에게 뭔가를 요구하지 말라고 했잖아요."

답이 없었다. 나는 잠시 기다리다 말을 이어나갔다.

"어제저녁 얘기는 진심이 아니었나요? 아니면 오늘 생각이 바뀐 건가요?"

그녀는 강하게 부인했다.

"아뇨, 아뇨! 생각은 변함없어요…."

그런 후 다시 생각에 잠겼다. 우리는 철제 울타리가 있는 커다란 정원에 도착했다. 그녀는 천천히 걸으며 물었다.

"여기 들어갈까요?"

"여기가 어디인가요?"

"식물원."

"좋을 대로."

"그럼 들어가요…. 항상 여기에 오거든요. 특히 이렇게 비가 오는 날엔."

안에는 아무도 없었다. 우리는 모랫길을 한동안 거닐었다. 길 양옆으로 계절이 바뀌었는데도 낙엽이 지지 않은 나무들이 늘어서 있었다. 이끼 덮인 바위와 풀밭, 형형색색의 꽃으로 둘러싸인 연못을 지났다. 넓은 잎사귀들이 수면을 덮고 있었다. 천장이 아치 모양인 온실은 더운 나라에서 자라는 식물로 가득했다. 몸통은 뚱뚱하고 잎은 자잘한 열대 식물들을 보면서 마리아가 말했다.

"여기가 베를린에서 제일 아름다운 곳이에요. 특히 요즘 같은 계절에는 방문객이 거의 없다시피 할 정도로 한산하지요. 이 이국적인 나무들을 보면 내가 늘 동경하는 먼 나라가 떠올라요…. 나무들이 안쓰러워요. 본래 있어야 할 땅에서 뿌리 뽑혀 이곳으로 옮겨지고, 이렇게 인공적이고 엄격하게 통제받는 환경에서 살아야 하지요. 베를린은 일 년에 100일 정도만 화창하고 나머지 265일은 흐리다는 거 아시죠? 열대의 태양 아래 살도록 태어난 나무들을 온실 온

160

도와 조명으로 만족시킬 수 있을까요? 그런데도 어떻게든 살고는 있어요, 말라죽지 않고…. 하지만 이걸 사는 거라고 할 수 있는지 모르겠어요. 생명이 있는 존재를 자연스러운 환경에서 분리시켜, 관심 있는 몇몇 사람을 기쁘게 하려고 이 끔찍한 공간에 가둬두는 것도 일종의 고문 아니겠어요?"

"당신도 그 관심 많은 사람들 중 한 명이잖아요…."

"그래요, 하지만 이곳에 올 때마다 마음은 깊은 슬픔으로 가득 찬답니다."

"그렇다면 무엇 때문에 오나요?"

"모르겠어요!"

그녀는 젖은 벤치 한 곳에 앉았다. 나도 그 곁으로 다가가 앉았다. 그녀는 얼굴에 묻은 빗방울을 손으로 닦아내며 말했다.

"여기 있는 식물들을 보며 나 자신을 생각할 때도 있어요. 어쩌면 수 세기 전에 이 낯선 나무와 꽃과 같은 데서 살았을지도 모르는 조상들을 떠올리기도 하고요. 우리도 이것들처럼 원래 있던 곳에서 뿌리째 뽑혔잖아요? 우리 땅에서 추방되고 세상 곳곳으로 흩어져 떠돌잖아요? 이런 것들은 당신과는 상관없지요…. 사실 나와도 그다지 관련은 없어요…. 그래도 많은 걸 생각하게 하고, 머릿속에 많은 것들이 살게 해주지요. 보다시피 나는 세상보다는 내 머릿속에서 사는 사람이니까요. 삶이란 건 지루한 꿈일 뿐이에요. 당신은 내가 아틀란틱에서 일하는 걸 무척 안타까워하지요. 하지만 전 그런지 아닌지조차 인식하지 못해요…. 심지어 가끔은 즐겁기도 해요…. 어차피 엄마 때문에 하는 일인걸요. 엄마를 돌봐야 하니까요. 일 년 동안 그림 몇 점을 그려 팔아서는 생계를 꾸릴 수가 없어요…. 당신도 그림을 그렸나요?"

"아주 조금!"

"왜 계속하지 않았지요?"

"재능이 없다는 걸 알았으니까요!"

"말도 안 돼요…. 당신이 그림에 재능이 있다는 건 전시회에서 그림을 볼 때 당신 얼굴에 떠오른 표정만으로도 분명히 알 수 있어요. 그냥 용기가 없었다고 하지 그래요. 물론 그렇게 인정해버리는 것도 성숙한 남자의 태도라고 하긴 어렵지만요…. 당신 얘기를 하고 있는 거예요. 왜냐하면 난 용기는 있거든요…. 그림에 사람들을 향한 나의 시선과 판단을 담고 싶어요. 어느 정도는 해내고 있다고 생각해요. 하지만 다 부질없더라고요…. 내가 무시하는 사람들은 내 그림의 의도를 이해하지 못하고, 이해할 수 있는 사람들이라면 어차피 내가 무시할 리 없는 사람들이지요. 그렇다면 다른 모든 예술처럼 그림도 딱히 전달할 사람이 없어요. 정말로 말하고 싶은 사람에게 호소할 수가 없는 거예요. 열망만 가득할 뿐이죠. 그럼에도 그림은 이 세상에서 내가 진지하게 여기는 유일한 거예요. 바로 이런 이유 때문에 그림으로 생계를 유지하고 싶지 않아요. 그러면 내가 원하는 대로가 아니라 남들이 요구하는 걸 그릴 수밖에 없으니까요…. 절대… 절대…. 차라리 내 몸을 시장에 내놓는 게 낫지요…. 몸뚱이는 별로 중요한 게 아니니까요…."

그녀가 내 무릎을 툭 쳤다. 건달처럼.

"아, 고상한 벗님, 내가 하는 것도 별것 아녜요…. 어젯밤 술 취한 손님이 내 등에 입 맞출 때 거기 있었지요, 그렇지요? 그 사람한테는 당연히 입 맞출 권리가 있어요…. 돈을 내니까요…. 다들 내 등이 멋지다고도 하고요…. 당신도 그러고 싶어요? 돈 있어요?"

혀가 굳어버린 것 같았다. 화가 치밀어 눈만 깜박이며 입술을 깨물었다. 마리아가 이를 알아채고는 얼굴을 찌푸렸다. 그녀의 얼굴이 유난히 창백해지면서 백지처럼 하얘졌다.

"아니에요, 라이프. 내가 그런 걸 바란다는 게 아니에요, 절대로…. 내가 정말로 견딜 수 없는 건 동정이에요…. 당신이 나를 측은하게 생각하는 순간 우린 헤어지는 거예요. 내 얼굴도 보지 못할 거예요."

크게 충격을 받은 내가 오히려 동정받아야 할 상태가 되자 그녀는 내 어깨에 팔을 둘렀다.

"내 말을 언짢게 생각지 말아요! 앞으로 우리 우정을 망칠지도 모르는 것들을 허심탄회하게 얘기해두는 거예요. 주저하지 말고요. 이런 문제들에 겁을 내는 건 좋지 않아요…. 서로 이해하지 못한다면 헤어져서 각자의 길을 가면 그만이지요. 그게 뭐 그리 끔찍한 재앙이라도 되나요? 인생의 참맛은 고독에 있다는 걸 받아들이지 못하는 거예요? 결혼은 거짓 위에 쌓아올리는 허상이에요. 사람들은 일정한 정도까지만 가까워질 수 있고, 그 이상은 가식이라고요. 어느 날 자기들이 저지른 잘못을 알아차리면 절망에 빠져 모든 걸 내팽개치고 도망가지요. 하지만 환상과 착각에서 벗어나, 아쉽더라도 적당한 정도에서 만족한다면 그렇게 되지 않을 거예요. 자연스러운 걸 받아들이면 절망에 고통받는 이도, 운명을 저주하는 이도 없을 테지요. 우리가 처한 환경을 가여워할 권리는 있지만 동정할 수 있는 건 자기 자신뿐이에요. 누군가를 동정한다는 건 그 사람보다 강하다고 여기는 건데, 사실 우리는 그렇게 대단하지도 않고 다른 사람을 나보다 가련하다고 여길 권한도 없어요…. 이제 갈까요?"

나란히 일어나 외투에 묻은 빗방울을 털었다. 젖은 모래가 발아래에서 사그락거렸다.

거리에 어둠이 드리웠다. 아직 가로등은 켜지지 않았다. 올 때처럼 빠른 걸음으로 왔던 길을 되짚어 돌아갔다. 이번에는 내가 그녀에게 팔짱을 꼈다. 어린아이같이 파고들며 그녀에게 머리를 기울였다. 슬픔과 기쁨이 뒤죽박죽이 된 이상한 기분이었다. 그녀와 나의 생각이 굉장히 많이 닮았고 벌써 이렇게 가까워졌다고 생각하니 굉장히 기뻤다. 하지만 어떤 점에서는 나와 그녀가 다르다는 것 때문에 두렵기도 했다. 그녀가 속내를 감추는 사람이 아니고 또 무슨 일이 있어도 자신을 속이려 하지 않는다는 걸 알기에 나를 떠나게 되지 않을까 두려웠다. 누군가의 진짜 모습을 보게 되면, 그러니까 어떤 사람의 발가벗은 실체를 받아들이고 나면 그 사람이 누구든 매력은 사라져버리게 마련이다. 나의 깊은 내면으로부터 희미한 경고의 목소리가 들려왔다.

나는 그녀의 적나라한 실체를 직시할 정도로 현실적이 되고 싶지는 않았다. 그녀에게서 멀어지게 되는 진실이라면 견뎌낼 수 없을 거라는 걸 알았기 때문이다. 우리는 서로에게서 귀한 보석을 발견했다. 이렇게 나의 영혼에 가장 소중한 것을 발견했는데, 더 큰 진실을 위해 자질구레한 것들은 못 본 척함으로써 작은 진실을 희생시키는 자비를 베푸는 것이 더 인간적이지 않은가?

모든 면에서 판단력이 건전한 이 여성이 힘겹게 체득한 충고를 하고 있었다. 그녀는 어려운 시간을 지나왔고, 상처받은 사람들을 많이 보았다. 그러면서 자연스럽게 지금처럼 생각하게 됐다. 그녀는 자기가 선택하지 않은 집단 속에서 살 수밖에 없었던 것을 싫어했고, 후회했다. 억지웃음 짓도록 등 떠미는 삶의 그늘에서 분노했고 의심을 키웠다. 반면에 나는 살아오는 내내 사람들과 거리를 뒀다. 내가 그들을 성가시게 하지 않았기에 그들도 나를 귀찮게 하지 않았다. 그래서 누구에게도 분노를 품지 않았다. 나를 갉아먹은 것은 오로지 거대한 외로움뿐이었고, 가까운 사람들 앞에서 수많은 방법으로 나 자신을 속이게 만든 것 또한 외로움이었다.

우리는 도심에 도착했다. 환하게 불을 밝힌 거리는 사람들로 붐볐다. 마리아 푸데르는 생각에 잠겨 있었고 약간 슬퍼 보이기도 했다. 걱정스런 마음에 물었다.

"뭐 신경 쓰이는 게 있어요?"

"아니요! 그런 거 없어요. 아무것도 신경 쓸 게 없었는걸요. 오늘 산책이 좋았어요. 좋았던 것 같아요…."

대답과 달리 그녀의 정신은 다른 곳에 가 있는 게 확실했다. 가끔 멍한 시선으로 나를 바라보았고, 미소 역시 낯선 느낌이어서 나는 불안해졌다. 그러다 잠깐 그녀가 거리 한가운데 멈춰 섰다.

"집으로는 가기 싫네요. 우리, 어디 가서 저녁 먹어요. 내가 일하러 갈 때까지 계속 이야기해요."

전혀 예기치 않은 이 제안을 나는 덥석 받아들였다. 내가 너무 적극적으로 호응하자 그녀는 뜨악한 표정을 지었다. 나의 불필요한 설렘 때문에 그녀가 당혹스러워 한다는 것을 알아채고는 급히 마음을 추슬렀다. 우리는 도시 서쪽에 있는 꽤 큰 식당으로 들어갔다. 아직 그다지 붐비지 않았다. 한쪽에는 전통의상을 입은 바이에른 출신 여성 밴드가 시끄러운 음악을 연주하고 있었다. 우리는 가장자리에 있는 테이블에 앉아 식사와 와인을 주문했다.

그녀의 가라앉은 분위기가 내게도 옮겨왔다. 이유를 알

수 없어 답답했고 안절부절못했다. 내 속내를 읽은 그녀는 혼자만의 생각에서 벗어나 미소를 짓더니, 내게 몸을 기울이면서 탁자에 놓인 내 손을 찰싹 때렸다.

"왜 그렇게 뿌루퉁해요? 젊은 여자와 처음 식사하는 청년은 더 즐겁고 말이 많아야 해요!"

경쾌한 말투였다. 하지만 스스로도 확신하지 못하는 게 분명했다. 금세 조금 전 분위기로 돌아갔다. 곧 그녀는 뭐라도 해야겠다 싶었는지 주위를 훑어보고는 와인을 몇 모금 마셨다. 그런 후 다시 내게 눈길을 돌렸다.

"난들 어쩌겠어요? 어떡하겠느냐고요. 난 이럴 수밖에 없는 인간인걸요!"

무슨 말을 하고 싶은 걸까? 의미를 어렴풋이 추측할 수밖에 없었다. 어쩔 수 없다는 말의 속뜻이 아까부터 나를 속상하게 만든 것과 같은 거라고 느꼈다. 나의 어림짐작은 여기서 끊겨 더 나아가지 못했다.

그녀의 시선은 닿는 곳마다 한참씩 머물렀고, 어렵사리 천천히 다른 곳으로 옮겨갔다. 이따금 진주처럼 흰 얼굴에 미세한 전율이 스쳤다. 그녀가 다시 입을 열었다. 떨리는 목소리에 흥분을 삭이려고 애쓰는 것이 고스란히 전해졌다.

"절대 기분 상하지 마세요. 당신이 혹시라도 헛된 희망에 빠져 길을 잃기 전에 솔직하게 털어놓는 게 좋을 것 같아요…. 그래도 나한테 기분 상하지는 말았으면 좋겠어요…. 어젯밤 내가 당신한테 갔고… 날 집까지 바래다달라고 했어요…. 오늘 함께 산책하자고 제의했고요…. 저녁을 같이 먹자고도 했지요…. 당신을 성가시게 했을지도 몰라요…. 난 당신을 사랑하지 않아요. 처음부터 알았어요…. 그래요, 난 당신을 사랑하지 않아요…. 어쩌겠어요? 당신은 상냥하고 아주 매력 있는데, 심지어 지금까지 다른 남자들에게선 보지 못한 품성까지 갖췄다는 걸 알아요. 하지만 거기까지예요…. 당신에게 말하고, 하늘 아래 모든 것을 이야기하고, 다투고, 논쟁하고…. 서운해서 앵돌아지고, 그랬다가 화해하고, 이런 모든 것에 나는 분명 행복해하겠지요…. 하지만 사랑? 이건 내가 어찌할 수 있는 세계가 아니에요…. 뜬금없이 왜 이런 말을 하는지 궁금할 거예요…. 방금 말한 것처럼, 당신이 부질없이 희망을 키우다가 결국 속상해하면서 나와 끝나지 않았으면 해서요…. 내가 당신한테 뭘 줄 수 있고 뭘 줄 수 없는지 지금 분명히 해두지 않으면, 나중에 내가 당신을 갖고 놀았다고 원망할 테니까요. 당신이 다른 남자들과 다르다 하더라도 그래도 남자예요…. 내가 만났던 남자들은 전부 내가 자기를 사랑하지 않았다는 걸, 사랑할 수 없었던 걸 알고는 슬퍼하거나 심지어 분노하면서 떠났어요…. 하지만 왜 내가 잘못해서 헤어진다고 생각들 하는 거지요? 난 전혀 약속한 적이 없는데, 자기들이 속으로 바라던 것들을 내가 해주지 않아서? 이건 부당하지 않나요? 당신도 그런 남자들과 똑같이 나에게 바라고 슬퍼하고 원망하게 되는 건 원치 않아요…. 당신한테도 그게 나을 거예요."

충격이 컸다. 하지만 평정심을 지키려고 노력하면서 말했다.

"이 모든 게 무슨 소용이 있습니까? 우리의 우정 형태를 결정짓는 건 내가 아니라 당신인데. 당신이 원하는 대로 그렇게 될 겁니다!"

그녀는 화를 내며 격하게 반박했다.

"아니요, 아니요, 절대 그렇게 되지 않아요. 이해 못 하겠어요? 당신도 다른 남자들처럼, 내 말을 용인하는 것 같으면서도 모든 걸 받아들이라는 식으로 가고 있어요. 안 돼요! 그렇게 듣기 좋은 말로 얼버무려선 문제를 해결할 수 없어요. 생각해봐요. 이 문제에 대해서, 나에게 불리한 경우든 상대방에게 불리한 경우든, 난 항상 솔직하고 열린 마음으로 마주했지만 아무 결론도 얻지 못했어요. 남자와 여자는 서로 뭘 원하는지조차 이해하기 힘들어요. 우리 감정이란 게 얼마나 모호한지, 누구도 자기가 뭘 하는지도 모르는 채 급류에 휩쓸려가지요. 난 그렇게 되는 걸 바라지 않아요. 필요하지도 않고 만족스럽지도 않은 것들을 해야 한다면, 나는 결국 나 자신을 증오하게 될 테지요…. 제일 견딜 수 없는 건, 여자는 항상 수동적이어야 한다는 거예요…. 왜요? 왜 항상 우리는 도망치는 쪽이고 당신들은 쫓아오는 쪽이어야 하지요? 왜 항상 우리는 항복하고, 당신들은 전리품을 챙기지요? 왜 당신들은 애원할 때조차 우월한 위치에 서고 우리는 거절할 때마저 무력해야 하지요? 난 어릴 적부터 이런 것들을 거부했고, 절대 받아들이지 않았어요. 난 왜 이럴까, 왜 다른 여자들은 인지하지도 못하는 것을 나는 이토록 중요하게 여길까? 이런 것에 대해 많이 고심했어요. 혹시 내가 비정상적인 걸까 생각도 했지요. 하지만 아니었어요. 정반대로, 내가 정상이기에 이렇게 생각했던 거지요. 왜냐하면 나는, 오로지 어떤 우연의 힘 덕에, 여성들이 주어진 운명을 받아들이게 만드는 영향들로부터 멀리 떨어져 자랐기 때문이에요. 아버지는 내가 어렸을 때 돌아가셨어요. 엄마와 단둘이 남았고요. 엄마는 순종적인 여성의 전형이세요. 혼자서 세상 풍파를 뚫고 삶을 이끌어나가는 능력을 잃어버렸지요. 어쩌면 태어나면서부터 이런 능력을 가져본 적도 없을 거예요. 나는 일곱 살 때부터 엄마를 보살피기 시작했답니다. 엄마한테 용기를 내라고 격려하고, 충고하고, 도왔어요. 우리 모녀에겐 옆을 지키거나 관리해주는 남자가 없었지요. 그래서 자연스럽게, 나는 학교에서 여자 친구들이 꿈꾸는 게으른 환상들을 혐오하게 됐어요. 남자들에게 잘 보이려고 뭔가를 배우지도, 배우려 하지도 않았어요. 남자들 앞에서 부끄러워하거나 얼굴을 붉히지 않았고, 남자들에게 칭찬을 받고 싶어 하지도 않았어요. 이런 상황들이 나를 끔찍한 외로움으로 몰아갔지요. 여자 친구들은 나와 공통분모를 찾지 못해 곤혹스러워했고, 나와 친구가 되고 싶어 하지 않았어요. 내 생각을 받아들이는 게 취향이나 편안함에 위배된다고 생각했나봐요. 그들은 진정한 인간이 되는 것에 관심이 없었어요. 인간이 되기보다는 욕망의 대상이 되고 장난감처럼 애교나 떠는 편을 더 좋아했어요. 난 남자들과도 친구가 되지 못했어요. 나한테서는 자기들이 쫓아다니는 말랑말랑한 먹잇감을 찾지 못하고 오히려 내가 그들과 대등하게 겨룬다는 걸 알고는 줄행랑치더군요. 그래서 남자들이 어느 대목에서 용기를 내고 야망을 불태우는지 아주 잘 이해하게 되었지요. 세상에 그 어떤 생명체도 그렇게 손쉬운 승리에만 집착하지 않아요. 또 그렇게 젠체하고 오만하고 이기적이지도 않지요. 심지어 겁쟁이에다 자기 방식에 굳어져 있어요. 이런 것들을 다 알고 나니 남자들을 진심으로 사랑하는 게 불가능해졌어요. 내가 많이 좋아했고 닮은 점이 많았던 남자들도 다를 게 없었어요. 사소한 것이라도 화낼 빌미가 보이면 숨겨온 늑대 이빨을 드러냈지요. 서로 사랑을 나누고 똑같이 즐겼는데도 쭈뼛쭈뼛 다가와선 멍청이처럼 한숨을 쉬면서 죽을죄를 지은 체하거나 마치 보호자라도 된 것처럼 굴었지요. 만면에 정복자의 우쭐한 표정을 띠고서…. 하지만 정작 한심하고 가련한 실체를 고스란히 드러낸 쪽은 그들이지요. 어떤 여자도 욕정에 휩쓸린 남자만큼 한심하고 우스꽝스럽진 않아요. 그런데도 남자들은 이런 걸 무슨 놈의 힘의 근거라도 되는 것처럼 자랑스러워하지요…. 맙소사! 세상에, 미칠 지경이에요…. 내 성적지향이 별난 건 아니지만, 차라리 여자와 사랑에 빠지는 편이 낫겠어요."

　그녀는 잠시 말을 멈추고 나를 쳐다봤다. 와인도 한 모금 마셨다. 긴 독백으로 무거운 마음을 걸어낸 것 같았다.

"왜, 놀랐어요? 두려워하지 마세요, 당신이 상상하는 그런 건 없어요. 하지만 그러면 얼마나 좋겠어요. 분명 영혼을 덜 타락시키는 뭔가를 한 셈이 될 텐데요…. 하지만 아시다시피 난 화가예요…. 나 나름대로 아름다움에 대한 관점이 있어요. 동성과 사랑을 나누는 것을 아름답다고 생각하지 않아요…. 어떻게 말해야 할지… 미학적인 게 아니에요…. 그리고 난 자연을 아주 사랑하거든요…. 자연 세계에 반하는 방식으로 행동하는 것은 탐탁지 않지요…. 이런 이유 때문에 남자를 사랑해야 한다고 믿어요…. 하지만 진정한 남자를… 물리적인 힘에 의존하지 않고 나를 정신없이 빠져들게 만드는 그런 남자…. 나한테 아무것도 원하지 않고, 나를 억압하지 않고, 나를 무시하지 않으면서, 나를 사랑하고 내 옆에서 함께 걸을 수 있는 남자…. 그러니까 진정으로 강한 남자, 진짜 남자…. 당신을 왜 사랑할 수 없는지, 이제 이해했어요? 어쨌든, 우리가 사랑에 빠질 만큼 오래 만난 것도 아니지만 당신은 내가 찾던 사람이 아니에요…. 사실 당신에게는 조금 전에 내가 말한 그런 거만함은 없어요…. 오히려 어린아이나 여자 같지요. 우리 엄마처럼 당신도 누군가가 돌봐줘야 할 것 같아요…. 내가 그런 사람이 되어줄 수도 있겠지요…, 만약 원한다면요…. 하지만 그 이상 대단한 것은 해주지 못할 거예요…. 우린 멋진 친구가 될 수도 있어요…. 내 말을 가로막지 않고, 내 생각에 반박하지 않고, 설득하려 하지 않고, 그러니까 버릇을 가르치려 들지 않고 귀 기울여준 첫 번째 남자가 당신이에요…. 나를 이해했다는 게 그 눈빛에 역력히 보여요…. 말했듯이 우린 좋은 벗이 될 수 있어요. 내가 당신에게 허심탄회하게 말한 것처럼 당신도 나에게 속을 털어놔도 돼요. 이걸로 충분하지 않나요? 더 많은 걸 원하다가 통째로 잃어버리는 것이 과연 가치 있는 걸까요? 나는 그건 절대 원치 않아요. 어젯밤에도 말했지요, 수시로 나는 앞뒤가 맞지 않을 때도 있어요…. 하지만 그런 나를 오해하지 않았으면 해요…. 중요한 문제에는 흔들리지 않으니까요…. 어때요, 나랑 친구할 거예요?"

현기증이 났다. 그녀에 대해 마지막 판단을 내리는 일은 결코 없으면 좋겠고, 내가 어떤 판단을 내리든 정확하지 않을 거라고 직감했다. 오직 한 가지 욕심뿐이었다. 어떤 대가를 치르더라도 그녀 가까이에 있는 것, 그녀와 헤어지지 않는 것…. 다른 건 상관없었다…. 난 어느 누구에게도 그가 주려는 것보다 더 많은 걸 달라고 하지 않는 편이다. 그런 것에는 익숙하지 않다…. 그런데도 이상하게 울적했다.

나의 대답을 기다리는 새까맣고 혼란스러운 눈동자를 바라보며 천천히 말했다.

"마리아, 당신을 완전히 이해해요…. 당신이 왜 지나온 시간을 이렇게 길게 설명하는지 알겠어요. 앞으로 우리 우정을 위태롭게 할 만한 걸림돌을 미리 정리하기 위해서 이렇게 했다고 생각하니 정말 기쁜걸요. 그러니까 우리 우정이 당신에게도 소중하다는 거지요…."

그녀는 고개를 끄덕였다. 나는 계속했다.

"나한테 그런 것들은 설명할 필요도 없었어요. 하지만 당신은 몰랐으니까, 우린 이제 막 만났을 뿐이니까요. 조심스럽게 행동하는 게 좋지요…. 나는 당신만큼 경험이 많지는 않아요. 만난 사람도 몇 안 되고, 항상 혼자였어요. 서로 다른 길을 걸어왔는데도 우린 같은 결론에 도달했군요. 우리 둘 다 한 사람을 찾고 있네요, 우리와 같은 사람을요…. 그렇게 찾아온 사람을 우리가 서로에게서 찾는다면 얼마나 멋질까요…. 이게 제일 중요하지요, 다른 건 부차적인 거고…. 남녀 문제를 보자면, 내가 당신이 두려워하는 부류가 아니라는 것은 믿어도 돼요. 솔직히 내가 여자 경험은 없지만, 여자를 존중하지 않는다니, 그 사람의 강인함을 존중하지 않으면서 어떻게 그 사람을 사랑할 수 있을까요? 그런 생각은 한 번도 해보지 않았어요. 무시당하는 것에 대해서도 말했지요? 내 생각에, 사랑하는 사람을 무시해도 된다고 용인하는 사람은 자기 인성을 부인하는 것이고 자기 자신을 무시한다는 의미예요. 나도 당신처럼 자연을 아주 사랑합니다. 사실은 사람에게서 멀어질수록 자연과 더 가까워졌지요. 우리 나라는 세계에서 가장 아름다운 곳입니다. 역사책에 나오는 모든 문명이 이 땅에서 일어났고 무너졌지요. 천 년, 혹은 천오백 년 전으로 기원이 거슬러 올라가는 올리브 나무 아래 누워, 대대로 이 나무들의 열매를 거둔 사람들을 생각하곤 했습니다. 소나무로 뒤덮인 산에서, 사람의 발길이 닿지 않은 듯한 비탈에서, 나는 대리석으로 만든 다리와 돌을 깎아 장식한 기둥 들을 마주쳤지요. 이런 것들이 나의 어린 시절 기억이고 상상의 텃밭이었습니다. 자연의 섭리는 내 정신세계에서 다른 무엇보다 우선하는 최고의 가치입니다. 다른 건 다 잊고, 우리의 우정도 자연의 섭리를 따르도록 놔둡시다. 억지로 방향을 정하거나 섣부른 결정을 내려 발목을 잡지 않도록 하자고요."

탁자에 놓인 내 손을 마리아가 검지로 톡톡 두드렸다.

"당신, 내 생각만큼 어린아이는 아니군요!"

머뭇머뭇 그녀는 걱정스런 눈빛으로 나를 응시했다. 도톰한 아랫입술을 쏙 내밀고, 곧 울 것 같은 소녀로 변신했다. 반대로 눈은 생각에 잠겼고, 마치 뭔가를 찾는 것 같았다. 이렇게 짧은 시간에 얼마나 다양한 표정으로 변하는지 그저 놀라울 뿐이었다.

"당신 인생과 고향 그리고 그 올리브 나무는 물론이고, 당신에 대해 전부 말해줘요."

그녀는 이렇게 말문을 열었다.

"나도 내 어린 시절과 아버지에 대해 기억하는 것들을 말해줄게요. 우린 애깃거리를 찾느라 머리 싸맬 필요는 없겠네요…. 그런데 여기는 정말 시끄럽지요. 아마도 손님이 거의 없어서 그런 것 같아요…. 저기, 실력 없는 밴드는… 고작 저런 소음으로 자기네 사장이나마 흥겹게 할는지 모르겠군요…. 아, 이런 가게의 사장들이 어떤 사람인지 당신이 안다면!"

"아주 무례한가요?"

"말도 말아요! 이런 곳에 있다 보면 남자들을 속속들이 알게 되지요. 예를 들면 우리 아틀란틱 주인은 아주 정중해요. 손님들뿐만 아니라 거래가 없는 모든 여자에게도 정중하죠…. 내가 그 카바레에서 일하지 않았다면, 분명 나한테 귀족처럼 섬세한 추파를 던지면서 정중한 매너로 감탄하게 만들었겠지요. 하지만 자기한테서 돈을 받아가는 사람한테는 태도가 바뀐답니다. 그는 아마 이걸 '직업 윤리'라고 할 거예요. 실상은 '돈벌이 윤리'라고 하는 편이 낫겠지만요. 왜냐하면 우리를 대할 때 드러내는 무례함으로 보자면 가차 없고 심지어 부도덕하니까요. 상스러운 사업을 지키겠다는 바람보다는, 누군가에게 사기당할지도 모른다는 두려움 때문에 그런 거겠지요. 아마도 그 사람도 좋은 아버지이고 정직한 시민일 거예요. 하지만 이런 사람이 우리에게 목소리와 웃음과 몸만 팔게 하는 게 아니라 인간성까지 팔아치우라고 종용하는 걸 보면 아마 당신은 경악할 거예요."

나는 사뭇 동떨어진 연상에 그녀의 말을 가로막았다.

"당신 아버지는 무슨 일을 하셨어요?"

"말하지 않았던가요? 변호사였어요. 왜 묻지요? 내가 왜 이 지경까지 왔는지 궁금한 건가요?"

나는 아무 말도 하지 않았다.

"아직 독일을 잘 모르는군요. 나 같은 경우가 뭐 특별한 건 아니에요. 아버지가 남겨주신 돈으로 공부를 했지요. 우리도 그다지 나쁜 상황은 아니었어요. 전쟁 때는 간호사

로 일했고요. 나중에는 대학을 계속 다녔어요. 하지만 남아
있던 돈은 인플레이션 때문에 바닥이 났고, 나도 돈을 벌
어야 했어요. 이걸 불평하지는 않아요. 일하는 건 절대 나
쁜 게 아니니까요. 여기까진 모욕적이지 않지요. 내가 힘든
건, 맨날 술 취한 사람들과 사람 살냄새에 굶주린 사람들
을 상대하는 것 말곤 다른 길이 없다는 거예요. 견디기 힘
든 시선들…. 하지만 난 이걸 '동물적'이라고 부르지는 않
아요…. 왜냐하면 그 자체는 본질적으로 자연스러운 거니
까…. 최악은 따로 있어요…. 잔인함과 위선, 기만을 먹고
자라난 야수성… 역겨워….”

　그녀는 주위를 둘러보았다. 밴드의 소음이 극에 달했다.
바이에른 민속의상을 입고 머리칼이 옥수수수염 같은 뚱
뚱한 여자가 목청 높여 경쾌한 요들송을 부르는데, 괴상한
소리를 내면서 제자리에서 빙빙 돌았다.

　마리아는 “우리 조용한 곳으로 가요…. 아직 시간이 이
르니까”라고 말했다. 그런 후 내 얼굴을 유심히 바라보면
서 “혹시 나 때문에 따분하지 않나요? 여기저기 끌고 다니
고, 쉴 새 없이 말하고. 여자가 이렇게 적극적인 건 좋은 게
아닌데…. 진심이에요, 지루하다면 가만히 놔드릴게요” 하
고 말했다.

나는 가만히 그녀의 손을 잡았다. 한동안 대답을 하지 못했다. 얼굴도 바라보지 않았다. 그럼에도 내 마음속을 지나는 생각들을 그녀가 이해했다고 확신하고 "고마워요!" 하고 말했다.

그녀는 "나도 고마워요!"라고 답한 뒤 손을 빼냈다.


거리로 나오자 그녀가 말했다.

"우리, 카페에 가요! 여기서 멀지 않아요. 아주 멋진 곳이에요. 특이한 사람들을 보게 될 거예요."

"로마네스크 카페*예요?"

"네, 알아요? 가봤어요?"

"아니요, 들어보기만 했어요!"

그녀는 웃었다.

"월말에 돈 떨어진 친구들한테서요?"

나도 미소 지으며 시선을 앞으로 옮겼다.

예술가들이 즐겨 찾는 이 카페는 밤 열한 시가 넘으면 젊은 남자를 낚으려는 돈 많은 여자들로 북적이고, 여기에다

* 제1차 세계대전이 끝나고 베를린 예술가들에게 가장 중요한 모임 장소가 된 카페. 1920년대 아방가르드 예술가들이 이곳에서 교류했다.

온갖 연령대의 제비족도 한 재산을 노리고 꼬여든다고 들은 적이 있었다.

이른 시간이어서 카페에는 젊은 예술가들만 있었다. 탁자마다 서너 명씩 둘러앉아 논쟁에 열을 올리고 있었다. 우리는 기둥 사이 계단으로 위층에 올라가, 겨우 빈자리를 찾았다.

주위에는 긴 머리에 챙 넓은 검정 모자를 쓰고 프랑스 사람을 흉내 낸 젊은 화가들이 앉아 있었다. 한쪽에선 문인들이 손톱 긴 손으로 책장을 뒤적였다.

금발에 입가까지 구레나룻을 기른 키 큰 청년이 멀찍이서 손을 흔들며 우리 자리로 왔다.

"모피 코트를 입은 마돈나에게 인사를!" 하고 소리치면서, 양손으로 마리아의 머리를 잡고는 먼저 이마에, 다음에는 뺨에 입을 맞췄다.

그들이 이것저것 얘기를 나누는 동안 나는 시선을 내리깔고 기다렸다. 같은 전시회에 참여한 작가라는 말을 주워들었다. 이윽고 청년은 마리아의 손을 쥐고 격하게 흔들더니 작별 인사를 했다. 그런 뒤 내게로 돌아서서 "잘 있게나, 젊은 양반!"이라고 인사를 남기고 멀어졌다. 아마 스스로는 꽤나 예술가 같다고 생각했을 것이다.

나는 여전히 앞만 보고 있었다. 그녀가 "뭘 생각해?" 하고 물었다.

"지금 나한테 반말 한 것 맞지요?"

"맞아. 싫어?"

"무슨 말씀! 고마워!"

"참 나! 고맙다는 말 정말 많이 하네!"

"우리 동양인들은 정중하거든…. 내가 뭘 생각했는지 알아? 조금 전 그 남자가 당신에게 입 맞췄을 때 난 전혀 질투하지 않았어."

"정말?"

"왜 질투심을 느끼지 않았는지 나도 궁금해."

우리는 한동안 마주 보았다. 이번에는 서로를 굳게 믿으며.

"당신에 대해 좀 더 말해봐" 하고 그녀가 말했다.

알겠다는 의미로 고개를 끄덕였다. 이야기를 많이 하리라고 낮부터 마음먹고 있었다. 하지만 생각했던 것들이 아무것도 떠오르지 않고, 새로운 것만 머릿속을 가득 채웠다. 드디어 결심을 하고는 아무 얘기나 하기 시작했다. 순서도 없었다. 어린 시절과 군대 시절, 내가 읽은 책들과 소중히 여겼던 꿈들에 대해 이야기했다. 이웃 소녀 파흐리예, 전쟁 이후에 겪은 도적들 이야기도 들려줬다. 여태까지 살면서 아무에게도, 심지어 나 자신에게도 솔직하기가 꺼려지던 것들을 그녀와 함께 나눴다. 나의 영혼이 세상으로 걸어나와 그녀를 맞이하고 있었다. 다른 사람에게 나를 설명하려고 애쓰는 것이 처음이기에, 나는 한 점 숨김없이 완벽하게 진실하기를 소망했다. 그녀에게 거짓말하지 않고, 조작하지 않고, 아무것도 바꾸지 않으려고 애썼다. 하지만 모든 진실을 말하겠다는 열망에 사로잡혀 나의 단점들을 지나치게 강조하는 바람에 이것이 사실을 왜곡해버리기도 했다.

견고하던 빗장이 풀렸다. 나의 기억과 오랜 세월 억눌러 온 감정들이 봇물 터지듯 쏟아져나왔다. 통제에서 벗어난 흥분이 홍수처럼 커지고, 부풀어 오르고, 속도를 내며 넘쳐흘렀다. 그녀가 온 정신을 집중해 내 이야기를 들을수록, 그녀의 눈이 내가 말로 다하지 못한 것까지 이해하려고 내 얼굴을 뚫어져라 들여다볼수록 마음이 완전히 열렸다. 때때로 그녀는 고개를 끄덕여 동의했고, 깜짝 놀라 입이 벌어지기도 했다. 내가 지나치게 흥분할 때면 천천히 내 손을 쓰다듬어줬고, 내 목소리에 비난하는 기색이 묻어나면 연민 어린 미소를 지어 보였다.

그러다 미지의 어떤 힘에 자극받은 듯 말을 멈추고 시계를 봤다. 열한 시에 가까워지고 있었다. 주위에 아무도 없었다. 나는 자리에서 벌떡 일어나 "일하는 데 늦겠어!" 하고 소리쳤다.

그녀는 가방을 챙겼다. 내 손을 더욱 꼭 쥐며 자리에서 일어났다. "당신 말이 맞아" 하고 그녀는 말했다. 베레모를 쓰면서 덧붙였다. "너무나 아름다운 이야기였어!"

아틀란틱까지 함께 걸었다. 길을 걷는 내내 우리는 거의 말을 하지 않았다. 둘 다 오늘 저녁의 의미를 이해하려고 애쓰는 듯 생각에 잠겼다. 목적지에 다다랐을 즈음 차가운 밤공기에 몸이 떨렸다.

"집에 들러 코트를 입고 왔어야 했는데, 나 때문에 그러질 못했네. 감기 걸리겠어!"

"당신 때문이라고? 맞아…. 당신 때문에… 아니, 내 탓이지…. 어쨌든 별로 중요하지 않아…. 우리 좀 더 빨리 걷자."

"기다렸다가 마치면 집에 바래다줄까?"

"아니, 아니…. 그럴 필요 없어…. 내일 만나."

"그렇다면."

추워서인지 몰라도 그녀는 나에게 바싹 붙었다. 아틀란틱 간판이 환하게 빛나는 문 앞에 도착하자 내게 손을 내밀었다. 뭔가 생각이 풀리지 않는 것 같았다. 그러다가 나를 잡아당겨 담벼락으로 몰아세웠다. 그녀는 시선을 바닥에 고정시킨 채 몸을 기울여 얼굴을 가까이 가져왔다. 서두르며, 은밀하게, 그녀가 물었다.

"그러니까 아까 질투하지 않았다는 거지? 나를 정말로 그렇게 많이 좋아해?"

그러더니 호기심 가득한 눈길로 내 눈을 빤히 바라보았다. 가슴이 옥죄고 목구멍이 바짝 타들어갔다. 내가 느끼는 것을 그대로 전할 만한 언어가 떠오르지 않았다. 기껏 찾아낸 모든 단어와 내가 뱉어내는 모든 말이 감정을 빛바래게 만들고 이 행복을 앗아가지 않을까 두려웠다. 그녀의 얼굴에도 두려움이 내려앉았다. 나는 무력감에 사로잡혀 눈물까지 글썽였다. 그 순간 그녀의 얼굴에서 긴장이 사라지고 편안해졌다. 마치 잠시 휴식을 취하듯 눈을 감고 내 머리를 양손으로 감싸 안더니 입을 한 번 맞췄다. 잠시 후 그녀는 뒤돌아서 아무 말 없이 느릿느릿 걸어들어갔다.

나는 거의 뛰다시피 하숙집으로 돌아왔다. 아무것도 생각하고 싶지 않고, 아무것도 기억하고 싶지 않았다. 오늘 벌어진 일들은 기억으로조차 건드리기 두려울 만큼 소중했다. 조금 전 내 입안에 머물던 몇 마디 언어가 형언할 수 없이 행복한 순간을 깨뜨리지 않을까 싶어 꺼린 것처럼, 지

금은 요란스럽게 상상의 날개를 펴는 것이 오늘 나에게 깃
든 아름다운 시간과 조화로움을 해치지 않을까 불안했다.

　이제 하숙집의 어두컴컴한 계단도 사랑스럽고, 복도를
꽉 채운 퀴퀴한 냄새마저도 향긋하게 느껴졌다.


　그날 이후 매일 마리아 푸데르와 만났다. 우리는 함께 시
내를 거닐었다. 서로에게 들려줄 이야깃거리는 첫날 저녁
동난 게 아니었다. 각자 만났던 사람과 풍경을 이야기하면
서 우리는 생각을 나누고, 서로 얼마나 닮았는지 확인하곤
했다. 서로 비슷하게 생각하는 데서 친밀감이 샘솟았다. 실
상은, 한쪽이 제 주장을 굽힐 마음을 충분히 먹고 있어서
다른 한쪽의 생각을 지지하고 받아들이는 것이 어렵지 않
았다. 하지만 상대방의 생각이 몽땅 옳다고 편들어 결국 둘
만의 것으로 만드는 것이야말로 두 영혼이 하나로 합치는
길이 아니던가?

　우리는 갤러리와 박물관에 많이 갔다. 마리아는 옛 거장
들의 작품과 현대미술을 설명해줬고, 그 가치에 대해 열 올
리며 토론했다. 식물원에도 몇 번 더 갔고, 두 차례 오페라
를 봤다. 하지만 밤 열시 반에 나오면 일터에 가기가 어려
워 오페라는 곧 포기했다. 시간이 흘러 어느 날 그녀가 이

렇게 말했다.

"단지 시간이 맞지 않아서만은 아니고, 오페라에 가고 싶지 않은 다른 이유가 있어. 오페라를 보고 나서 아틀란틱에서 노래하는 것이 우습고 천박하게 느껴지거든."

나는 오전에만 공장에 갔다. 하숙집 사람들과도 거의 만나지 못하게 됐다. 헤프너 부인은 가끔 "누가 당신을 빼앗아간 것 같아요!" 하고 농담을 던졌다. 나는 그저 웃기만 할 뿐 답하지 않았다. 티데르만 부인은 특히 아무것도 눈치채지 않았으면 했다. 마리아는 티데르만 부인이 알든 말든 문제가 되지 않는다고 여겼겠지만, 나는 터키에서 자라서 그런지 그래야 한다고 생각했다.

사실 남들에게 숨길 만큼 별난 것도 없었다. 그 첫날 저녁 이후 우리의 우정은 동의하에 정한 범위 안에 머물렀다. 둘 중 아무도 아틀란틱 앞에서의 순간을 입에 올리지 않았다. 처음에 우리가 서로 가까워진 이유는 무엇보다도 호기심 때문이었다. 뭐가 더 있을까 궁금했고, 이야기도 많이 나눴다. 시간이 흐르면서 호기심은 익숙함으로 변해갔다. 어떤 이유로든 우리는 며칠 못 보면 서로 무척 보고 싶어했다. 그러다 만나면 오래 떨어져 있던 어린아이들처럼 기뻐했고, 손을 꼭 잡고 걸었다. 얼마나 그녀를 사랑했는지!

그녀에게서 발견한 세상을 향해 나는 마음을 활짝 열었다. 내 안에 이 모든 세계를 사랑할 정도로 애정이 충만하다고 느꼈으며, 드디어 이 애정을 쏟아부을 수 있어 행복한 사람이라고 생각했다. 그녀도 나를 좋아하고, 나와 함께하기를 소망하는 것이 분명했다. 하지만 그녀는 우리의 우정을 다른 방향으로 발전시킬 만한 기회는 허락하지 않았다.

어느 날 베를린 근교에 있는 그뤼네발트 숲을 함께 거닐었다. 그녀는 내 목에 팔을 두른 채 내게 기대어 걷고 있었다. 내 어깨를 지나 늘어뜨린 손이 경쾌하게 흔들렸고, 엄지손가락이 허공에 원을 그렸다. 나는 충동적으로 그 손을 움켜쥐고는 손바닥에 입을 맞췄다. 그녀는 즉시, 부드럽지만 단호하게 팔을 거뒀다. 아무 말 없었고, 산책을 계속했다. 하지만 메시지는 분명했다. 그 순간 그녀가 보인 진지함은 내가 다시 분별을 잃고 감정에 휘말리지 못하도록 확실히 못 박은 것이었다. 때때로 우리는 사랑에 대해 이야기하기도 했다. 그럴 때마다 그녀가 강 건너 불구경하듯이, 자신과는 무관한 것처럼 거리를 두고 말하는 바람에 나는 풀이 죽었다. 그렇다, 나는 그녀의 모든 조건에 동의하고 받아들였다. 그럼에도 나는 용케 우리 두 사람 문제로 화제를 옮겨와 우리의 우정을 분석하려 시도하곤 했다. 사랑을 정의내리는 절대적인 범주는 없다고 나는 생각했다. 사람들이 서로 끌리는 마음을 나타내는 방법에 여러 갈래가 있듯이, 사랑도 여러 종류로 존재한다. 상황에 따라 이름과 형태가 달라질 뿐이다. 여자와 남자의 사랑을 사랑이라는 진정한 이름으로 받아들이지 않는 것은 우리가 스스로를 속이는 것일 뿐이라고. 그러면 마리아는 검지를 좌우로 흔들며 깔깔 웃었다.

"아니야, 친구, 아니야! 사랑은 당신 말처럼 단순하게 서로 공감하거나 때때로 심오해지는 그런 게 아니지. 뜬금없이 나타났다 사라지는 욕정도 아니야. 사랑은 완전히 다른 거야. 분석이 불가능한…. 그래서 우리는 사랑이 어디서 왔는지 알 수 없을 뿐만 아니라, 어느 날 어디로 도망쳐버릴지도 모르는 거야. 우정은 사랑과 전혀 달라. 우정은 지속적인 것이고, 서로를 이해하면서 커가지. 어디서 시작됐는지 보여줄 수 있고, 금이 가면 그 이유를 따질 수도 있어. 하지만 사랑은 분석할 수 없는 거야. 생각해봐, 세상에는 우리가 좋아하는 사람이 많지? 예를 들면 나는 정말 사랑하는 친구들이 많아. 이 목록 꼭대기에는 존경할 만한 신사들도 있지. 그렇다면 내가 이 사람들을 사랑하는 건가?"

나는 의견을 굽히지 않았다. "그래, 당신이 많이 사랑하는 사람들은 진정으로 사랑하는 것이고, 다른 사람들은 조금만 사랑하는 거지!"

그러자 마리아가 전혀 예상하지 못한 대답을 했다.

"그렇다면 지난번엔 왜 나를 질투하지 않았다고 했지?"

나는 할 말을 찾지 못해 한동안 생각한 끝에 이렇게 설명하려 애썼다.

"진정으로 사랑할 줄 아는 사람은 그 사랑을 한 사람에게 쏟아붓지 않아. 다른 사람에게 그런 걸 기대하지도 않지. 많은 사람을 많이 사랑하면 정말로 사랑하는 한 사람도 그만큼 많이, 열렬히 사랑할 수 있지. 사랑은 넓게 펼친다고 해서 줄어드는 게 아니니까."

"동양인들은 다른 방식으로 생각한다고 여겼는데?"

"난 그렇지 않아."

마리아는 먼 곳을 응시하며 한동안 생각에 잠겼다가 말했다.

"내가 기대하는 사랑은 완전히 다른 거야. 모든 논리 밖에 있어서 설명할 수 없고 본질을 알 수 없는 것이지. 어떤 사람을 사랑하고 좋아하는 것과 그 사람을 온 영혼과 몸으로, 모든 것을 바쳐 원하는 건 다른 거잖아? 사랑은 온 영혼과 온몸으로 모든 걸 다 바쳐 강렬히 원하는 거야. 저항

할 수 없는 욕망!"

그 순간 자신감이 생겼다. "당신이 말한 건 순간의 문제일 뿐이야. 당신 마음속에 이미 있던 사랑이 어떤 신비로운힘에 이끌려 온 힘을 한곳에 집중하는 바로 그 순간이지.따스하던 햇볕이 볼록렌즈를 통과하면서 어떤 지점에 모여 불꽃으로 변하듯이, 사랑도 어느 순간 당신을 휘감고 타오르게 돼. 그걸 외부에서 들이닥친 뭔가로 여기는 건 옳지않아. 우리 마음속에 애당초 존재하던 감정들이 놀랄 만큼커져서 날벼락처럼 덮치는 거니까."

이쯤에서 논쟁을 그만뒀지만 이 주제에 대해선 다른 기회에 다시 이야기를 나눴다. 둘 중 누구도 전적으로 옳은건 아니라는 것을 알게 됐다. 서로 솔직해지려고 노력했음에도 도저히 어찌할 수 없는 다른 생각과 욕망에 휘둘려 상대방을 이해하려 하지 않은 것이 분명하다. 우리는 상당히많은 부분에서 의견이 일치했지만 동의할 수 없는 대목도있었다. 그럴 때는 더 큰 목표가 달라 의견이 엇갈리는 거라고 합의할 수 있었다.

우리는 영혼의 가장 은밀한 구석까지도 망설이지 않고드러내 보였고, 이에 대해 논쟁도 마다하지 않았다. 그래도 절대 건드리지 않는 부분이 있었다. 그게 뭔지 우리도 잘 몰랐기 때문이다. 하지만 나는 그 중요성을 느끼고 있었다.

어떤 사람과 이렇게 가까워질 수 있다는 걸 지금까지 몰랐기 때문에 나는 이 친밀함을 지키기 위해 필사적으로 매달렸다. 아마도 내 욕망의 마지막 목표는 그녀를 육체적으로도, 정신적으로도, 완전히 소유하는 것이었으리라. 하지만 그러다가 이미 가진 것마저 잃을지도 모른다는 두려움이 너무나 커서 감히 이 목표로 눈을 돌리지 못하고 있었다. 세상에서 제일 아름다운 새를 바라보면서, 자칫하면 새를 놀래켜 날려버릴지도 모른다는 공포에 사로잡혀 벌벌 떠는 꼴이었다.

그러나 응큼한 생각이 머릿속에서 떠나지 않았다. 이런 식이었다. 겁이 나서 우물쭈물하는 것보다 이렇게 가만히 있는 것이 결국 더 큰 상처를 남길 것이다. 인간관계는 어느 지점에서 화석처럼 머물 수 없다. 한 걸음 앞으로 내딛지 않는다면 서로에게서 한 걸음 멀어질 것이다. 다가오게 하지 않는 순간들은 분명 멀어져버릴 것임을 암담하게 느끼고 있었다. 두려움은 소리 없이 타올랐고 날이 갈수록 나를 괴롭혔다.

달리 행동하기 위해서는 다른 사람이 되어야 했다. 하

릴없이 제자리만 맴돌고 있다는 걸 알았지만 정곡을 향해 가로지를 길을 찾지 못했다. 핵심이 무엇이며 어디에 있는지도 몰랐다. 지난날 부끄러움을 많이 타고 내성적이던 나는 더 이상 남아 있지 않았다. 사람들을 굳이 피하지도 않았다. 어쩌면 오히려 심할 정도로 내 영혼을 밖으로 드러내고 있었다. 하지만 이 핵심을 건드리지 않는 한도 안에서만 그랬다.

이 모든 것을 당시에 내가 이렇게 분명하고 깊게 생각할 능력이 있었는지는 확실치 않다. 십이 년 세월이 흐른 오늘에 와서야 비로소 그때의 나를 떠올리면서 이런 결론을 내릴 뿐이다. 마리아에 관한 나의 판단도 같은 세월만큼의 정화와 숙려 과정을 거치게 됐다.

나는 당시 마리아도 수없이 모순되는 감정에 시달리고 있다는 것을 알았다. 때로는 무기력했고, 심지어 차가웠다. 때로는 에너지가 넘쳐 어쩔 줄 몰라 하며 내가 숨이 멎을 정도로 강렬한 관심을 보였고, 드러내놓고 유혹하기도 했다. 하지만 그런 순간은 금세 지나갔고, 우린 다시 과거의 친구 관계로 되돌아갔다. 그녀도 우리의 우정이 막다른 골목에 다다랐고, 우리 관계가 그 상태에 갇혀 굳어버릴 수도 있다는 것을 알고 있는 게 분명했다. 나처럼. 비록 자기가 진정으로 갈망하는 것을 나에게서 찾지는 못했지만, 나의 여러 면모를 가치 있다고 느낀다는 게 눈에 보였다. 이런 이유로 나를 밀쳐낼지 모르는 행동은 하지 않으려고 했다.

우리는 이런 상충되는 감정들이 밖으로 드러나지 않도록 각자 영혼의 가장 깊숙한 곳에 감췄다. 우리는 항상 서로를 찾고 원하며, 만나면 기뻐하고 한껏 생기에 차올라 헤어지는 둘도 없는 친구였다.

하지만 갑자기 모든 것이 바뀌어 완전히 새로운 국면에 접어들었다. 12월 말이었다. 그녀의 어머니가 크리스마스를 지내러 프라하에 있는 먼 친척네로 떠났다. 마리아는 기뻐했다.

"소나무에다 초와 반짝이 별로 장식을 해놓다니, 그런 건 정말이지 참고 보기가 힘들어. 내가 유대인이어서가 아니야. 내가 이런 의미 없는 의식들을 터무니없다고 여기고 이런 데서 즐거움을 찾는 사람들을 조롱하는 것만 보더라도, 이상하고 불필요한 의무와 의식으로 가득 찬 유대교를 좋지 않게 생각하는 건 당연하지. 어쨌든 순수한 독일 혈통이고 개신교 신자인 엄마도 나이가 드시더니 뭔가 해야 한다는 차원에서 이런 관습을 따르고 있어. 엄마가 나를 무신론자라고 부른다면, 그건 종교적 의무를 강조하는 말이라기보다는 나 때문에 당신 여생의 평화가 깨질까봐 적당히 거리를 두는 거라고 봐."

"당신은 새해가 전혀 특별하지 않다는 거야?" 하고 내가 물었다.

"물론이지. 다른 날과 다를 게 뭔데? 자연이 새해를 특별한 이유로 구별 짓기라도 했어? 길고 긴 일생에서 한 해가 지나갔다고 표시하는 것도 별로 중요하지 않아. 일생을 해로 나눈 것도 자연이 아니라 인간이니까. 삶은 출생부터 죽음까지 쭉 길 하나로 이어져. 태어나는 날 발 디딘 길은 죽는 날까지 여행해야 하는 길이야. 이 길에다 정해놓은 온갖 구분은 다 인간들의 잔꾀일 뿐이야. 하지만 뭐, 철학은 이쯤 그만두고, 올해 마지막 밤에는 어디든 같이 가자, 네가 원한다면…. 아틀란틱 일은 자정 전에 끝나. 왜냐하면 그날 밤에는 다른 멋진 공연이 많으니까. 우리도 나가서 다른 사람들처럼 취해보자…. 가끔은 우리도 미쳐 날뛰고 다른 사람들과 같은 흐름을 타보는 것도 좋잖아…. 어때? 게다가 우리는 한 번도 함께 춤을 춘 적이 없어, 그렇지?"

"응, 춤춘 적 없어."

"난 사실 춤추는 거 그다지 좋아하지 않는데, 상대가 좋아하니까 그 지루함을 견디는 거야."

"내 춤을 좋아할 것 같지 않아!"

"그럴 것 같긴 해…. 하지만 뭐 어때, 우정에는 희생도 필요한 거니까!"


그해 마지막 날 저녁을 함께 먹고, 그녀가 일을 시작할 때까지 식당에 앉아 이야기를 나눴다. 아틀란틱에 도착해 그녀는 옷을 갈아입으러 무대 뒤로 갔고, 나는 처음 여기 왔을 때 앉았던 곳에 자리를 잡았다. 홀은 색색 종이테이프, 반짝이 조각, 화려한 색등, 꼬마전구를 매단 전깃줄로 장식되어 있었다. 사람들은 벌써부터 술에 취해 있었다. 대부분 댄스 플로어를 느릿느릿 걸으며 키스하고, 상대의 몸을 더듬으며, 능글맞게 웃고 있었다. 가슴속에 답답함이 쌓여갔다.

'왜 이렇게 난리법석이람.' 나는 생각했다. 정말 오늘 밤이 왜 특별하다는 거지? 마음대로 정하고 마음대로 믿고 있잖아. 집에 가서 잠이나 자는 게 낫겠군. 우린 뭘 하지? 이 사람들처럼 부둥켜안고 집으로 돌아갈 테지. 차이가 하나 있군. 우리는 키스는 하지 않을 거야…. 근데, 내가 춤이라는 걸 출 수나 있을까?'

이스탄불에서 예술학교에 다닐 때 친구들이 도시에 넘

쳐나던 백러시아*인들에게서 춤을 배웠고, 나도 그때 스텝을 몇 가지 배웠다. 사실 왈츠 몇 가지는 출 수 있었다. 하지만 일 년 반 동안 전혀 시도한 적 없던 재주를 갑자기 보여줄 수 있을까? '나 참, 해보다가 안 되면 그만두고 앉으면 되지, 뭐!' 하고 나는 생각했다.

마리아가 바이올린을 켜고 노래 부른 시간은 생각보다 짧았고, 홀은 다시 소음으로 가득 찼다. 오늘 저녁은 모두 자신들만의 공연에 빠져든 것이다. 마리아가 옷을 갈아입자마자 우리는 서둘러 밖으로 나왔다. 그리고 안할터 역 맞은편에 있는, 보통 '오이로파'라 부르는 넓은 극장식당으로 갔다. 이곳은 아담하고 은밀한 아틀란틱과는 완전히 달랐다. 끝없이 펼쳐진 넓은 홀에 남녀 수백 쌍이 춤을 추고 있었다. 탁자에는 형형색색 병이 가득했다. 벌써부터 탁자에 머리를 얹고 잠든 사람들, 서로의 품에 안긴 사람들도 보였다.

마리아는 이상하리만큼 쾌활했다. 내 팔을 툭 치며 "파트너가 이렇게 맥이 빠져 앉아 있을 줄 알았으면 오늘 밤엔 다른 남자를 골랐을 텐데!" 하고 놀렸다.

* 우크라이나와 폴란드에 접해 있는 벨라루스의 옛 이름.

그녀는 덜 단 라인 와인*을 연달아 시켰고, 번번이 한 번에 들이켰다. 그러면서 내게도 똑같이 마시라고 강요했다.

극장식당은 자정이 넘으면서 진짜 격렬하게 달아올랐다. 고함 소리, 왁자지껄한 폭소, 사방에서 들려오는 귀청 떨어질 듯한 음악 소리, 방방 뛰며 옛날식 왈츠를 추는 연인들의 발소리가 뒤엉켰다. 전쟁 후의 걷잡을 수 없는 열광이 이곳에서 적나라하게 드러났다. 중병이라도 걸린 것처럼 깡마른 몸뚱이마다 불거져 나온 광대뼈와 희번덕거리는 눈이 한층 도드라졌다. 젊은 사내들은 주체하지 못하고 광기 속으로 뛰어들었다. 여자들은 성욕이 이끄는 대로 몸을 내던지는 것이야말로 이 사회의 부당하고 비논리적인 구속에 저항하는 것이라고 믿고 있었다. 슬픈 광경이었다.

마리아는 내 손에 다시 잔을 쥐어주며 속삭였다.

"라이프, 라이프. 이걸로는 도저히 안 되겠어…. 내가 끔찍한 절망에 빠지지 않으려고 얼마나 노력하는지, 너도 보이지? 되는대로 내버려두자. 오늘 밤만이라도 우리가 뒤집어쓴 껍데기를 벗어던지고 우리가 아니라고 생각하자고. 우린 여길 꽉 메운 사람들 가운데 하나일 뿐이야. 주위를

* 독일 라인 지역 포도주. 주로 백포도주를 말한다.

좀 봐. 어차피 이들도 지금 보이는 모습 그대로가 아닐걸? 난 혼자만 겉도는 외톨이가 되는 게 싫어. 감각적인 척, 똑똑한 척하고 싶지 않아. 마셔, 그리고 웃어!"

그녀는 많이 취한 터였다. 맞은편 의자에서 일어나 내 곁으로 옮겨왔다. 옆자리에 앉더니 팔을 내 어깨에 걸쳤다. 내 심장은 끈끈이에 걸린 새처럼 빠르게 뛰기 시작했다. 그녀는 내가 슬퍼하는 줄 알고 있었다. 하지만 전혀 그렇지 않았다. 오히려 이 행복을 진지하게 받아들이는 중이었고, 웃지도 못할 만큼 행복했다.

왈츠 연주가 시작됐다. 나는 몸을 기울여 그녀의 귓가에 속삭였다. "자, 춤추자. 하지만 난 잘 못 춰…"

그녀는 내 말을 듣는 둥 마는 둥 벌떡 일어나 소리 질렀다. "춤추자!"

우리는 빙글빙글 돌면서 인파 속으로 섞여들었다. 이건 춤이 아니었다. 사방에서 부딪치는 몸뚱이들에 몸을 맡기고 이리저리 휩쓸려 다닐 뿐이었다. 하지만 둘 다 아무런 불만이 없었다. 마리아는 나를 똑바로 쳐다보고 있었다. 멍한 검은 눈에 가끔 이해할 수 없는 뭔가가 반짝였다. 그녀의 뜨거운 몸에서 희미한 살냄새가 피어올라 정신이 아득해졌다. 우리가 이렇게 가까이 있고 또 그녀에게 내가 의미

있는 사람이라는 것이 느껴져 더없이 황홀했다.

나는 "마리아" 하고 속삭이며 말을 이었다.

"어떻게 누군가를 이렇게까지 행복하게 할 수 있는 걸까? 우리 마음 깊은 곳 어딘가에 놀라운 힘이 숨겨져 있는게 분명해!"

그녀의 눈에 다시 빛이 반짝이다 사라졌다. 그녀는 한동안 나를 더 유심히 바라보다 입술을 깨물었다. 공허하고 혼란스러운 눈빛에는 아무 의미도 담겨 있지 않았다. "우리 앉자! 정말 사람이 많네. 답답해지기 시작했어!" 그녀가 말했다.

자리로 돌아와 그녀는 연거푸 와인을 마셨다. 그러고는 "금방 올게!"라고 말한 뒤 비틀거리며 멀어져갔다.

한참을 기다렸다. 그녀가 권하는 술을 마다하려 안간힘을 썼지만, 끝내 나도 많이 취하고 말았다. 그러나 그건 취기가 아니라 멍한 거였다. 머리가 욱신거렸다. 십오 분 가까이 지났는데도 그녀가 돌아오지 않자 걱정이 되어 찾아나섰다. 어딘가에 넘어져 있지나 않은지 먼저 화장실부터 뒤졌다. 그러나 거울 앞에서 화장을 고치는 여자들, 느슨해진 옷매무새를 가다듬는 여자들뿐 마리아는 없었다. 구석에 웅크리고 앉은 여자들과 홀 가장자리 긴 의자에서 곯아

떨어진 여자들도 일일이 살펴보았지만 그녀를 찾지 못했다. 몰려드는 불안감을 주체할 수가 없었다. 사람들을 헤치고 탁자에 부딪치면서 이 방에서 저 방으로 내달렸다. 몇계단씩 건너뛰어 아래층으로 내려가 찾고 또 찾았다. 하지만 그녀는 흔적도 없었다.

그때 극장식당 회전문의 김 서린 유리 너머로 시선을 옮겼다. 희뿌연 뭔가가 서 있는 것 같았다. 문으로 황급히 다가갔다. 하얀 조각상처럼 그녀가 있었다. 나는 밖으로 뛰쳐나가며 소리쳤다. 마리아 푸데르는 두 손으로 머리를 감싸고 문 바로 앞 나무에 기대어, 차갑고 딱딱한 나무에 얼굴을 대고 있었다. 얇은 양모 원피스 하나만 입고서. 머리카락과 목덜미에 굵은 눈송이가 내려앉고 있었다. 내 목소리에 그녀가 고개를 돌려 웃어 보였다. 그러고는 물었다.

"어디에 있었어?"

"도대체 어디 있었던 거야? 뭐 하고 있어? 미쳤어?" 하고 내가 고함을 질렀다.

그녀는 손가락을 입술에 대면서 "쉿! 맑은 공기가 필요해서 나왔지. 머리도 좀 식히고. 이제, 가자" 하고 말했다.

곧바로 그녀를 안으로 밀어넣고 의자를 찾아 앉혔다. 위층으로 올라가 계산을 하고, 소지품 보관소에서 나의 외투와 그녀의 모피 코트를 찾아왔다. 그러고는 밖으로 나와 걷기 시작했다. 수북이 쌓인 눈에 발이 푹푹 빠졌다.

그녀는 내 팔에 매달리다시피 해 걸음을 맞추려 애썼다. 길 양쪽 여기저기에 술에 취한 연인들이 많았다. 큰길엔 사람들이 떼를 지어 서성거리고 있었다. 마치 여름밤 마실 나온 양 옷을 제대로 갖춰 입지 않은 여자도 많았다. 자정을 훌쩍 지나 새벽 두세 시가 됐는데도 이제 막 봄소풍을 나서는 것처럼 큰 소리로 웃고 노래를 불렀다.

마리아는 술 취한 사람들 사이를 빨리 벗어나고 싶은 듯 나를 끌어당겼다. 무례한 농짓거리를 던지는 이들, 목을 얼싸안으려는 이들을 대충 웃어넘기며 지나쳤고, 그들의 손에서 노련하게 벗어나 나를 이끌었다. 이런 그녀를 혼자 서 있기도 힘들 만큼 취했다고 생각했다니, 내가 완전히 잘못 본 것이었다.

한참을 걸어 한결 한산해지자 그녀는 걸음을 늦췄다. 하지만 여전히 가쁘게 숨을 헐떡였다. 깊게 숨을 들이마셨다 내쉰 후 나를 바라보았다.

"어때? 오늘 밤 좋았어? 즐거웠어? 아, 난 정말 재밌었어. 얼마나, 얼마나 신나던지, 멋진 밤이야…."

그녀는 호탕하게 웃기 시작했다. 그러다 갑자기 기침을 하더니 숨이 넘어갈 듯 몸부림쳤고 가슴이 크게 벌컥거렸다. 하지만 내 팔을 놓지 않았다. 잠시 후 그녀가 안정을 찾자 내가 투덜거렸다.

"이게 뭐야. 조심하라고 했잖아? 감기 걸렸네."

그녀는 환하게 웃으면서 "아, 얼마나 신나던지…" 하고 말했다. 이쯤 되자 이번엔 그녀가 울지 않을까 겁이 났다. 한시라도 빨리 집으로 데려가 침대에 눕혀야겠다는 생각만 들었다.

집에 가까워지면서 그녀가 휘청거리기 시작했다. 기력도 의지도 바닥난 것 같았다. 반대로 나는 차가운 공기를 한참 쐬어 정신이 멀쩡해졌다. 허리를 붙잡고 걸었기 때문에 그녀의 발을 밟지 않으려고 신경을 썼다. 한번은 길을 건너다 발이 엉켜 눈 위에 나뒹굴 뻔했다. 그녀는 들릴 듯 말 듯 알아들을 수 없는 말을 중얼거렸다. 처음에는 노래를 흥얼거린다고 생각했다. 하지만 내게 하는 말이라는 것을 알고는 귀를 쫑긋 세웠다. "그래…. 난 이렇다고…, 라이프…. 사랑하는 라이프…. 난 이렇다니까…. 내가 말하지 않았어? 나는 오늘 다르고 내일 다른 사람이라고…. 하지만 슬퍼할 필요는 없어. 넌 정말 좋은 사람이야…. 분명 넌 좋은 사람이야."

그녀가 갑자기 딸꾹질을 시작했고, 잠시 후 다시 중얼
거렸다.

"아냐, 아냐, 슬퍼할 필요 없어…."

삼십 분 정도 뒤에 집에 도착했다. 그녀는 계단에 기대
기다렸다.

"열쇠 어딨어?" 내가 물었다.

"마음 상하지 마, 라이프…. 나한테 마음 상하지 마…. 여
기! 내 주머니에 있어!"

그녀는 모피 코트 안쪽 주머니에 손을 넣어 열쇠 세 개가
달린 고리를 내밀었다.

나는 문을 열었다. 그녀를 위로 데려가려고 몸을 돌리자
그녀는 나를 제치고 계단을 뛰어오르기 시작했다.

"넘어지겠어!"

내 말에 그녀는 숨을 헐떡이며 대답했다.

"아냐, 혼자 올라갈 수 있어."

열쇠가 나한테 있기 때문에 뒤따라 올라갔다. 위층 어딘
가 어둠 속에서 그녀기 니를 불렀다.

"나 여기 있어…. 이 문 열어."

더듬더듬 문을 열었다. 우리는 함께 안으로 들어갔다. 그

녀가 불을 켰다. 가구들은 오래됐지만 그런대로 정갈했다. 한쪽에 놓인 멋진 참나무 침대가 첫눈에 들어왔다.

나는 방 한가운데 꿈쩍 않고 서 있었다. 그녀는 모피 코트를 벗어 침대 가에 놓고는 내게 의자를 가리켰다.

"앉지 그래!"

그녀는 침대 가장자리에 앉아 신발을 차 벗어던지더니 스타킹을 내렸다. 곧이어 양모 원피스를 머리 위로 당겨 벗어 의자에 던지고는 이불 속으로 들어갔다.

나는 자리에서 일어나 아무 말 않고 그녀에게 손을 내밀었다. 그녀는 처음 본 사람을 살피듯 나를 세심하게 바라보았다. 취기 어린 미소가 얼굴에 번졌다. 나는 눈길을 내렸다. 다시 고개를 들어보니 그녀는 왼쪽 팔꿈치를 베개에 짚고 비스듬히 몸을 일으켜 나를 뚫어지게 보고 있었다. 크게 뜬 눈은 호기심이 가득했고, 방금 잠에서 깨어난 것처럼 깜박거렸다. 하얀 이불이 흘러내려 그녀의 얼굴만큼이나 창백하고 흰 오른쪽 어깨와 팔이 드러났다.

"감기 걸기겠어!" 하고 나는 말했다.

그녀는 내 팔을 빠르게 잡아당겨 침대에 앉혔다. 그런 뒤 바싹 다가와 내 두 손을 잡아 자기 얼굴을 파묻었다.

"아, 라이프. 그러니까 너도 이럴 줄 아는구나? 당연히 그렇겠지…. 그런데 내가 뭘 할 수 있을까? 네가 알아준다면. 아, 그래준다면… 근데 우리 정말 신나게 놀았지? 그렇지? 아, 그런데 우린 이렇게 한 번도… 아냐, 아냐, 알아! 손빼지 마…. 이런 너는 본 적이 없어. 정말 진지해지는구나! 하지만 왜?"

나는 고개를 들었다. 어느새 그녀는 침대에 무릎을 꿇고 내 곁으로 다가왔다. 두 손으로 내 뺨을 감싸고 그녀가 말했다.

"날 봐! 네가 생각하는 그런 게 아냐…. 증명해볼게…. 나를 증명할 수 있어…. 왜 그렇게 앉아만 있니? 아직도 날 안 믿는 거야? 아직도 의심하는 거야?"

그녀는 눈을 감았다. 머릿속에서 이리저리 내빼는 생각을 잡으려고 안간힘 쓰는 것처럼 이마와 눈썹을 찡그렸다. 벌거벗은 어깨가 떨리고 있었다. 나는 이불을 당겨 그녀의 어깨와 등을 감쌌고, 흘러내리지 않도록 이불을 잡았다.

그녀가 눈을 떴다. 놀란 듯 미소 지으며 "그래, 그런 거지, 뭐…. 너도 웃고 있지, 그렇지?" 하고 물었다. 그리고 더는 말을 잇지 못하고 방 한구석으로 눈길을 돌렸다.

머리카락이 흘러내려 얼굴을 가렸다. 옆에서 비추는 조명이 그녀의 속눈썹에 내려앉아 긴 그림자를 콧날까지 드리웠다. 아랫입술을 희미하게 떨고 있었다. 그 순간 그녀는 〈자화상〉보다 아름다웠고, 〈아르피에의 성모〉보다도 아름 다웠다. 나는 이불을 잡았던 손을 뻗어 그녀를 끌어당겼다. 떨리는 게 느껴졌다. 호흡도 가빴다.

"물론… 물론."

그녀의 목소리가 끊어졌다 이어졌다.

"물론 널 사랑해. 아주 많이…. 달리 방법이 있겠니? 당연 히 사랑해…. 분명히 사랑해. 그런데 왜 놀라는 거지? 다른 길이 있을 줄 알았어? 네가 나를 얼마나 사랑하는지도 알 아…. 나도 널 뜨겁게 사랑해. 의심할 여지없이…."

그녀는 나를 끌어안았다. 그리고 내 얼굴에 뜨거운 키스 를 퍼붓기 시작했다.


아침에 눈을 뜨니 그녀의 깊고 고른 호흡이 느껴졌다. 그녀는 제 팔을 베고 내게 등을 돌린 채 자고 있었다. 머리 카락이 하얀 베개에 구불구불 흩어졌다. 살짝 벌어진 입가 에 가느다란 솜털이 보였다. 숨을 쉴 때마다 콧방울이 달 싹였고, 입까지 흘러내린 머리카락 몇 가닥이 떠올랐다 내 려앉곤 했다.

나는 베개를 베고 천장을 응시했다. 기다렸다. 조바심이

났다. 그녀가 깨어나면 나를 어떻게 바라볼까, 무슨 말을 할까, 몹시 궁금했다. 하지만 이유가 무엇이든, 그녀가 잠에서 깨어 나를 바라보고 입을 여는 순간이 두렵기도 했다. 눈을 뜨는 순간부터 내 마음에서 평화는 깡그리 사라졌다. 아침에 눈뜨면 느낄 거라고 기대했던 차분함과 안도감은 없었다. 이유를 도무지 알 수 없었다. 왜 여전히 판결을 기다리는 죄인처럼 떨리는 걸까? 그녀에게 더 이상 뭘 원할 수 있단 말인가? 뭘 더 기대하는 걸까? 갈망하던 모든 것이 다 이루어지지 않았는가 말이다.

마음이 얼마나 공허한지! 반면에 또 얼마나 무거운지. 뭔가 잃어버린 것 같다. 하지만 무엇을? 나는 헤어나기 어려운 상실감에 빠졌다. 마치 뭔가 집에 두고 나온 걸 깨닫고 길에 멈춰 섰지만 그게 뭔지 도통 기억하지 못하는 사람처럼, 머릿속을 헤집고 주머니를 뒤집다가 결국 포기하고 저 뒤에 생각을 남겨둔 채 내키지 않는 발걸음을 옮기는 사람처럼, 하지만 영원히 사라지지 않을 의문과 미련에 끊임없이 괴로운 사람처럼 깊은 상실감을 느꼈다.

조금 지나 마리아의 고른 숨소리가 들리지 않는다는 걸 알아챘다. 천천히 고개를 들어 조심스레 바라봤다. 그녀는 먼 곳에 시선을 고정하고 꼼짝도 하지 않았다. 얼굴로 흘러내린 머리카락도 넘기지 않았다. 내가 바라보는 걸 알면서도 돌아보고 미지의 지점을 계속 보고 있었다. 눈도 깜박이지 않았다. 얼마 전부터 깨어 있었다는 걸 알게 되자 보이지 않는 돌덩이가 가슴을 짓눌렀고 불안감이 커졌다.

어리석은 걱정과 무의미하고 근거 없는 불안을 곱씹을수록, 나는 점점 더 혼자만의 피해망상과 비참한 직관이 내 삶에서 가장 반짝이는 날들을 망치는 것을 자책하고 절망했다.

그녀는 여전히 고개를 돌리지 않고 물었다.

"일어났어요?"

"응, 깬 지 오래됐어?"

"조금 전에요!"

익숙하게 들어온 달콤한 목소리에 다시 용기가 났다. 갑자기 믿음직한 친구가 나타난 것처럼 마음이 상쾌해졌으며, 이 목소리를 듣는 것만으로 행복한 기억이 번졌다. 하지만 그녀의 목소리에 실려온 평화는 그리 오래가지 못했다. 그녀가 "일어났어요?"라고 격식을 갖춰 말한 것이다. 최근까지 우리는 서로 격식 없고 허물없는 말투를 오락가락하면서 써오지 않았던가? 하필이면 처음 밤을 함께 보낸 날 아침에 이렇게 거리감 느껴지는 말투를 써야만 했을까?

어쩌면 아직 잠에서 덜 깨 그런 건지도 모른다.

그녀는 누운 채로 나를 향해 몸을 돌렸다. 미소를 짓고 있었다. 하지만 익히 아는, 진심에서 우러나오는 따뜻한 미소가 아니었다. 오히려 아틀란틱 손님들에게 흘리는 그런 미소에 더 가까웠다.

"안 일어날 거야?"

"일어날 거야? 넌?"

"모르겠어…. 몸이 별로 좋지 않아. 좀 아파…. 어쩌면 술 때문인지도…. 등도 아프고…."

"어쩌면 어젯밤에 감기에 걸렸을지도 몰라! 옷도 제대로 안 입고 밖에 왜 나갔어?"

그녀는 어깨를 으쓱해 보이고는 등을 돌렸다.

나는 일어나 세수를 하고 서둘러 옷을 입었다. 그녀가 내게서 눈을 떼지 않고 있다는 게 느껴졌다.

방 공기에 긴장이 흘렀다. 분위기를 가볍게 돌려야겠다고 생각했다.

"당신과 나, 우리 이제 이야깃거리가 바닥났나요? 우리 둘 사이에 무슨 일이 벌어지는 걸까요? 늙다리 부부처럼 우리도 벌써 서로 따분해진 걸까요?"

그녀는 내가 무슨 생각으로 이런 말을 하는지 이해하지

못하는 눈길로 나를 쳐다보았다. 나는 한층 답답해져서 아무 말도 하지 않았다. 잠시 후 침대 쪽으로 다가갔다. 그녀를 어루만지고, 우리 사이에 생겨난 얼음벽이 더 단단해지기 전에 깨뜨리고 싶었다. 그녀도 몸을 일으켰다. 다리를 늘어뜨리고 어깨에 얇은 카디건을 걸쳤다. 그러는 동안 줄곧 내 얼굴을 살피고 있었다. 그녀의 신경을 건드리고 가로막는 뭔가가 있었다. 마침내 그녀가 차분한 목소리로 물었다. "왜 혼란스러운 건데?"

그녀의 창백하던 얼굴이 붉게 변했다. 호흡을 고르는 듯천천히 가슴을 들썩이면서 말을 이어나갔다.

"뭘 더 원하는데? 다른 걸 더 원할 수 있어? 하지만 난 원해. 이보다 더 많이 원해. 하지만 아무것도 얻지 못했어…. 갖은 노력을 해봤지만 다 헛일이었어. 넌 이제 만족스러울 수도 있겠지. 하지만 난 어쩌지?"

그녀가 고개를 떨궜다. 팔도 힘없이 늘어졌다. 벌거벗은 발끝이 카펫에 닿았다. 엄지발가락을 들어올리고, 다른 발가락들은 아래쪽으로 굽히고 있었다.

나는 의자를 끌어당겨 그녀 앞에 마주 앉았다. 그리고 손을 잡았다. 목소리가 떨렸다. 마치 살아가는 이유와 가장 소중한 보물을 곧 잃을까봐 겁먹은 사람처럼.

"마리아, 마리아! 모피 코트를 입은 나의 마돈나! 갑자기 왜 그래? 내가 너한테 어떻게 했는데? 아무것도 원하지 않는다고 약속했잖아. 내가 약속을 지키지 않든? 그 어느 때보다도 우리가 가까워야 하는 이 순간에 무슨 말을 하는 거야?"

그녀가 고개를 저으며 말했다.

"아니야, 친구, 아니야! 우린 지금 오히려 멀어져버렸어. 내가 희망을 잃어버려서 그래. 이게 마지막이야…. 한번은 이런 일을 겪어야겠지 생각했었어. 어쩌면 이거 한 가지만 빠진 거라고 생각했지. 하지만 아냐…. 마음이 여전히 공허해…. 이젠 더 커진 것 같아…. 어쩌겠어? 네 잘못이 아냐. 내가 널 사랑하지 않아서 그런 거야. 내가 너를 사랑해야 하고, 너와 사랑에 빠지지 못하면 다른 누구도 사랑할 수 없고, 희망마저 버려야 한다는 것도 잘 알아…. 하지만 어쩔 수가 없어…. 그러니까, 난 이래…. 나를 있는 그대로 받아들이는 수밖에 없어…. 정말 그러고 싶어…. 다른 종류의 사람이 되고 싶어…. 라이프…, 착한 친구…. 나도 내가 다른 유의 사람이기를, 심지어 너보다 더 간절하게 원한다는 걸 알아줬으면 해…. 난들 어쩌겠어? 어제 마신 텁텁한 술맛, 갈수록 심해지는 등의 통증 말고는 아무것도 느

켜지지 않아."

그녀는 한동안 아무 말도 하지 않았다. 눈을 감았다. 사랑스럽고 온화한 표정이 돌아왔다. 어린 시절 동화를 들려주듯 달콤한 목소리로 그녀가 말했다.

"어젯밤, 특히 우리가 여기 온 뒤에 많은 걸 소망했어…. 어떤 마법의 손이 내 인생을 송두리째 바꿔놓을 거라고 꿈꿨지. 내 영혼에서 어린 소녀의 순수함과 함께 내 모든 삶을 품을 만한 강인함을 느낄 것이고, 아침에 눈뜨면 새로운 세상이 펼쳐질 거라고 생각했어. 그런데 현실은 너무나 달라…. 날씨는 평소처럼 흐리고, 내 방은 추워…. 나는 이 모든 것과 아무 상관없는 사람인 것만 같아. 우리 둘이 그렇게 다정했는데 나와는 다른 몸, 다른 영혼으로 이렇게 멀리 떨어져 있잖아…. 몸은 고단하고, 머리는 지끈거리고…."

그녀는 다시 침대로 들어가 누웠다. 손으로 눈을 가리고는 계속 말을 이어나갔다.

"그러니까 사람들은 서로 어느 정도까지만 가까워질 수 있고, 그다음에는 더 가까워지려고 한 걸음 내디딜 때마다 오히려 멀어지는 것 같아. 너와 나만큼은 가까워지는 데 한계나 끝이 없기를 얼마나 바랐는지 몰라. 진심으로 슬픈 건 바로 이 희망이 헛되다는 게 드러나버렸다는 거야…. 이제는 스스로 기만할 필요가 없어…. 이젠 전처럼 허심탄회하게 애기하지도 못할 거야. 우리가 왜, 뭘 위해 이런 희생을 한 거지? 뭔가를 가지려 하다가 그나마 갖고 있던 것까지 잃어버리고 말았어…. 이젠 끝일까? 그렇지는 않을 거야. 우리 둘 다 애가 아니잖아. 그냥 한동안 떨어져서 쉬는 게 좋겠어. 서로가 다시 보고 싶은 마음이 절실해질 때까지…. 이제 그만, 라이프! 그때가 되면 널 찾을게. 어쩌면 다시 친구가 되고, 더 현명하게 행동할 수 있을 거야. 서로 그렇게 많이 주고 받을 수 있을 거라고 기대하지 말자…. 자, 이제 가…. 혼자 있고 싶어….”

그녀는 눈을 가렸던 손을 거뒀다. 거의 애원하다시피 나를 바라보며 손을 내밀었다. 나는 그녀의 손가락을 잡고 말했다. “잘 있어.”

그녀가 소리 질렀다.

“아니, 아니. 그렇게는 안 돼…. 나한테 마음이 상한 채로 가는 거잖아…. 내가 너한테 무슨 짓을 한 걸까?”

나는 흔들리는 기색을 내비치지 않으려고 안간힘을 쓰면서 말했다.

“마음 상하지 않았어, 그냥 마음이 아파.”

“내 마음은 아프지 않은 것 같아? 보고도 몰라? 그렇게 가지 마, 이리 와."

그녀는 내 머리를 가슴에 안고 머리칼을 쓰다듬었다. 내 얼굴에 자기 뺨을 맞대고 부볐다.

"한번 웃어주고 가!" 하고 그녀가 말했다.

나는 웃음을 지어 보인 후, 손으로 얼굴을 가리고 뛰쳐 나왔다.


닥치는 대로 거리를 걷기 시작했다. 주변은 한산하고, 상점은 대부분 아직 열지 않은 시각이었다. 남쪽으로 걸었다. 창에 김이 뿌옇게 서린 전차와 버스 들이 지나갔다. 걸었다···. 그늘 드리운 집들, 네모난 보도블록이 나타났다···. 계속 걸었다. 땀이 나 외투 앞자락을 풀어헤쳤다. 도시 끝에 이르렀다. 멈추지 않고 또 걸었다···. 철길 다리 밑을 지났고, 얼어붙은 수로 위를 건넜다···. 끊임없이 걸었다. 몇 시간을 걸었다. 아무 생각도 하지 않았다. 눈을 깜박여 차가운 바람을 털어내면서, 점점 속도를 끌어올려 거의 뛰다시피 했다. 양옆으로 잘 가꾼 소나무숲이 펼쳐졌다. 간혹 나뭇가지에서 퍽 하고 눈덩이가 떨어졌다. 자전거 탄 사람들을 지나쳤고, 먼 곳에서 땅을 울리며 요란하게 지나가는 기차 소리가 들렸다. 걸었다···. 오른쪽으로 꽤 큰 호수가 나타났고, 얼음장 덮인 호수는 스케이트를 타는 이들로 빽빽했다.

나무 사이로 꺾어 들어가 호수로 향했다. 숲에는 나무 사이로 스키 자국이 길게 나 있었다. 철사로 울타리를 두른 숲에는 키 작은 소나무 묘목이 흰 눈을 이고 하얀 망토를 입은 아이처럼 떨고 있었다. 나무로 지은 2층 가지노가 멀리 보였다. 호수에는 짧은 치마를 입은 소녀들과 바짓가랑이를 묶은 청년들이 나란히 스케이트를 타고 있었다. 한쪽 다리를 들고 빙빙 돌고, 이내 손을 잡고 야트막한 둔덕 뒤로 사라졌다. 소녀들이 두른 형형색색 머플러와 청년들의 금발이 바람에 휘날렸고, 그들이 박자 맞춰 좌우로 발을 옮길 때마다 키가 커졌다 작아졌다 하는 것 같았다.

나는 이 모든 광경을 눈여겨보고 귀 기울여 들었다. 발목까지 빠지는 눈밭을 걸었고, 모든 것에 정신을 집중했다. 가지노 건물 뒤를 돌아 호수 건너편 숲으로 향했다. 전에도 와본 기억이 있었다. 하지만 언제 왔으며 정확히 어디였는지 도통 떠오르지 않았다. 가지노에서 수백 미터 떨어진 언덕에 오래된 나무 몇 그루가 있었다. 그곳에서 멈췄다. 다시 호수에 있는 사람들을 가만히 바라보기 시작했다.

아마 네 시간은 걸은 것 같았다. 왜 길에서 벗어나 이곳으로 접어들었는지, 왜 되돌아가지 않았는지는 생각하지 않았다. 두통이 잦아들었고, 찡하게 저리던 코도 괜찮아졌다. 느낄 수 있는 것이라곤 오로지 무시무시한 공허뿐이었다. 내 인생에서 가장 충만하고 가장 의미 있던 시간이 갑자기 사라지고 모든 것을 앗아간 것이다. 나는 최고로 달콤한 꿈에서 깨어나 고통스런 진실을 마주한 사람처럼 차디찬 상실감에 빠졌다. 마리아에게 화가 나지는 않았다. 절대 화를 낼 수는 없다. 단지 마음이 아플 뿐이다. '이렇게 되면 안 되는 거였어'라고 혼잣말이나 뇌까리는 것이 내가 할 수 있는 전부였다.

그러니까 진실은, 그녀가 나를 도무지 사랑할 수 없었다는 것이다. 그럴 만도 하다. 평생 어느 누구도 나를 사랑하지 않았다. 여자들은 꽤나 이상한 피조물이었다. 내가 알거나 관찰한 모든 여자에 대한 기억을 모아 판단하건대, 진실한 사랑은 여자들이 어찌할 수 있는 영역이 아니라는 결론에 이르렀다. 여자들은 사랑할 수 있을 때 사랑하지 않는다. 대신 놓쳐버린 기회에 안달하거나 깨진 자존심을 추스르고 싶어 하는, 그런 따위의 얻을 수 없는 것을 갈망하면서 스스로 고통의 늪으로 걸어 들어간다. 그렇게 함으로써 그들의 갈망을 진정한 사랑이라고 엉뚱한 생각을 한다.

하지만 곧 내가 마리아를 공정하게 판단하지 않고 있다는 것을 깨달았다. 다른 여자들이 모두 이렇다 하더라도 마리아는 다르다는 걸 나는 아주 잘 알고 있었다. 게다가 그녀도 얼마나 고통을 겪고 있는지 내 눈으로 보았다. 내가 딱하다는 것만으로 그렇게 슬퍼할 수는 없을 것이다. 그녀도 찾고 있지만 찾을 수 없는 뭔가로 마음이 아픈 것이다. 그게 뭘까? 나한테 부족한 게 뭘까? 더 정확히 말하면, 우리 관계에서 부족한 게 무엇일까?

어떤 여자가 모든 것을 줬다고 여기는 순간 사실은 아무것도 주지 않았음을 깨닫는 것, 가장 가깝다고 생각하는 순간에 까마득하게 멀리 있음을 받아들여야 하는 건 정말 고통스러운 일이다.

이렇게 되면 안 되는 것이었다. 하지만 마리아도 말한 것처럼, 달리 방도가 없다. 특히 나한테는….

그녀가 나한테 이럴 권리가 있던가? 인생이 얼마나 공허한지 직시할 일이 없었다면 나는 세상 사람들과 벽을 쌓고 그저 그렇게 살았을 것이다. 사람들에게서 도망치는 것이 이상한 천성 때문이라고 치부하고, 나의 괴팍한 기질이 그 이상은 허락지 않는다고 확신하면서 평생 질질 끌었을 것이다. 행복한 삶을 꾸려간다는 게 어떤 건지도 절대 몰랐을 것이다. 그럼에도 만족스러운 삶에 대해서는 아무 생각이 없었다. 외롭고 속상했지만 이런 상황에서 벗어날 수 있으리라는 기대는 하지 않았다. 마리아, 더 정확히 말하면 그녀의 그림이 내 앞에 불쑥 나타났을 때, 나는 그런 상태였다. 그녀는 음울하고 적막한 세계에서 나를 휩쓸어, 진정한 삶과 밝은 태양을 보여줬다. 나에게 영혼이 있다는 것을 그때서야 깨달았다. 그녀가 지금, 왔던 것만큼이나 이유 없이 갑자기 가버린 것이다. 나는 이제 과거로 돌아가 깊은 무기력 속에 가라앉을 수 없다. 그건 불가능하다. 살아 있는 동안 세상 이곳저곳을 여행할 것이고, 알거나 모르는 언어를 쓰는 사람들과 만날 것이다. 어디를 가든 마리아 푸데르를 찾으려 할 것이다. 누구를 만나든 그 눈동자에서 '모피 코트를 입은 마돈나'를 찾으려 할 것이다. 그녀를 찾을 수 없을 거라는 걸 진작 알고 있었다. 하지만 포기도 내 힘으로는 안 되는 일이었다. 평생토록 알지 못하는 뭔가를, 존재하지 않는 누구인가를 찾도록 그녀가 선고를 내린 것이다. 그녀가 나에게 이렇게 해서는 안 되는 것이었다.

　앞에 놓인 세월이 견딜 수 없을 만큼 암울해 보였다. 이 짐을 평생 지고 갈 만한 이유도 찾지 못했다. 이런 생각들로 머릿속이 뒤죽박죽이던 때, 눈앞을 가렸던 장막이 걷히는 것 같았다. 내가 있는 곳이 어디인지 기억해냈기 때문이다. 반제 호수였다. 마리아 푸데르와 함께 프레드리히 2세의 상수시* 궁전 공원을 보러 포츠담에 갈 때, 그녀가 차창 밖으로 가리켰던 곳이다. 지금 내가 서 있는 나무 밑에서 백 년도 더 전에 독일의 위대한 시인 하인리히 폰 클라이스트가 연인과 동반 자살했다는 얘기도 한 적 있었다.

무엇이 나를 이곳으로 이끌었을까? 발길 닿는 대로 걷다가 나는 무슨 힘에 이끌려 시선이 닿자마자 곧장 이 길로 접어들었을까? 심지어 나는 집에서 나오자마자 이 방향을 택해 약속이나 한 듯 온 것이다. 세상에서 가장 굳게 믿던 사람과 헤어진 후, 두 사람은 오로지 정해진 경계까지만 가까워질 수 있다던 그녀의 말을 들은 후, 죽음의 길도 함께 간 이 사람들이 삶을 마감한 곳에 옴으로써 그녀에게 대답한 셈일까? 아니면 단지, 중도에 그만두지 않는 사랑도 세상에 있다는 것을 떠올려 스스로 믿고 싶었던 걸까? 모르겠다. 게다가 이런 걸 당시 생각했는지 아닌지도 잘 모르겠다.

문득 발바닥이 화끈거리기 시작했다! 사랑하는 남녀가

* 프레드리히 2세가 1745~1757년에 만든 궁전.
프랑스의 계몽주의자 볼테르가 초빙되어 머물기도 했다.

눈앞에 쓰러져 있는 것처럼 보였다. 여자는 가슴에, 남자는 머리에 총을 맞고, 나란히 누워 있는 모습이 어른거리는 듯했다. 총에 맞은 그들의 상처에서 뿜어 나온 피가 풀밭을 구불구불 두 갈래로 흐르다 작은 웅덩이에서 만났을 것이다. 바로 내가 선 이곳 웅덩이에서. 그들의 피를 내가 밟고 있다는 생각이 들었다. 그들의 운명처럼 피도 섞인 것이다. 그들은 여전히 바로 저기, 몇 발자국 앞에 있었다. 나란히 누워…. 나는 돌아서서, 왔던 길을 되짚어 뛰기 시작했다.

아래 호수에서 커다란 웃음소리가 들려왔다. 허리를 얼싸안은 연인들이 영원히 끝나지 않을 여행에 나선 것처럼 거닐고 있었다. 가지노 문이 열릴 때마다 음악소리와 발소리가 새어나왔다. 스케이트에 지친 사람들이 등성이를 올라 가지노로 향했다. 아마도 그로그*를 마시며 신나게 춤추고 싶은 것일 게다.

그들은 삶을 즐기고 있었다. 생기가 있었다. 그러나 나는 외따로 떨어져, 나만의 생각 속에 들어앉아 문을 걸어 잠그고 살았다. 내가 저들 위에서 내려다본 것이 아니라 아래에서 올려다보고 있었다는 것을 이제야 알았다. 내가 세

* 럼에 물을 탄 술.

상과 벽을 쌓고 살아온 이유는 지나치게 특별해서가 아니라, 있어야 하는 것들이 결핍되었기 때문이다. 그런데 인생이란 저 사람들처럼 살아야 하는 거였다. 저들은 세상이 요구하는 대로 자기 몫의 삶을 걸머지고 살아가며, 의무를 이행하면서 세상에 뭔가를 돌려주고 있다. 그렇게 삶에 뭔가를 더하고 있었다. 나는 무엇이었던가? 내 영혼은 나무좀처럼 나 자신을 갉아먹는 것 말고는 대체 뭘 했단 말인가? 저 나무의 가지와 잎사귀를 덮은 눈, 통나무 가지노, 축음기, 호수와 얼음 그리고 무질서하리만큼 다양한 사람들…. 저들은 모두 삶이 부여한 것들을 해내느라 분주했다. 비록 내가 한눈에 알아보지는 못하더라도, 저들의 모든 행동에는 의미가 있었다. 나로 말할 것 같으면, 자동차 차축에서 튕겨나와 정처 없이 구르는 바퀴처럼 뒤뚱거리는 꼴이고, 이런 나에게 어떤 특별함을 부여하려고 용쓰고 있었다. 분명 나는 세상에서 가장 쓸모없는 사람이었다. 나 따위가 없어진다 해도 세상은 나빠질 게 없을 것이다. 나는 누구에게도 아무것도 기대하지 않았고, 어느 누구도 나에게 뭔가를 기대하지 않았으니.

바로 이 순간, 살아갈 방향을 새롭게 결정하는 변화가 시작되었다. 이 순간부터 나는 내가 쓸모없고 무가치한 사람이라고 믿었다. 가끔은 활기찬 삶으로 다시 돌아가는 듯했고, 살아 숨 쉰다고 생각한 순간도 있었다. 나의 환경에 일어난 변화가 큰 영향을 미쳤을 거라는 점을 숙고한 후, 며칠 동안은 그걸로 위안 삼기도 했다. 하지만 그럴 때마다 영혼의 가장 깊은 곳에 뿌리내린 신념으로 되돌아가, 세상이 나를 필요로 하지 않는다는 생각을 되새겼다. 이 신념의 영향에서 벗어날 길은 없었다. 심지어 오늘도, 그사이 이토록 긴 세월이 흘렀음에도, 나의 용기를 산산이 깨뜨리고 주위로부터 완전히 멀어지게 만든 그 순간 나를 압도했던 힘을 지금도 세세히 떠올릴 수 있다. 그러면 내가 나에 대해 내린 판단이 잘못되지 않았다는 사실을 마주하게 된다….

아스팔트로 포장된 큰길까지 뛰어내려와 베를린을 향해 걷기 시작했다. 어제저녁부터 아무것도 먹지 않았다. 하지만 배가 고프기보다는 오히려 메스꺼웠다. 다리가 아픈 줄도 몰랐고, 오히려 온몸의 근육에 팽팽한 긴장감이 퍼져나갔다. 이번에는 생각에 잠겨 천천히 걸었다. 도시에 가까워질수록 절망감이 깊어졌다. 이후의 나날을 그녀와 떨어져 보낼 거라는 현실을 도무지 받아들이지 못했다. 도저히 그럴 수 없고, 불가능하고, 터무니없다고 여겼다…. 그렇지만 고개를 숙이고 그녀를 찾아가 애원할 수는 없었다. 나로서는 할 수도 없을 뿐만 아니라 효과도 없을 것이다….

어린 시절에 꿈꾼 것보다 더 광적이고 터무니없으며 피비린내 나는 것들을 상상했다. 그녀가 아틀란틱에서 공연을 시작하기 직전에 전화를 걸어 '귀찮게 해서 미안해. 용서해줘. 잘 지내'라고 짧게 작별인사를 하고 전화기 앞에서 내 머리에 권총을 쏜다면 얼마나 멋질까! 그녀는 수화기 너머로 이 끔찍한 소리를 듣고서 무슨 일인지 어리둥절하다가 곧 미친 사람처럼 전화기에 대고 소리칠 것이다. '라이프! 라이프!' 하고 내 이름을 부르며 답을 들으려고 절규할 것이다. 어쩌면 나는 이미 바닥에 쓰러져 마지막 숨을 몰아쉬다가 그녀가 울부짖는 소리를 들을지도 모른다. 그러면 나는 미소를 지으며 죽어갈 것이다. 그녀는 내가 어디서 전화를 걸었는지 몰라 절망에 몸부림칠 것이고, 경찰에 신고할 경황도 없을 것이며, 다음 날 손을 덜덜 떨면서 신문들을 뒤질 것이다. 비밀을 풀지 못한 이 참사를 신문 기사로 읽고 나면 그녀는 죄책감으로 가슴 치며 무너질 것이다. 그래서 죽을 때까지 나를 잊지 못하고, 내가 자기를 피비린내나는 기억으로 결박했다는 것을 알게 될 것이다.

도시에 가까워졌다. 아까와 같은 다리 밑과 위를 지나갔다. 어둠이 깔리기 시작했다. 나도 어디로 가는지 알 수 없었다. 작은 공원으로 가 앉았다. 눈이 타는 듯이 아파왔다. 고개를 젖히고 하늘을 올려다보았다. 눈 때문에 발이 얼어붙었다. 그럼에도 몇 시간이고 앉아 있었다. 몸 저 끝부터 차례차례 감각이 사라지는 느낌이었다. 여기서 얼어 죽어 이튿날 장송곡조차 없이 땅에 묻혀버리면! 며칠 지나 우연히 이 소식을 알게 되면 마리아는 어떤 반응을 보일까? 그녀의 얼굴에 어떤 그림자가 드리울까? 어떤 회한이 그녀를 고통스럽게 할까?

생각들이 계속 마리아의 주위를 맴돌았다. 일어나 다시 걸었다. 도심으로 가려면 몇 시간이나 더 걸어야 했다. 길을 걸으며 혼잣말을 시작했다. 입에서 나오는 모든 말이 그녀를 향한 것이었다. 우리가 만나기 시작한 무렵에 그랬던 것처럼 반짝이는 아이디어 천 가지와 매혹적인 환상 천 가지가 머릿속으로 달려들었다. 하지만 어떤 말로도 그녀의 생각을 돌려놓을 만큼 감동적일 수는 없었다. 나는 눈물을 글썽이며 떨리는 목소리로, 이렇게 헤어지는 건 상상조차 할 수 없다고 말해야 한다. 세상 사람들 거의가 아무에게서도 찾지 못하는 그런 완벽한 교감을 나눴는데, 이렇게 어리석은 이유로 헤어지는 건 말도 안 된다고 설명해야 한다….

항상 모든 것을 받아들일 준비가 되어 있는 것처럼 유순하고 조용한 내가 갑자기 열변을 토하면 처음에는 어리둥절하겠지만, 언젠가는 미소 지으며 천천히 팔을 뻗어 내 손을 잡고 "네 말이 맞아!"라고 받아들이는 순간이 올 것이다.

그렇다…. 그녀를 만나 이 모든 것을 설명해야만 했다. 아침에 너무나 쉽게 받아들인 끔찍한 결정을 바꾸도록 그녀를 설득해야 했다. 마음을 돌릴 것이다. 어쩌면 그녀는 내가 안 된다는 대꾸 한마디 없이 단박에 나와 버려서 마음이 상했을 수도 있다. 그녀를 지금 당장, 이 밤이 지나기 전에 만나야만 했다.

밤 열한 시가 되도록 정처 없이 돌아다니다 아틀란틱 앞에서 그녀를 기다리며 서성였다. 그녀는 오지 않았다. 급기야 반짝이는 스팽글 옷을 입고 문 앞에 선 남자에게 물었다. "모르겠는데요, 오늘밤엔 오지 않았어요"라고 그가 답했다. 그때에야 그녀의 병이 심해진 거라고 판단을 내렸다. 그녀의 집까지 달려갔다. 창문에 불빛이 없었다. 틀림없이 자고 있을 것이다. 지금은 깨우지 않는 것이 좋겠다 싶어 하숙집으로 돌아왔다.

아틀란틱 앞에서 기다리다 그녀의 집 앞으로 찾아가 어두운 창문을 바라보는 일이 내리 사흘 동안 이어졌다. 그

것 말고는 달리 뭘 해야 할지 용기도 내지 못하고 하숙집으로 발길을 돌렸다. 매일 방에 앉아 책을 읽으려고 노력했다. 한 글자도 제대로 뜻을 새기지 못한 채 책장을 넘겼고, 때로는 집중하려고 애쓰면서 처음부터 다시 읽었다. 하지만 몇 줄 읽어 내려가기도 전에 생각은 다시 천 갈래 만 갈래 흩어졌다.

낮이 되면 나는 그녀의 굳은 결심이 흔들릴 때까지 시간이 흐르기를 기다리는 수밖에 달리 할 것이 없다는 걸 알고 받아들였다. 하지만 밤이 오면 상상력이 달아올라 열병 걸린 환자처럼 불가능한 생각이 꼬리를 물었다. 마침내, 낮에 내렸던 모든 판단을 뒤엎어버리고 밤늦은 시간에 거리로 뛰쳐나가, 그녀의 집 주변과 그녀가 지나갈지도 모르는 길들을 헤매고 다녔다. 이제는 반짝이 옷을 입은 남자에게 묻는 것도 못할 짓이어서 멀리 떨어져 지켜보는 걸로 만족해야 했다. 이렇게 닷새가 흘렀다. 그녀를 매일 밤, 과거보다 더 가까워진 모습으로 꿈속에서 보았다.

닷새째 되는 날 그녀가 또 일하러 나타나지 않은 걸 확인하고는, 아틀란틱에 전화를 걸어 마리아 푸데르에 대해 물었다. 아파서 며칠 동안 오지 않았다는 대답을 들었다. 그러니까 정말로 많이 아팠던 것이다. 나는 과연 뭘 의심한 걸까? 그녀가 아프다는 걸 믿기 위해 이런 확인을 기다렸단 말인가? 그녀가 나를 피하려고 일하는 시간을 바꾸려 한 것도 아니고, 반짝이 문지기를 시켜 나를 쫓아내려한 것도 아니지 않은가! 자고 있더라도 깨워야겠다고 작정하고 그녀의 집으로 향했다. 그녀가 우리 관계에 어떤 선을 긋든 나는 분명히 그럴 만한 자격이 있었다. 그래, 우린 둘다 엄청나게 취했었다. 하지만 고작 숙취 정도에 이렇게까지 대단한 의미를 부여하는 건 옳지 않았다.

숨 가쁘게 계단을 뛰어 올라갔다. 주저하다가 포기하지 않으려고 곧장 손을 뻗어 짧게 벨을 누르고 기다렸다. 아무 기척이 없었다. 다시 몇 번 더 길게 벨을 눌렀다. 발소리를 기다렸지만 들리지 않았다. 그때 맞은편 집 문이 빼꼼 열렸고, 잠에서 덜 깬 젊은 가정부가 "왜 그러시죠?" 하고 물었다.

"이 집에 사는 사람요!"

그녀는 내 얼굴을 미심쩍게 바라본 후 퉁명스럽게 말했다.

"거기 아무도 없어요!"

가슴이 철렁 내려앉았다.

"이사라도 갔나요?"

당황하고 흥분한 나의 모습에 여자가 약간 누그러진 것

같았다. 그녀는 고개를 저으며 대답했다.

"아니요, 그 아가씨 어머니는 아직 프라하에서 돌아오지 않았고요. 아가씨는 아파서, 돌봐줄 사람이 없어 의사가 병원에 입원시켰어요."

바싹 다가가 다시 물었다.

"어디가 아프대요? 위중한가요? 어디 병원으로 옮겼어요? 언제요?"

가정부는 정신없이 쏟아내는 질문에 놀라 한 걸음 물러나더니 답했다.

"소리치지 마세요. 동네 사람들 다 깨겠어요…. 이틀 전에 병원으로 옮겼어요. 아마도 샤리테 병원으로 데려간 것 같아요."

"어디가 아프다는데요?"

"몰라요!"

고맙다고 인사할 경황도 없이 휙 돌아서선 한 번에 네 계단씩 뛰어 내려왔다. 맨 처음 만난 경찰에게 물어 샤리테 병원이 어디인지 알아냈다. 왜 가는지 아무 생각도 하지 못하고 단숨에 달려갔다. 수백 미터 앞에 커다란 석조 건물이 나타났고, 건물을 보는 순간 온몸에 소름이 끼쳤다. 조금도 주저하지 않고 커다란 문을 지나 경비실로 가 이미 방에 들어앉은 경비를 불렀다. 자정이 넘어가는 시간에 찬바람 속에 경비를 불러냈으니 푸대접을 받아도 싸지만, 경비는 이 귀찮은 방문객을 그리 막 대하지는 않았다. 어쨌거나 그에게서는 아무 정보도 얻지 못했다. 그녀의 병명이 뭔지, 어디에 입원했는지를 알기는커녕 그런 여자가 여기 들어왔는지조차 모르고 있었다. 그는 나의 질문 세례에 귀찮아하면서도 미소를 잃지 않으려 애쓰며 대답했다. "내일 아침 아홉 시에 오시오, 그럼 알 수 있을 거요!" 그가 말해줄 수 있는 건 여기까지였다.

마리아 푸데르를 깊이 사랑하고 나의 온 마음이 그녀를 향해 있다는 것을, 아침이 올 때까지 높은 돌담 주위를 맴돌던 그 긴 밤에 확실하게 깨달았다. 밤새 그녀를 생각하는 것 말고는 다른 어떤 것도 할 수 없었다. 노란 불빛이 흘러나오는 병실 창문 너머로 나를 내려다보는 환자들을 쳐다보면서, 그녀가 저 병실 중 어디에 있는지 맞혀보려고 했다. 그녀 곁에서 이마에 송골송골 맺힌 땀을 닦아주고, 그녀에게 필요한 모든 걸 챙기며 돌보고 싶은 마음이 얼마나 간절했던지!

사람이 자기 삶보다 더 강하게 다른 이에게 애착을 가질 수도 있다는 걸 그날 밤에 알게 됐다. 그녀를 잃어버린다면 나는 마치 속 빈 호두 껍질처럼 퀭한 영혼이 되어 이리저리 굴러다닐 거라는 것도 분명히 내다봤다.

사나운 바람에 흩날리는 눈송이가 담벼락에 부딪쳤고 때때로 앞을 보기도 힘들었다. 거리는 텅 비어 황량했다. 가끔씩 하얀 응급차가 안으로 들어갔다가 곧 다시 나왔다. 순찰하던 경찰이 두 번째 옆을 지나가다가 오랫동안 나를 지켜봤다. 세 번째 지나칠 때는 왜 이곳에서 서성거리는지 물었다. 아는 사람이 병원에 입원했다고 하자, 일단 가서 쉬고 아침에 다시 오라고 충고를 해줬다. 그다음에 또 마주치자 그는 안쓰럽다는 눈길을 한번 주더니 그냥 지나갔다.

하늘이 밝아오면서 거리도 서서히 활기를 띠기 시작했다. 병원을 드나드는 응급차도 많이 늘었다. 정확히 아홉시에 당직 의사에게서 환자를 볼 수 있다는 허락을 받아냈다. 면회일이 아닌데도 나의 절박한 표정이 의사의 마음을 움직여 예외를 허용해주기로 결심한 것 같았다.

마리아 푸데르는 1인실에 있었다. 병실까지 안내해준 간호사는 환자에게 안정이 필요하니 오래 머물지 말라고 말했다. 병명은 흉막염이었다. 의사는 그리 심각하지 않다고 보고 있었다. 마리아는 고개를 돌려 나를 보고는 미소 지었다. 하지만 곧 표정이 일그러지더니 불안한 기색을 비쳤다. 간호사가 병실에서 나가고 단둘이 남자 그녀가 물었다.

"왜 그래, 무슨 일이야, 라이프?"

목소리는 그대로였다. 창백하던 얼굴은 약간 누렇게 뜬 것 같았다. 곁으로 다가가 말했다.

"어떻게 된 거야? 이게 뭐야, 도대체?"

"별거 아냐…. 곧 낫겠지…. 그런데 넌 많이 피곤해 보이네."

"네가 아프다는 걸 어젯밤 아틀란틱에서 알게 됐어. 집에 찾아갔는데, 네가 여기로 실려왔다고 맞은편 집 가정부가 말해줬어. 밤에 병원으로 들여보내주지 않아서 아침까지 기다렸지."

"어디서?"

"여기서… 병원 앞에서!"

그녀는 내 행색을 유심히 살폈다. 진지한 얼굴이었다. 그녀는 곧 무슨 말인가를 하려다가 말을 삼켰다. 그때 간호사가 들어왔다. 나는 그녀에게 잘 있으라고 인사했다. 그녀는 고개를 끄덕였지만 미소는 짓지 않았다.

마리아 푸데르는 병원에서 25일이나 머물렀다. 의사들은 더 오래 붙잡아두려 했지만 그녀가 말을 듣지 않았다. 병원에선 지루해 못 견디겠고, 집에서도 알아서 잘 지낼 수 있다고 우겼다. 의사의 장황한 권고 사항과 처방전 몇 뭉치를 들고, 눈 내리는 날 그녀를 퇴원시켜 집으로 데려갔다. 이 25일 동안 내가 뭘 했는지는 기억이 거의 없다. 병원에 가면 침대 머리맡에 앉아서 그녀의 멍한 눈동자, 땀이 송송 맺힌 얼굴, 가끔 흐르는 눈물, 그리고 숨 쉬기가 힘들어 가쁘게 오르락내리락하는 가슴을 바라보는 것 말고는 아무것도 한 게 없는 것 같다. 살았다고 할 수도 없다. 살아 있었다면, 지금 내 머릿속에 그날들과 관련된 아주 사소한 기억이라도 남아 있을 테니까.

그녀 곁에 머무는 동안 내 마음에는 끔찍한 공포, 그녀를 잃을지도 모른다는 공포만이 들끓었다. 침대 가장자리로 힘없이 늘어진 손가락, 침대보 아래서 가늘게 떨리던 발은 마치 죽음의 그림자가 드리운 것처럼 보였다. 게다가 얼굴과 입술 그리고 미소마저도 죽음이라는 끔찍한 변화 앞에 무릎을 꿇고 받아들일 준비를 한 것처럼 느껴졌고, 마치 적당한 기회를 찾는 것 같았다. 그런 일이 닥친다면 나는 뭘 할 것인가? 아마도 그녀를 떠나보내는 마지막 뒷바라지를 하겠지. 평온을 깨지 않으면서 무덤의 위치를 고르고, 그 사이에 프라하에서 돌아온 그녀의 어머니를 위로하고, 결국에는 그녀를, 몇몇 사람과 함께 구덩이에 눕히겠지…. 그런 후 모두가 그곳을 떠날 테지만, 나는 아무도 몰래 무덤 앞으로 돌아와 그녀와 단둘이 남을 것이다. 그 순간 모든 것이 시작될 것이다. 이 순간부터 진짜로 영원히 그녀를 잃게 될 것이다. 그러면 난 뭘 할 것인가? 여기까지는 아주 세세하게 생각했지만, 그다음에는 무슨 일이 일어난단 말인가? 땅에 묻힌 그녀가 영원히 잠들고 무덤 앞에 있던 사람들은 각자의 길로 흩어져 그녀와 둘이 남은 뒤에 뭘 할 수 있을까? 그녀를 위해 내가 할 수 있는 건 더 이상 없다. 내가 세상에 남은 것만큼 우습고 무의미한 일도 없을 것이다. 내 영혼은 끔찍하게 텅 비고 말았다.

회복되는 기미가 보이던 어느 날 그녀가 말했다. "의사들에게 말해서 이제 퇴원시켜달라고 해." 그런 후 너무나 평범하게 중얼거렸다. "네가 날 더 잘 돌볼 텐데 뭐!"

나는 두말 않고 밖으로 뛰쳐나갔다. 의사는 며칠 더 있으라고 했다. 그래서 그렇게 하기로 했다. 드디어 25일째 되는 날 그녀를 모피 코트로 감싸고 부축해 계단을 내려왔다. 택시를 타고 그녀를 집으로 데려갔다. 집으로 올라갈 때는 택시 기사도 한 팔을 부축하며 도와줬다. 옷을 벗기고 침대에 눕히니 이미 그녀는 무척 지쳐 있었다.

그녀를 돌볼 사람은 나뿐이었다. 나이 든 아주머니가 아침에 와서 청소를 하고, 커다란 도기 난로에 불을 지피고, 환자가 먹을 음식을 해놓고 가면, 나 혼자 그녀를 돌봤다. 아무리 간곡히 설득해도 마리아는 어머니를 부르려 하지 않았다. 그녀는 떨리는 손으로 편지를 썼다. "난 잘 지내요. 엄마는 편히 즐겁게 그곳에서 겨울을 보내세요."

"엄마가 오신대도 도움이 되지 않아. 엄마도 도움을 받아야 하는 사람이니까…. 쓸데없이 걱정할 거고, 그러면 나도 덩달아 걱정만 늘어."

그러고는 또 그 태평스러운 말투로 중얼거렸다.

"네가 날 돌봐주고 있잖아! 혹시 지친 거야? 벌써 나한테 질리기라도 한 거야?"

이 말을 할 때는 미소를 보이지 않았다. 농담이 아니었던 것이다. 사실 그녀는 아픈 이후로 거의 웃지 않았다. 병원에서 처음 본 날만 미소를 지으며 나를 맞았고, 그 후로는 고집스럽게 심각한 표정을 유지하고 있었다. 뭔가를 부탁할 때, 고맙다고 할 때, 어떤 문제를 상세히 얘기할 때, 그녀는 항상 진지하고 골똘했다. 나는 밤마다 늦은 시간까지 그녀의 머리맡에 있었고, 아침 일찍 왔다. 나중에는 다른 방에서 약간 크고 긴 의자와 그녀의 어머니가 쓰던 침대보를 가지고 와 같은 방에서 자기 시작했다.

새해 첫날 아침에 우리 사이에 일어난 안 좋은 사건—정확히 말하자면 이건 사건이라고 하기에도 적절치 않다—그 사소한 대화는 한마디도 언급하지 않았다. 내가 병원을 찾아가고, 그녀를 집으로 데려오고, 이곳에서 우리가 생활하기까지 모든 과정은 자연스럽게 흘러가서, 그때 일은 되짚어 따질 필요가 없는 것처럼 보였다. 우리 둘 다 이 문제에 관한 한 아주 사소한 암시조차 피하고 있었다. 하지만 그녀가 뭔가 생각하고 있는 것만큼은 분명했다. 내가 방에서 이런저런 일을 하면서 돌아다닐 때, 또는 큰 소리로 책을 읽어줄 때 그녀의 눈이 계속 나를 따라다니고 지친 기색 없이 나를 지켜본다는 걸 느꼈다. 나에게서 뭔가를 찾고 있는 것 같았다.

어느 날 저녁 전등 아래서 그녀에게 야코프 바서만*의 소설 『한 번도 입맞춘 적 없는 입*Der nie geküsste Mund*』을 읽어주었다. 평생 누구한테도 사랑받지 못하고, 본인도 사랑의 온기를 갈구해왔다는 걸 인정하지 못한 채 늙어간 어떤 남자 이야기였다. 작가는 이 가련한 남자의 외로운 영혼, 오

---

* Jakob Wassermann, 1873~1934, 독일 소설가.

로지 자기 마음속에서 우러나왔을 뿐 아무도 인지하지 못한 채 일찍 죽고 만 그의 희망을 노련하게 묘사하고 있었다. 이야기가 끝나자 마리아는 한동안 눈을 감고 아무 말도 하지 않았다. 잠시 후 나를 보며 나른한 목소리로 말했다.

"새해가 지나고 우리가 안 만나는 동안 뭘 했는지 말해주지 않았잖아."

"아무것도 안 했어."

"정말로?"

"모르겠어…."

다시 침묵이 흘렀다. 처음으로 그녀가 이 주제를 꺼낸 것이었다. 하지만 놀랍지는 않았다. 심지어 이 질문을 오랫동안 기다리고 있었다는 것을 깨달았다. 하지만 대답 대신 그녀에게 음식을 먹였다. 그런 뒤 이불을 잘 덮어주고는 다시 머리맡에 앉았다.

"뭐 읽어줄까?"

"그러든지!"

저녁을 먹고 되도록 지루한 책을 읽으며 그녀를 재우는 것이 습관이 되어버렸다. 나는 잠시 망설였다.

"듣고 싶다면 새해가 밝고 나서 닷새 동안 뭘 했는지 말해줄게, 그러면 더 빨리 잠들 테니까."

나의 농담에 그녀는 웃지 않았다. 대답도 하지 않았다. 단지 이야기해보라는 듯 고개를 끄덕였다. 나는 천천히, 가끔 말을 멈추고 기억을 떠올리면서 이야기를 시작했다. 집에서 어떻게 나왔고, 어디에 갔으며, 반제 호수를 걸으면서 본 것들과 생각들, 어떻게 베를린으로 돌아와 밤마다 그녀가 지나다닐 길과 집 주변을 서성였는지를 이야기했다. 그리고 마지막 날 밤 그녀가 병원에 있다는 걸 알고는 어떻게 그곳까지 뛰어갔으며, 어떻게 아침이 올 때까지 기다렸는지 말했다. 내 목소리는 침착했다. 마치 다른 사람의 경험을 대신 들려주는 것처럼 담담했다. 모든 걸 쏟아냈다. 마음속에 지나가는 것들을 하나하나 떠올려 시간을 들여 이야기하고, 때로는 설명을 하려고 일부러 잠시 멈추기도 하면서, 내가 기억하는 모든 것을 조금씩 털어놨다. 그녀는 눈을 감고 아무 말 없이 들었다. 자는 게 아닌가 싶을 정도로 꼼짝도 하지 않았다. 나는 계속 말을 했다. 이 모든 이야기를 마치 나 자신에게 들려주는 것 같았다. 지금까지 나 스스로도 깨닫지 못해 의심을 품어온 감정들을 그대로 받아들였고, 이런 감정에 의미를 부여하는 결론을 내리지 않고 다른 주제로 넘어갔다. 딱 한 번, 전화로 그녀에게 작별을 고하려 했던 일을 설명하는데 그녀는 눈을 떴다. 그러고는 내 얼굴을 주의 깊게 바라보더니 다시 눈을 감았다. 그녀의 얼굴선에도 전혀 변화가 없었다.

아무것도 숨기지 않았다. 그럴 필요를 느끼지 않았다. 어떤 의도도 없었기 때문이다. 내가 경험한 사건들이 오랜 세월 전에, 멀리 떨어진 곳에서 벌어진 일처럼 낯설게 느껴졌다. 그것들과 나 사이에 시간적으로나 공간적으로 거리가 생겨 있었다. 그래서 나 자신뿐 아니라 그녀에 관한 나의 판단은 온갖 종류의 얕은꾀나 계산과는 거리가 멀고 거의 무감각했다. 그 점에서 나는 인정사정없었다. 길에서 그녀를 기다리던 밤마다 머릿속에 달려들던 수많은 망상 중 어느 것도 생각나지 않았고, 나도 굳이 그런 걸 돌이켜보려 하지 않았다. 그저 이야기를 이어가는 데 필요한 경우 말고는 의미가 없었다. 수많은 사건들도 나와 관련지어 의미를 판단하기보다 그 자체의 중요성에 가치를 뒀다. 그녀는 미동도 없이 이야기에 집중했다.

그녀가 귀 기울여 듣고 있다는 것이 피부에 와 닿았다. 병원에서 머리맡에 앉아 그녀가 죽는 모습을 상상했다고 말했을 때는 그녀도 눈을 몇 번 깜박였다…. 이뿐이었다….

마침내 이야기를 끝냈다. 더 이상 할 말이 없었고, 그녀도 그렇게 생각하는 것 같았다. 둘 다 십 분쯤 이 상태로 말이 없었다. 문득 그녀가 몸을 돌려 나를 보았다. 눈을 뜨고 오랜만에 처음으로 희미하게 미소 짓더니―내가 잘못 본 건지도 모르겠다―부드러운 목소리로, "이제 잘까?" 하고 말했다.

일어나서 누울 자리를 정리한 후, 겉옷을 벗고 전등을 껐다. 하지만 잠을 이룰 수 없었다. 숨소리가 들리지 않는 것으로 보아 그녀도 여전히 깨어 있었다. 눈꺼풀이 서서히 무거워졌지만 매일 저녁 들어서 익숙해진 규칙적이고 부드러운 숨소리가 들리기를 기다렸다. 잠에 빠져들지 않으려고 안간힘을 쓰면서 계속 뒤척였다. 그럼에도 내가 먼저 잠에 빠져들고 말았다.

아침 일찍 눈을 떴다. 방은 아직 어두웠다. 커튼 사이로 빛이 스며들고 있었다. 하지만 내가 기다리던 소리, 그녀의 고른 숨소리가 여전히 들려오지 않았다. 두려움을 불러일으키는 으스스한 정적이 방을 가득 채우고 있었다. 두 사람의 영혼이 잔뜩 긴장해 기다리고 있는 것만 같았다. 이제 한계에 이르렀다. 둘 다 마음속에 너무나 많은 것이 끓어오르고 있었다. 거의 본능적으로 느꼈다. 동시에 무시무시한 불안에 빠졌다. 그녀는 언제 깼을까? 전혀 자지 않은 건 아닐까? 우리 둘 다 꼼짝도 하지 않았지만 두 사람의 생각이 방 안을 소용돌이치고 있었다.

천천히 고개를 들었다. 진작 어둠에 익숙해진 눈에 마리
아가 나를 향해 누워 베개에 머리를 괸 모습이 보였다. 나
는 "좋은 아침이야!" 하고 인사하고는 밖으로 나가 세수를
했다. 다시 방으로 들어왔을 때도 그녀는 똑같은 자세로 누
워 있었다. 커튼을 걷고 수면등을 치운 뒤 누웠던 자리를
정리했다. 일하러 오는 아주머니에게 문을 열어주고는, 마
리아가 우유를 마시는 것을 거들었다.

나는 거의 한마디도 하지 않고 이 일들을 했다. 매일 아
침 이렇게 그녀를 돌봤다. 그러고 나선 비누 공장에 가서
점심때까지 일했다. 오후에는 돌아와 그녀에게 신문과 책
을 읽어줬고, 밖에서 본 것과 들은 것을 이야기하면서 저녁
을 맞았다. 이렇게 해야 하는 것인지 아닌지, 나도 몰랐다.
모든 것이 자연스럽게 느껴질 정도로 딱 맞아떨어져 굴러
갔다. 별달리 뭘 바라거나 아쉬워하는 마음도 들지 않았다.
과거도 미래도 생각하지 않았다. 오로지 현재에 살았다. 내
영혼은 바람이 불지 않는, 유리 같은 바다였다.

면도를 하고 옷을 갖춰 입은 후 마리아에게 다녀오겠다
고 했다.

"어디 갈 건데?"

나는 놀라서 대답했다.

"알잖아? 공장에."

"오늘 안 가면 안 돼?"

"안 가도 되지, 근데 왜?"

"글쎄, 그냥 하루 종일 내 옆에 있으면 좋겠어!"

환자의 변덕이겠거니 여겼지만 내색하지는 않았다. 나는 일하는 아주머니가 침대 가장자리에 놓아둔 신문을 뒤적이기 시작했다.

마리아는 뭔가 허둥대는 것 같았고 불편한 기색이었다. 나는 신문을 한쪽에 내려놓고는 그녀 곁으로 가 앉았다. 손을 그녀의 이마에 갖다대며 물었다.

"오늘은 좀 어때?"

"좋아…. 한결 나아졌어….""

그녀는 가만히 있었다. 하지만 이마를 짚은 내 손을 떼지 않기를 바라는 듯했다. 손가락이 이마에 붙어버린 것만 같았다. 그녀가 모든 의지를 끌어모으고 있다는 것이 고스란히 전해졌다.

나는 되도록 무덤덤하려고 애쓰며 "그러니까 좋단 말이지! 좋아, 그런데 어젯밤엔 왜 잠을 이루지 못했어?" 하고 물었다.

그녀가 순간 당황했다. 목에서 뺨으로 홍조가 번졌다. 질문에 답하지 않으려고 안간힘을 쓰는 것이 확연했다. 그녀는 갑자기 눈을 감고 기력이 다 빠진 것처럼 머리를 뒤로 기댔다. 그러고는 들릴까 말까 한 목소리로 "아, 라이프!" 하고 말했다.

"왜, 어디 안 좋아?"

그녀가 다시 몸을 곧추세우곤 숨을 헉 내뱉더니 "아무것도 아냐"라고 했다.

"오늘은 곁에서 떠나지 않았으면 해서…. 왜 그런지 알아? 어젯밤에 네가 해준 얘기들 때문인 것 같아. 분명 네가 가자마자 그 이야기들이 머릿속으로 달려들 것이고, 한순간도 가만히 놔두질 않을 게 분명해…."

"그럴 줄 알았으면 얘기하지 말걸 그랬어."

그녀가 고개를 저었다.

"아니, 그런 의미가 아냐…. 나 때문이 아니라… 이제 널 믿을 수가 없어! 널 혼자 남겨두는 게 두려워…. 맞아, 어젯밤에 거의 잠을 못 잤어. 네 생각이 머리에서 떠나질 않아. 그날 나와 헤어진 후 뭘 했는지, 병원 근처에서 어떻게 서성거렸는지, 그리고 네가 말해준 다른 모든 걸 생각했어. 심지어 네가 설명하지 않은 것들도 상상했어…. 그러니까 이제 널 혼자 남겨둘 수 없어! 두려워…. 오늘만 그런 게 아니고… 이제 널 내 곁에서 절대로 떨어지지 못하게 할 거야, 언제나!"

그녀의 이마에 땀방울이 송골송골 맺혔다. 나는 조심스럽게 땀을 닦았다. 손바닥에 따스한 습기가 느껴졌다. 놀라서 그녀의 얼굴을 쳐다보았다. 미소를 짓고 있었다. 아주 오랜만에 보는, 환하고 깨끗한 미소였다. 하지만 뺨에는 눈물이 흐르고 있었다. 나는 그녀의 머리를 두 손으로 안아 눕히며 팔베개를 해줬다. 그녀가 더 부드럽게, 훨씬 더 부드럽게 웃었다. 하지만 눈물이 하염없이 흘렀다. 소리 없이, 들썩이지도 않고 그렇게 울었다. 그렇게 조용히, 그렇게 편하게 울 수 있다고는 한 번도 상상한 적이 없었다. 나는 하얀 침대 시트에 하얀 작은 새처럼 놓여 있는 그녀의 두 손을 만지작거렸다. 손가락을 구부려보고, 다시 펴고, 주먹을 쥐여 내 손에 넣고 꽉 잡았다. 그녀의 손바닥에 잎맥처럼 가느다랗게 이어지는 손금을 보았다.

조심스럽게 머리를 베개로 받쳐주었다.

"부담 갖지 마."

이 말에 그녀가 눈을 반짝였다.

"아니, 아니!"

그녀가 내 팔을 끌어안았다. 그러고는 혼잣말하듯 중얼거렸다.

"이제야 우리 사이에 빠진 게 뭔지 알았어! 네가 아니라 나에게 모자란 부분이 있었어…. 내가 믿지 못했어…. 네가 나를 그토록 사랑한다는 걸 도무지 믿지 못했기 때문에, 나도 너를 사랑하지 않는다고 생각했던 거야…. 지금 알게 되었어. 사람들이 내게서 믿음을 앗아가버렸나봐…. 하지만 지금은 믿어…. 네가 믿게 해줬어…. 널 사랑해…. 미친 듯한 열정이 아니라 지극히 맑은 정신으로 사랑해…. 널 원해…. 욕망으로 가득 찬 것 같아. 몸이 좋아지면 얼마나 좋을까…. 언제 좋아지지?"

나는 대답하지 않았다. 대신 그녀 눈가에 얼굴을 맞대고 눈물을 닦아줬다.

이후 그녀가 회복되어 자리에서 일어날 때까지 곁에서 한시도 떨어지지 않았다. 먹을 것이나 과일을 사러 밖에 나가거나, 옷을 갈아입으러 두세 시간 정도 하숙집에 들르느라 그녀를 혼자 둘 수밖에 없는 시간이 끔찍할 정도로 길게 느껴졌다. 팔을 부축해 긴 의자에 앉힐 때나 등에 얇은 카디건을 걸쳐줄 때면 누군가를 위해 내 삶을 바친다는 데서 끝없는 행복감을 느꼈다. 창문 앞에 나란히 앉아 몇 시간이고 밖을 내다보았고, 아무 말도 하지 않고 이따금 서로를 바라보며 웃곤 했다. 병이 그녀에게서, 행복이 나에게서 동심을 이끌어냈다. 몇 주가 지나자 그녀는 기력을 조금 회복했다. 날씨가 좋으면 함께 거리로 나가 삼십 분 정도 산책하기도 했다.

그녀는 밖에 나가기 전에 매우 신경을 써서 옷을 단단히 갖춰입었다. 몸이 기울면 심하게 기침이 나기 때문에 양말은 내가 신겨줬다. 그런 뒤에 그녀가 모피 코트를 입었고, 나는 그녀를 부축해 계단을 내려갔다. 집에서 50미터 정도 떨어진 벤치에 앉아 잠시 쉬다가, 다시 티어가르텐을 느긋하게 가로질러 작은 호수로 갔다. 거기서 우리는 풀이 우거진 수면에 미끄러지듯 내려앉는 백조들을 바라보곤 했다.

그리고 어느 날 모든 것이 끝났다…. 얼마나 단순하고 급작스럽게 끝이 났는지, 처음에는 그 무지막지함을 알아채지도 못했다. 그저 놀랍고 무척 슬플 뿐이었다. 그 일이 내 인생에 이렇게까지 깊고 이렇게까지 오래도록 영향을 미칠 거라고는 전혀 생각지 못했다.


그즈음 하숙집에 가는 것이 썩 내키지 않았다. 방값은 선불로 냈지만 내가 들어오는 날이 점점 뜸해지자 집주인이 약간 쌀쌀맞아졌다. 어느 날 헤프너 부인이 말했다. "다른 곳으로 이사했다면 경찰에 신고해야 하니 알려주세요. 그러지 않으면 경찰이 우리한테 책임을 물리려 할 거예요."

나는 어물쩍 농담으로 넘기며 "여기를 떠나다니, 말이 되나요?" 하고 방으로 들어갔다.

이 방에서 일 년 넘게 살았는데 여기저기 흩어진 책이나 터키에서 가져온 내 손때 묻은 잡동사니들이 완전히 낯설어 보였다. 짐 가방을 열고 필요한 물건들을 꺼내 신문지로 쌌다. 그러는 사이 하숙집에서 일하는 젊은 여자가 방으로 들어와 접힌 종이를 내밀었다.

"전보가 왔는데요, 도착한 지 사흘이나 됐어요!"

처음에는 아무것도 이해할 수 없었다. 여자의 손에 들린 전보를 도무지 집어 들 수가 없었다. 아니다, 이 종이가 나와 관련 있을 리 없다⋯. 이 전보를 읽지 않고 버티면 그 안에 든 재앙을 피할 수 있지 않을까, 그런 부질없는 희망에 매달렸다.

여자는 놀란 표정으로 나를 살폈다. 내가 꼼짝할 기미를 보이지 않자 전보를 책상 위에 두고선 슬그머니 나갔다. 나는 자리에서 벌떡 일어났다. 그러고는 무슨 일이든 빨리 닥치라는 생각으로 급히 전보를 펼쳤다.

매형이 보낸 전보였다.

'네 아버지가 돌아가셨다. 여비를 보냈다. 빨리 와라.'

이게 전부였다. 지극히 분명한 예닐곱 단어…. 그런데도 손에 든 종이에서 한참이나 눈을 떼지 못했다. 단어 하나하나를 몇 번이나 읽었다. 그런 뒤 일어나 조금 전에 준비한 꾸러미를 겨드랑이에 끼고 밖으로 나왔다.

무슨 일이 있었지? 주위에 변한 것은 아무것도 없다. 모든 것이 조금 전 하숙집에 왔을 때와 같아 보였다. 나도, 나를 둘러싼 세상도 달라진 건 없었다. 마리아는 아마도 창가에 앉아 나를 기다릴 것이다. 하지만 나는 삼십 분 전의 내가 아니었다. 수천 킬로미터 밖에 있는 사람이 세상을 떠났다. 며칠 전에, 어쩌면 몇 주 전에 일어난 일일 테지만, 나도 마리아도 아무것도 알지 못했다. 흘러가는 나날은 하루하루 다를 게 없었다. 그런데 손바닥만 한 보잘것없는 쪽지가 불쑥 나타나 우리들의 세상을 뒤집어놨다. 내가 발을 딛고 선 터전을 뒤흔들어 나를 이 세계에서 그곳으로 데려갔다. 내가 이 땅이 아니라 전보가 온 먼 그곳, 이제 나를 돌려달라고 아우성치는 그 땅에 속한 사람이라는 것을 상기시켰다.

지난 몇 달 동안 살아온 이곳에서의 삶을 진짜라 생각하고, 또 이 삶이 영원하리라고 희망에 부풀었던 것이 얼마나 큰 착각이었는지를 잘 알게 되었다. 하지만 이 엄연한 현실을 받아들이지 않으려고 계속해서 안간힘을 썼다. 이렇게 되면 안 되는 거였다. 어디서 태어났으며 누구의 아들이라는 것이 이토록 중요한 문제가 되어선 안 되는 것이었다. 진정으로 중요한 건 두 사람이 서로를 발견해 소중한 행복에 이르렀다는 것 한 가지다. 다른 건 모두 거기 딸린 것들이 아닌가. 더할 나위 없는 행복이 아무 방해도 받지 않도록, 다른 번잡한 일은 앞뒤 딱 맞아떨어지게 돌아가야 하지 않겠는가.

물론 세상사가 이렇게 돌아가지 않는다는 것도 뻔히 알고 있었다. 우리 삶은 진부하고 자질구레한 일들에 희롱당하는 장난감일 뿐이며, 진짜 삶은 이런 평범하고 하찮은 사건 조각들로 이루어진다는 것을 익히 보아왔다. 우리의 논리와 세상사의 논리는 절대 맞아떨어지지 않는다. 어떤 여자가 기차에서 창밖을 내다보고, 창틈으로 석탄 부스러기가 날아와 눈에 들어가고, 여자는 무심하게 눈을 비빈다. 이렇게 평범하고 사소한 사건들이 맞물려 세상에서 가장 아름다운 눈을 멀게 할 수도 있다. 혹은 기왓장 한 장이 바람에 날려 영웅의 머리에 치명상을 입힐 수도 있다. 눈이 중요한가, 석탄 부스러기가 중요한가? 기왓장이 중요한가, 아니면 천재의 두뇌가 중요한가? 그딴 생각은 아무 도움도 되지 않는다. 이 모든 사건을 받아들이는 것 말고는 달리 길이 없는 것처럼, 우리 삶에 불쑥 끼어드는 수많은 운명의 장난도 겸허히 받아들이고 인내할 수밖에 없다.

그런데 정말 이럴까? 세상은 우리가 통제하거나 이해할 수 없는 힘들이 지배한다. 우리는 그 이유와 논리를 이해하지 못한다. 거기까지는 옳다. 하지만 비록 자연의 이치를 본뜬 것이더라도 터무니없이 변질된 부조리도 많고, 우리는 이를 피해갈 수도 없다. 가령 나를 하우란에 묶어두는 것은 무엇인가? 올리브나무 밭 몇 군데, 비누 공장 두 개, 잘 알지도 못하고 궁금하지도 않은 친척들…. 지금 내 삶은 이곳 베를린에 있다. 이곳에 나의 모든 것을 걸고 매여 있다. 그런데 나는 왜 여기 머물지 못하는가? 답은 단순하다.

하우란에서 이어온 우리 가업이 중단될 것이고, 매형들은 내게 돈을 보내지 않을 것이며, 이곳에서 아무것도 할 능력이 없는 나는 곤경에 빠져 허우적거릴 것이다. 다른 문제들도 있다. 여권과 거주 허가증을 갱신하고 대사관에 체류 등록을 하고…. 이런 것들이 삶에 얼마나 중요한지는 흔히 과소평가되곤 한다. 하지만 내겐 인생의 향방을 바꿀 만큼 중요한 일이다.

마리아 푸데르에게 방금 벌어진 일들을 설명했다. 그녀
는 한참이나 아무 말도 하지 않았다. 얼굴에 어색한 미소가
어렸다. "내가 말하지 않았어?"라는 듯 앞만 바라볼 뿐이었
다. 나는 평정심을 유지하려고 최선을 다했다. 마음속에 있
는 것들을 다 털어놓는 건 우스운 짓이라고 생각했다. "어
쩌지? 어떡하지?" 하고 한두 번 말했을 뿐이다.

"어떻게 하냐고? 물론 가야지…. 나도 한동안 어디 좀 가
있을게. 어차피 오랫동안 일을 못 할 테니까. 프라하에 가
서 엄마랑 있을게. 거기 시골 생활이 건강에도 좋을 거야.
거기서 봄을 나지 뭐."

나의 난감한 상황을 제쳐두고 자기 계획만 궁리하는 그
녀가 낯설었다. 그녀가 나를 살피듯 곁눈질했다.

"언제 갈 건데?" 하고 그녀가 물었다

"글쎄, 여비가 도착하는 대로 떠나야겠지…."

"어쩌면 내가 먼저 갈 수도 있어…."

"그래?"

내가 깜짝 놀라자 그녀가 웃었다.

"라이프, 넌 항상 어린아이 같아. 피할 수 없는 일 앞에
서 안절부절못하고 흥분하는 건 아이 같은 행동이야. 게다

가 우리는 아직 시간이 많으니까 많은 걸 의논하고 결정
하면 돼."

베를린을 떠나기 전에 해결할 사소한 일들을 처리하고,
하숙집에도 떠나게 됐다는 걸 알리고 방값을 정산할 생각
으로 길을 나섰다. 저녁 무렵 돌아와보니 마리아는 벌써 짐
을 다 싸 떠날 준비를 마쳐놓고 있었다. 나는 몹시 놀랐다.

"쓸데없이 시간 허비할 필요가 뭐 있어? 내가 한시라도
먼저 갈게. 그래야 너도 자유롭게 떠날 준비를 할 테니까.
그리고… 뭐랄까… 너보다 먼저 베를린을 떠나기로 결정
했을 뿐이야…. 이유는 나도 잘 모르겠어…."

"그러고 싶다면 그렇게 해!"

우리는 더 이상 말을 하지 않았다. 원래는 깊이 생각하
고 서로 상의해 결정하려 했지만, 결과적으로 우리는 한마
디도 나누지 않았다.

그녀는 다음 날 저녁 기차로 떠났다. 그날 오후 내내 우
리는 집에 있었다. 창문 앞에 나란히 앉아 밖을 내다보았
다. 각자 수첩에 서로의 주소를 적었다. 그녀의 편지가 틀
림없이 도착하도록, 내가 그녀에게 편지를 쓸 때마다 그 안
에 내 주소를 적은 봉투도 함께 넣어 보내기로 우리는 묘
안을 짜냈다. 그녀는 아랍 문자를 쓸 수 없을 뿐 아니라 하

우란에 있는 우편배달부도 라틴 문자를 읽을 수 없기 때문이었다.

우리는 한 시간 정도 특별할 것 없는 이야기를 나눴다. 올해는 겨울이 유난히 길었다며, 2월이 다 끝나가는데도 마당에 쌓인 눈이 녹지 않았다고, 목적도 쓸모도 없는 이야기들이었다. 그녀는 시간이 빨리 가기를 바라는 게 확실했다. 하지만 나는, 터무니없는 바람일지라도, 우리가 나란히 앉은 이 시간이 끝나지 않기를 소망했다.

우리가 어이없을 정도로 뻔하고 일상적인 이야기에 매달려 있다는 것이 놀라웠다. 간혹 서로를 바라보며 설명하기 힘든 미소를 지었다. 마침내 역에 나갈 시간이 되자 둘 다 안도하듯 심호흡을 했다. 이후 시간은 끔찍할 정도로 빠르게 지나갔다. 짐을 실은 후 객실에서 함께 기다려주겠다고 해도 그녀는 한사코 싫다며 고집을 부렸다. 하는 수 없이 그녀와 함께 플랫폼으로 내려갔다. 거기서 바보 같은 미소를 주고받으며 다시 이십 분을 보냈다. 무의미한 미소로 가득 찬 이 시간은 일 초만큼 짧게 느껴졌다. 머릿속으로 수천 가지 생각이 스쳐갔다. 하지만 짧은 시간 안에 제대로 설명할 길이 없어 아예 입 밖에 내지도 못했다. 마음을 전할 시간은 전날 온종일 있지 않았던가? 우리는 왜 이렇게 멀뚱멀뚱 헤어져야만 했던가?

　마리아 푸데르는 마지막 몇 분을 남겨두고야 태연한 척하던 마음이 흔들리는 것 같았다. 그 모습을 보자 오히려 안심이 됐다. 아무런 동요도 보이지 않고 그녀가 떠나버렸다면 몹시 비참해졌을 것이기 때문이다. 그녀는 내 손을 잡았다 놓기를 몇 번이나 되풀이했다.

　"정말 무의미하지 않아? 넌 왜 가야만 하는 거야?" 하고 그녀가 혼잣말을 했다.

　"네가 떠나는 거잖아, 난 아직 여기 있어."

　그녀는 내 말을 못 들은 것 같았다. 내 팔을 잡더니 말했다.

　"라이프⋯, 나 이제 가!"

　"응⋯, 알아."

　기차 출발 시각이 다가왔다. 철도원이 객차 문을 닫고 있었다. 마리아 푸데르는 계단을 올랐다. 그런 후 나에게 몸을 기울이며, 천천히 한 글자 한 글자 또박또박 말했다.

　"나 지금 가. 하지만 네가 부르면 언제든지 갈게⋯."

　처음에는 무슨 말을 하고 싶은지 이해하지 못했다. 그녀도 잠시 아무 말 하지 않더니 입을 열었다.

　"네가 부르면 어디든 갈게!"

이번에는 알아들었다. 그녀의 손을 잡고 키스하고 싶었다. 하지만 마리아는 이미 객차 안으로 들어갔고 기차는 움직이기 시작했다. 차창 너머로 그녀를 보면서 기차와 함께 달렸다. 그러다 서서히 걸음을 멈췄다. 손을 흔들어 작별인사를 보냈다. 나는 소리쳤다.

"부를게…. 꼭 부를게!"

그녀가 웃으며 고개를 끄덕였다. 표정과 눈빛으로 나를 믿는다고 말하고 있었다.

다 하지 못한 이야기에 마음 깊이 슬픔이 남았다. 이런 이야기를 왜 어제 꺼내지 않았을까? 가방을 기차에 실으면서도 우리는 여전히 지난겨울과 여행의 즐거움을 지껄였을 뿐이다. 가장 소중한 것들에 왜 다가가지 않았을까? 어쩌면 차라리 나았을 수도 있다. 주절주절 늘어놓을 필요가 뭐 있을까? 어차피 결론은 같지 않았겠는가? 마리아는 최선의 방법을 선택한 것이다…. 분명하다…. 제안이 있었고, 확언이 있었다…. 간단명료하고, 마음에서 우러났으며, 부인할 수 없는 것! 이보다 더 아름다운 이별은 있을 수 없다. 그녀에게 털어놓지 못해 애태우던 가슴속 열정도 이에 비하면 밋밋했다.

그녀가 왜 나보다 먼저 떠났는지도 알 것 같았다. 내가 먼저 떠났다면 그녀는 혼자 베를린에 남아 무척 갑갑했을 것이다. 그녀를 보낸 후 기차표를 끊고 여권과 비자 수속을 하느라 눈코 뜰 새 없이 뛰어다닌 나조차 그랬으니까. 함께 걷던 거리를 혼자 지나칠 때마다 어찌나 뒤숭숭하던지! 하지만 곰곰 생각해보면 슬퍼할 것도 없었다. 일단 터키로 돌아가 어느 정도 일을 정리하는 대로 그녀를 부를 작정이었다. 말 그대로 아주 간단했다…. 백일몽이라면 일가견 있는 내 머리가 먼저 상상의 날개를 달고 날아올랐다. 하우란 교외에서 함께 살 근사한 저택이 벌써 눈앞에서 서 있었다. 우리가 함께 누빌 아름다운 언덕과 숲도 끝없이 펼쳐졌다.

나흘 후, 폴란드와 루마니아를 거쳐 터키로 돌아왔다. 귀국 여정과 이후 터키 생활에 대해서는 특별히 남길 말이 없다…. 나를 터키로 불러들인 사건에 대해, 콘스탄차*에서 배를 탄 후에야 진지하게 생각을 했다. 분명한 사실이 비로소 가슴에 와 닿았다. 그러니까, 아버지가 돌아가신 것이다. 아버지의 죽음을 이렇게 늦게 알게 됐다는 것이 몹시 부끄러웠다. 실은 아버지에게 진심 어린 애정을 쌓을 기

* 루마니아 동남부의 흑해에 면한 항구 도시.

회가 없었다. 아버지와 나 사이에는 항상 남 같은 거리감이 있었다. "당신 아버지는 좋은 사람이었나요?" 하고 누군가 묻는다면 어떻게 대답할지 모르겠다. 아버지가 선한지 악한지 판단할 정도로 가깝지 못했기 때문이다. 나에게 아버지는 실체가 있는 사람이 아니라 그저 '아버지'라는 추상적인 관념으로 존재했다.

아버지는 대머리에 둥그스름하게 수염이 난 얼굴을 잔뜩 찌푸린 채 저녁마다 근엄한 침묵으로 집 안 공기를 짓눌렀다. 우리 남매뿐 아니라 어머니에게도 전혀 관심이 없었다. 반면에 하우란의 찻집에서 가슴을 풀어헤친 채 아이란*을 마시면서 호기롭게 웃어제끼거나 때론 걸쭉한 욕설을 뱉으면서 백거먼 게임을 하는 사람이기도 했다…. 아버지가 늘 저 두 번째 모습이라면 좋겠다고 얼마나 간절히 바랐던가…. 하지만 내가 이런 찻집을 기웃거리다 눈에 띄기라도 하면 아버지는 화난 얼굴로 노려보면서 소리를 질렀다.

"왜 이런 데서 돌아다니는 게야? 저기 차 끓이는 데로 가서 셔벗 한 잔 마시고 마을로 돌아가. 가서 거기서 놀아."

* 요구르트에 물을 섞어 희석한 터키 전통 음료.

나이가 들고 군대를 마치고 왔을 때도 아버지의 태도는 바뀌지 않았다. 나 스스로 성숙해졌다고 생각할수록 아버지 앞에서는 더 왜소해지는 것 같았다. 가끔씩 내 생각이나 노심초사하여 얻은 의견을 털어놓으면 관심이 조금 있다는 듯 쳐다보는 게 전부였다. 시간이 더 흐른 뒤에는 내가 원하는 대로 내버려두고 말다툼조차 하려 하지 않았다. 나에 대한 아버지의 평가와 기대가 바닥이라는 걸 보여주는 증거였다.

그럼에도 내 마음속에는 아버지에 관한 추억을 더럽힐 만한 것이 없었다. 날카롭게 찔러대는 것은 아버지의 텅 빈 존재감이 아니라 아버지가 없다는 사실 그 자체였다. 하우란에 가까워질수록 점점 더 슬퍼졌다. 아버지가 없는 우리 집과 마을이라니, 상상하기도 힘들었다.

이런 것들을 장황하게 설명할 생각은 없다. 심지어 그때부터 지금까지 십 년에 대해서도 할 말이 없다. 하지만, 몇 가지 문제를 명확히 해두기 위해 최소한 몇 장 정도는 내 인생의 가장 공허한 이 무렵을 설명하는 데 할애해야겠다.

나는 그리 따뜻한 환대를 받으며 귀향한 게 아니었다. 하우란에 도착하고 보니 매형들은 나를 조롱하는 듯했고, 누나들도 이방인처럼 대했으며, 어머니는 지난날보다 더 딱

한 처지였다. 집은 텅 비워놓고 어머니는 큰삼촌 집에 들어가 살고 있었다. 내가 어디에서 살지는 아무도 얘기하는 사람이 없어, 옛날에 우리 집에서 일하던 충직한 아주머니 한 명과 덩그러니 빈 옛집에서 살기 시작했다. 아버지의 일을 넘겨받으려고 들여다봤지만 돌아가시기 전에 유산이 모두 분배되었다는 이야기만 들었다. 내 몫으로 상속받은 재산이 뭔지 매형들에게서는 도무지 확실하게 알아낼 수가 없었다. 비누 공장 두 곳에 대해선 누구도 입에 올리지 않았다. 하지만 비누 공장 한 곳은 아버지가 얼마 전에 팔았고, 나머지 한 곳도 매형이 처분했다는 것을 조금 지나 알게 됐다. 공장을 매각한 대금의 행방도 알 수 없었고, 심지어 평소 아버지가 많이 모아뒀다고 소문난 현금과 금도 온데간데없었다. 어머니는 아무것도 몰랐다. 내가 그것들이 어디 있는지 묻자 이렇게 말씀하셨다.

"애야, 내가 어찌 알겠니? 네 아버지가 그것들을 어디다 묻었는지 알려주지 않고 돌아가신 것 같구나. 아버지가 돌아가시기 전에 며칠은 네 매형들이 줄곧 곁을 지켰는데…. 돌아가실 거라고 생각이나 했겠니? 묻어둔 장소를 말해주지 않은 게 분명해…. 이제 어떻게 하니? 점쟁이한테 한번 가볼까…. 그 사람들은 모르는 게 없으니까…."

260

실제로 어머니는 이후 하우란 근처에 있는 모든 점쟁이들을 찾아갔다. 그들의 말을 듣고 올리브 밭의 모든 나무 밑, 담벼락 주변도 다 파보았다. 수중에 조금 남은 돈도 이 짓을 하느라 다 쓰고 말았다. 누나들도 점쟁이들을 만날 때 함께 갔지만 비용을 대려 하지는 않았다. 그러다가 문득, 우리가 여기저기 끝없이 땅을 파 뒤집는 것을 매형들이 우습다는 듯 보고 있다는 걸 알아차렸다.

수확 철이 이미 지났기 때문에 올리브 밭에서는 나올 수입이 없었다. 어쩔 수 없이 다음 해 올리브 밭에서 거둘 수확 일부를 앞당겨 팔아 몇 푼을 손에 쥐었다. 나의 목표는 올 여름은 어떻게든 넘기고 가을에 올리브 수확 철이 되자마자 죽을힘을 다해 살림살이를 일으켜세우고, 그러고선 마리아 푸데르를 당장 데리고 오는 것이었다.

터키에 온 뒤로 그녀와 자주 편지를 주고받았다. 내 운명의 발목을 어처구니없는 일들에 붙잡힌 그 시기에, 진흙탕에서 굴러야 했던 봄과 숨 쉬기 힘들 정도로 더웠던 여름에, 그나마 숨통을 트이게 해준 것이 바로 그녀의 편지를 읽고 또 그녀에게 편지를 쓰던 시간이었디.

그녀는 내가 터키로 떠나온 뒤 한 달 정도 지나 어머니와 함께 베를린으로 돌아왔다. 나는 편지를 포츠담 광장에 있는 우체국으로 보냈고 그녀가 그곳으로 가 편지를 받았다. 여름 중반 무렵에 그녀가 편지에 이상한 말을 썼다. 나에게 말해줄 아주 멋진 소식이 있으며, 자기가 터키에 와서 직접 얼굴을 보고 내게 말해주겠다는 것이었다(나는 가을 즈음 그녀를 터키로 부를 수 있을 것 같다고 앞선 편지에 적었었다). 이후 그 멋진 소식이란 게 무엇인지 여러 번 물었지만 그녀는 절대 답을 해주지 않았다. 번번이 "기다려, 내가 가면 알게 될 거야!"라고만 썼다.

그랬다. 나는 기다렸다. 그해 가을까지가 아니라, 십 년을 기다렸다…. 이 '멋진' 소식은 이제야 내게 도착했다…. 바로 어제저녁, 정확히 십 년이 지나서. 하지만 이 사건은 일단 덮어두고, 순서대로 모든 것을 말하려 한다.


여름 내내 부츠를 신고 말 잔등에 올라 산으로 들로 올리브 밭을 쏘다녔다. 아버지가 내게 남기신 밭이 너무나 메마른 땅인 데다 길도 나지 않은 후미진 곳이어서 많이 놀랐다. 마을에 가까운 올리브 밭들은 나무 한 그루에서 올리브를 반 자루도 넘게 거둘 만큼 비옥했는데, 그 밭은 모두 누나들, 그러니까 매형들 몫으로 상속이 끝난 뒤였다. 내가 물려받은 땅의 올리브 나무는 너무 오래 가지치기를 하지 않아 이미 야생 상태로 변해 있었다. 아버지가 살아 계실 적에는 아무도 귀찮게 이 구석까지 와서 올리브를 수확하지 않던, 한마디로 버려진 땅이었다.

내가 없는 동안 아버지가 병이 나고, 어머니는 무력하고, 누나들은 잔뜩 겁에 질린 상황을 틈타 매형들이 나쁜 짓을 벌였다는 걸 금방 알 수 있었다. 하지만 뼈 빠지게 일하면 내 식솔 정도는 건사할 수 있을 거라는 희망을 품었고, 마리아의 편지에서 새로운 용기와 내일에 대한 기대를 얻었다.

10월 초, 올리브가 다 익어 수확을 눈앞에 둔 무렵 이제 그녀를 불러들여야겠다고 생각하던 시기에 갑자기 편지가 뚝 끊겼다. 이미 집수리도 마쳤고, 새로 들일 가구들도 이스탄불에 주문해둔 터였다. 함께 주문한 욕조와 잘 어울리도록 욕실에 타일도 새로 붙였다. 내가 이렇게 부산을 떨자 하우란의 마을 사람들, 특히 우리 가족들이 깜짝 놀라더니 이내 비아냥거리기 시작했다.

집 단장을 하는 까닭을 아무에게도 말하고 싶지 않았다. 그래서 영문 모르는 사람들은 내가 유럽에서 잠시 살다 오더니 시건방이 들어 천박하게 유럽풍을 모방하며 겉치레한다고 입방아를 찧었다. 하기야 수확도 하기 전에 올리브를 입도선매하고 그도 모자라 여기저기서 빚을 낸 초짜 농사꾼이 그렇게 장만한 돈을 거울 달린 장식장과 욕실 꾸미기에 퍼붓는 것은 누가 봐도 미친 짓이었다. 나는 사람들이 빈정거리는 소리에 전혀 개의치 않고 쓰게 웃었다. 그들이 이해할 턱이 없었다. 해명할 필요도 느끼지 않았다.

하지만 보름이 지나고 스무 날이 지나도록 마리아에게서 답장이 오지 않자 불길한 예감에 안절부절못하게 되었다. 피해망상에 가까울 정도로 의심이 많은 나는 그녀의 침묵을 수천 갈래로 해석하며 몸부림치기 시작했다. 거듭해서 편지를 보냈고 번번이 답장은 오지 않았다. 나는 완전히 절망하고 말았다. 그러고 보니 소식이 완전히 끊기기 전부터 편지가 뜸하게 왔다. 분량도 갈수록 줄어들었고, 내용도 겨우 채우는 듯한 인상을 받았었다⋯. 나는 그간 받은 편지를 전부 꺼내 하나하나 다시 읽었다. 근래에 받은 편지에는 약간 놀란 낌새나 감추고 싶어 하는 표현, 심지어 얼버무리는 구절도 있었다. 그녀처럼 항상 솔직한 여자가 쓴 편지라고 보기 힘든 대목들이었다. 뭔가 숨기고 있거나, 아직 준비되지 않은 뭔가가 있는 것처럼 보였다. 내가 한시라도 빨리 불러주기를 바라는 것인지, 아니면 내가 부르는 게 두려운 것인지, 불가피하게 약속을 지키지 못할 것 같아 두려워하는 것인지, 도대체 그녀가 진정으로 원하는 것이 무엇인지 나 자신에게 되풀이해 묻고 있었다. 급기야 그녀가 쓴 한 줄 한 줄을 곱씹었고, 다 맺지 못한 표현과 모든 농담에서 숨은 의미를 캐내느라 미쳐버릴 지경이 되고 말았다. 그동안 내가 쓴 모든 편지는 물거품이 되었고, 조심스레 상상하던 최악의 두려움은 사실로 드러났다.

다시는 그녀로부터 소식이 오지 않았고, 어디서도 마리아 푸데르의 이름을 들을 수 없었다…. 하지만 어제…, 아직 여기까지 이야기할 수는 없다…. 한 달 뒤, 내가 마지막으로 보낸 편지가 '수취인 없음. 발신인에게 반송'이라는 소인이 찍혀 되돌아왔다. 그때서야 모든 희망을 버렸다. 그 후 며칠 동안 내가 어떻게 변했는지, 지금 다시 생각해도 소름이 끼친다. 나는 움직일 수도, 볼 수도, 느낄 수도, 생각할 수도 없었다. 그동안 살아가는 힘이 되어준 뭔가가 내 안에서 송두리째 휩쓸려나갔고, 나는 껍데기만 남았다.

새해 첫 며칠 동안 겪었던 악몽과는 전혀 달랐다. 그때도 마음이 황량했지만 이때처럼 절망적이진 않았다. 그때만 하더라도 그녀의 마음을 돌이킬 수 있을 거라는 의지와 다정했던 시간으로 되돌아갈 수 있다는 희망을 한 번도 버린 적이 없었다. 하지만 이제 나는 완전히 무너져 속수무책이었다. 우리 사이에 가로놓인 엄청난 물리적 거리 앞에서 할 수 있는 것이 없었다. 나는 집에 틀어박혀 이 방에서 저 방으로 부질없이 서성거렸다. 그녀가 보낸 편지들과 반송된 나의 편지들을 천천히 읽으면서, 행간에서 놓쳤던 부분들을 생각하고 고통스럽게 웃어댔다.

더 이상 농사지을 의욕도 사라졌고 삶을 지탱하던 기력도 꺾였다. 나는 존재하지 않는 사람이나 다를 바 없었다. 올리브를 떨어 거둬들이는 일도, 올리브기름을 짜는 공장에 실어나르는 일도 그만뒀다. 가끔씩 밖으로 나갈 때도 사람들과 마주칠까 두려워 인적 드문 곳만 골라 다녔다. 한밤중에 돌아와선 의자에 쓰러져 몇 시간 눈을 붙였다. 그러다가 아침에 눈을 뜨면 '왜 아직도 살아 있을까?' 하는 자책과 회한이 먼저 깨어나 가슴이 먹먹해졌다.

나의 시간은 마리아 푸데르와 만나기 전으로 되돌아갔다. 그때처럼 공허하고 무의미한 나날이 되풀이됐다. 하나 다른 점은 여기에 지독한 고통이 덧씌워졌다는 것뿐이다. 과거의 내가 삶이 별거 아니라는 무지에 갇혀 있었다면, 지금의 나는 다르게 사는 길도 있다는 걸 알게 되어 고통에 사로잡힌 것, 이것이 달라진 점이었다. 나는 더 이상 세상과 교감할 수 없었다. 이제 세상 어떤 기쁨도 나의 것이 될 수 없었다.

　아주 짧은 한때 그녀는 나를 무기력하고 의욕 없는 상태에서 꺼내줬고, 내가 남자이며 한 인간이라는 걸 가르쳐줬고, 내가 생각해온 것만큼 세상이 엉터리가 아니며 나도 삶의 기쁨을 누릴 능력이 있다는 것을 보여줬다. 하지만 그녀와 나를 잇는 끈을 놓쳐버린 순간 그녀가 내게 안겨준 모든 은혜도 잃어버렸다. 나는 예전 모습으로 되돌아갔다. 그녀가 내게 얼마나 소중한 존재인지 이제 절망적으로 이해한다. 나는 인생을 혼자 뚜벅뚜벅 걸어갈 수 있는 그런 사람이 못 됐다. 삶의 동반자로서 그녀가 필요했다. 그녀의 도움 없이 나는 살 수 없었다. 그럼에도 보다시피 여태 살고 있다…. 이렇게 산 것도 살았다고 말할 수 있다면, 살았다.

　다시는 마리아의 소식을 듣지 못했다. 베를린의 하숙집 여주인에게 편지를 보내 알아보려 했지만 허사였다. '티데르만 부인이 이제 이곳에 살지 않으며, 새 주소를 알려주지 않고 떠났다'는 답신을 받았을 뿐이었다. 또 누구에게 물어보면 좋을까? 그녀는 어머니와 함께 프라하에서 돌아가서는 다른 집으로 이사 갔다고 쓴 적이 있었다. 하지만 주소를 몰랐다. 독일에서 살던 이 년 남짓한 세월 동안 알고 지낸 사람이 이토록 적었다니, 놀라울 뿐이었다. 나는 베를린을 벗어나서 멀리 다닌 적은 없지만 베를린의 거리라면 막다른 골목까지 속속들이 누볐다. 이 도시에 있는 모든 박물관과 화랑, 식물원, 동물원 그리고 숲과 호수를 모두 가보았다. 그런데도 이 도시에 사는 수백만 명 중에서 이야기를 나눈 이는 겨우 몇 사람이고, 제대로 아는 이는 오직 한 사람뿐이었다.

어쩌면 내가 원하는 모든 것은 그녀, 한 사람이었다. 한 사람이면 충분했다. 하지만 이 사람이 사라져버린다면? 모든 것이 꿈이고, 헛된 희망이며, 환상이었다는 것이 드러난다면? 나는 희망을 품는 힘을 잃었고, 그 희망에 기대어 사람을 믿는 힘을 잃어버렸다. 사람에 대한 불신이 너무나 크고 격렬해서, 가끔은 나 스스로 두렵기도 했다. 상대가 누구든 모든 사람에게 강한 반감을 갖고 만났다. 만나는 사람 모두가 언제든 배신할 준비가 된 야비한 속셈으로 드글거리는 무리겠거니 생각했다. 세월이 흘러도 이런 태도는 누그러지지 않았다. 오히려 해가 갈수록 강고해졌다. 이런 의심은 적대감으로 변해갔다. 나에게 다가오고 싶어 하는 모든 사람으로부터 도망쳤다. 특히 나와 가장 가까이 있는 사람 혹은 가까워질 거라고 생각되는 사람들을 극도로 경계했다. '그녀마저 나한테 그런 짓을 했는데!'라고 생각했다.

하지만 그녀가 나에게 뭘 했길래? 나는 알지 못했다. 바로 이 때문에 상상은 가장 비참하고 끔찍한 가능성으로 치달았고 거기서 헤어나지 못했다.

세상일이 다 그렇지 않은가 말이다…. 이별하는 순간의 달뜬 감정으로 즉흥적으로 한 약속을 저버리는 가장 쉬운 방법이 무엇이겠는가? 가타부타 따지고 다툴 것 없이 그 자리에서 관계를 끊는 것이다. 수취인 없이 우체국에서 뒹군 나의 편지들…. 답장도 끊긴 채… 존재한다고 믿었던 모든 것이 이제 사라졌다. 누가 알겠는가? 새로운 모험으로 그녀는 정신없이 사랑에 빠져들었을지도. 다른 사내의 품에서 훨씬 강렬하고 은밀한 행복을 찾았을지도 모를 일이다. 그녀가 이런 것들을 다 뿌리치고, 순진한 아이의 마음을 사려고 던졌던 약속에 발목 잡혀 한 치 앞도 보이지 않는 미지의 삶에 맹목적으로 따라 들어간다? 결국 분별력을 되찾아 한때의 달뜬 약속을 이겼을 것이다.

이렇게 세심하게 상황이 정리되는데도, 왜 나는 새로운 환경에 적응하지 못하는 걸까? 왜 내 삶에 새로운 기회가 나타날 때마다 흠칫 놀라고 움츠러드는 걸까? 왜 사람들이 내게 다가와 손을 내밀면 이들이 상처를 줄 거라는 생각부터 할까? 잠시 방심하는 사이에 사람들과 가까워진 적도 있었다. 하지만 그때마다 불행한 결말을 예언하는 목소리가 들려왔다. "잊지 마, 잊지 마! 그녀는 이보다 훨씬 가까웠잖아? 잊지 마…. 그랬는데도 그녀는 떠났지…." 예언의 목소리는 나의 실수를 바로잡아줬다. 어떤 사람이 한 발자국 앞까지 다가오는 것을 보고 희망을 갖다가도 재빨리 감정을 접었다. "아냐, 아냐, 그녀는 이보다 더 가까웠어…. 우리 사이에는 요만큼도 거리가 없었을 만큼…. 하지만, 세상일이 그런 거지!"

믿을 것이냐, 믿지 않을 것이냐…. 매일 매순간 나는 공포에 사로잡혔다. 벗어나려고 그토록 버둥거렸지만 그 손아귀에서 벗어날 수 없었다…. 나는 결혼했다…. 결혼식을 올리던 바로 그날, 아내가 세상에서 제일 먼 사람이라는 걸 알아버렸다. 아이들도 생겼다…. 아이들을 사랑했다. 내가 삶에서 잃어버린 것을 그애들이 결코 채워줄 수 없다고 늘 생각하면서도….

일에도 도통 관심을 두지 못했다. 뭘 하는지 모른 채로 기계처럼 일했다. 뻔히 알면서도 속아줬고, 이럴 때 일종의 희열도 느꼈다. 매형들은 나를 바보 멍청이 취급했지만 상관할 바 아니었다. 빚과 이자를 갚고 결혼 비용을 대느라 내 몫으로 있던 알량한 재산도 몽땅 써버리고 말았다. 올리브 밭은 돈이 되지 않았다. 돈 많은 부자들은 황폐한 밭에서 나는 수확물이나 나무를 헐값에 사 모으는 데 이골이 나 말도 안 되는 값으로 후려쳤다. 한 그루에서 일 년에 7, 8리라 정도 수확하는 올리브 나무를 반 리라에도 사려는 사람이 없었다. 집안 재산이 여기저기 팔려나가지 않도록 곤궁한 나를 도와준다는 명분으로 매형들이 내 빚을 대신 갚아주고 내 밭을 가져갔다.

남은 것이라곤 거의 폐허나 다름없는 방 열네 개짜리 집과 가재도구뿐이었다. 장인은 발리케시르*에서 공무원으로 일하고 있었다. 그가 힘써준 덕에 주 중심지에 있는 회사에 취직했다. 몇 년 동안 그 회사에서 일했다. 가족에 대한 책임이 커질수록 세상과는 점점 더 멀어졌고, 세상과 관계를 맺으려는 의지 자체가 완전히 사라지고 말았다. 장인이 돌아가시자 처제와 처남 들까지 부양해야 했다. 내 월급 40리라로 온 가족을 건사할 수는 없었다. 어려운 사정을 아는 아내의 먼 친척이 나를 지금 일하는 앙카라의 회사에 취직시켜줬다. 나는 숫기가 없지만 외국어를 하니 그래도 빨리 승진할 거라는 기대를 가졌다. 하지만 그런 일은 일어나

* 터키 북서부에 있는 주.

지 않았다. 어디에 있든 나는 주위 사람들에게 있으나 마나 한 존재였다. 사실 기회는 사방에 널려 있었다. 여러 사람이 내 마음속에 차고 넘치는 내성적 성향과 신중함을 끌어다 쓸 만한 기회를 제안했고, 이를 통해 새로운 인생을 시작할 수 있을지도 모른다는 희망을 잠시나마 품었다. 하지만 도무지 의심에서 벗어날 수가 없었다. 이 세상에서 내가 믿었던 사람은 오로지 하나뿐이었다. 너무나 깊게 믿었던 그녀에게 속은 뒤로는 다른 사람을 믿는 힘 자체를 잃어버렸다. 그녀에게 화가 난 건 아니었다. 그녀를 시기하거나 원망하거나, 심지어 그녀를 나쁘게 생각하는 것조차 불가능했다. 차라리 시기와 원망은 다른 모든 이들을 향했다. 그녀는 내게 인간 본성의 상징이었으니까.

그사이 세월이 많이 흘렀는데도 여전히 그녀에게 연연하는 나를 보면, 억울한 마음이 스멀스멀 올라온다. 그녀에게 나라는 존재는 이미 잊힌 지 오래일 것이다. 지금은 어디서 누구와 사는지 누가 알까? 저녁 무렵 집에서 아이들이 투덜거리는 소리, 처제와 처남 들이 옥신각신하는 소리, 부엌에서 들려오는 아내의 슬리퍼 소리, 접시가 부딪는 설거지 소리를 들으면서 나는 눈을 감고 어딘가에 있을 마리아를 상상하곤 했다. 어쩌면 마음이 통하는 사람과 식물원을 걸으면서 빨갛게 물들어가는 단풍잎을 예찬하고 있으리라. 그 마음 맞는 자와 함께 어둑한 미술관을 거닐면서 창문으로 스며드는 석양에 비친 거장의 작품에 찬사를 늘어놓고 있을지도 모른다.

어느 날 저녁 집으로 돌아오는 길에 동네 식료품점에 들러 이것저것을 샀다. 막 문을 열고 나오는 순간, 맞은편 월셋집에 사는 젊은 청년의 방에서 카를 마리아 폰 베버의 오페라 《오베론 <sup>Oberon</sup>》 서곡이 라디오를 통해 들려왔다. 하마터면 들고 있던 꾸러미를 떨어뜨릴 뻔했다. 마리아와 함께 갔던 오페라 공연 중 하나였다. 그녀는 베버를 특히 좋아했다. 공연이 끝나고 돌아오는 길에 그녀는 바로 이 《오베론》 서곡을 휘파람으로 불곤 했다. 마치 어제 그녀와 헤어진 것처럼 생생하게 날선 그리움이 몰려왔다. 세속적인 행복이든 물질적인 재산이든, 소중한 것을 잃어버린 고통은 시간이 지나면 잊힌다. 하지만 놓쳐버린 기회들은 뇌리에서 절대 떠나지 않고 불쑥불쑥 떠올라 쓰라리게 마음을 헤집는다. 어쩌면 우리가 놓지 못하는 건 떠나간 기회가 아니라 '이렇게 되지 않을 수 있었는데!'라고 끊임없이 잔소리를 해대는 미련일 것이다. 미련만 벗어던진다면 우리는 모든 걸 운명이라고 돌리고 받아들일 테니까.

아내와 아이들은 나에게 그리 애틋하지 않았다. 가족 모두가 그랬다. 나도 그런 걸 기대하지도 않았다. 베를린에서 그 막막했던 새해 첫날 나에게 덧씌워진 '쓸모없는 인간'이라는 낙인은 이제 나의 피부나 다름없었다. 끼니를 때울 잔돈푼이나 벌어다주는 것 말고는 내가 가족들에게 무슨 소용이 있단 말인가? 우리가 돈이나 물질적인 도움보다도 간절히 다른 사람에게 바라는 건 사랑과 관심이다. 가족에게서 사랑도, 관심도 받지 못하는 사람은 가족이 아니다. 한 지붕을 이고 사는 타인일 뿐이다. 가족들이 내게서 가져갈 것이 더 이상 없는 그런 날이 오기를, 이 모든 것이 끝나기를 얼마나 간절히 바랐던가! 시간이 지나면서 내 삶은 멀리 떨어진 까마득한 희망 하나에 의지하고 있었다. 죄수처럼 나의 몸뚱이를 끌고 하루하루를 건너왔다. 내가 지나쳐온 나날을 조금이라도 기특하게 여기는 구석이 있다면 그건 이 생이 끝나는 날에 한 걸음씩 가까워지고 있기 때문이다. 식물처럼 살았다. 의식도 없고, 불평도 없고, 아무런 의지도 없었다. 감정도 나와는 무관한 세계였다. 슬프지도 기쁘지도 않았다.

내가 어떻게 사람들에게 분노를 느끼겠는가? 가장 소중하고 가장 아름답고 가장 사랑한다고 믿었던 사람이 내게 가장 잔혹한 운명의 굴레를 씌웠는데, 다른 이들에게 달리 뭘 기대하겠는가? 더 이상 사람을 사랑할 수도, 용기를 내어 가까이 다가갈 수도 없었다. 전적으로 믿던 사람에게 배신당했기 때문이다. 어떻게 다른 사람을 다시 믿을 수 있겠는가?

미래가 눈앞에 그려졌다. 세월은 지루하게 흐를 것이고 마침내 기다리던 날이 다가와 모든 것이 끝날 것이다. 다른 건 아무것도 원하지 않았다. 삶은 나를 상대로 사악하게 운명의 패를 돌린 것이었다. 하지만 나는 나 자신에게도, 다른 사람에게도 책임을 돌리지 않았다. 그러려니 하고 운명을 받아들인 채 무의미한 나날을 이어갔고 견뎌낼 방법을 찾았다. 나는 지루했다. 단지 지루했다. 다른 불만은 없었다.


그러던 어느 날… 그러니까 어제, 정확히는 토요일에 퇴근하고 돌아와 옷을 벗었다. 아내가 이것저것 필요한 것이 있다고 말했다.

"내일 가게들이 문을 닫잖아요. 그러니 당신이 시장에 좀 다녀와요."

내키지 않았지만 다시 옷을 입었다. 수산시장까지 걸어

갔다. 제법 더운 날이었다. 저녁에 선선한 바람이라도 쐴 요량으로 거리에 나와 어슬렁거리는 사람들이 많았다. 나는 장을 다 본 뒤 겨드랑이에 꾸러미들을 끼고 동상 쪽으로 걸어갔다. 집으로 돌아올 때는 여느 때처럼 구불구불한 뒷골목이 아니라, 약간 돌아가긴 하지만 널찍한 포장도로를 택했다. 상점 밖에 내걸린 커다란 시계가 여섯 시를 가리키고 있었다. 그때 갑자기 누군가가 내 팔을 잡았다. 어떤 여자가 내 귀에 대고 고함치듯 외쳤다.

"헤르* 라이프!"

너무나 놀랐다. 누가 나를 독일어로 부른단 말인가! 나도 모르게 잡힌 팔을 뿌리치고 도망치려고 했다. 그러나 여자는 나를 꽉 붙잡고 있었다.

"아, 내가 잘못 보지 않았네요. 당신 맞지요, 헤르 라이프! 아이고, 사람이 이렇게나 변하다니!"

그녀의 목소리가 워낙 컸기 때문에 지나가던 사람들도 무슨 일이 났나 싶어 우리를 곁눈질했다.

나는 천천히 고개를 들었다. 얼굴을 보지 않고 거대한 몸집과 우렁찬 목소리만으로도 그녀가 누구인지 알았다.

* Herr, 독일어로 '씨, 님, 선생, 신사'를 뜻하는 경칭.

"아, 반 티데르만 부인, 여기 앙카라에서 당신을 보다니, 상상도 못했습니다!"

"아뇨, 반 티데르만 부인이 아니에요…. 이젠 됩케 부인이에요! 남편 때문에 반\*을 희생했지요. 뭐 밑질 것도 없어요!"

"축하합니다…. 그러니까…."

"네, 네. 추측하신 대로예요…. 당신이 터키로 돌아가고 나서 얼마 지나지 않아 우리도 하숙집에서 나왔어요…. 물론 함께요…. 그리고 프라하로 갔답니다…."

프라하라는 말을 듣는 순간 심장을 칼로 베인 듯했다. 조금 전부터 거세게 고개를 들고 튀어나오려는 생각을 이젠 도저히 억누를 수가 없었다. 하지만 뭐라고 묻는단 말인가? 나와 마리아와의 관계를 그녀는 전혀 알지 못하는데. 내가 마리아의 안부를 물어보면 그녀는 어떻게 생각할까? 마리아와 어떻게 아느냐고 되묻지 않을까? 그런 다음엔 또 무슨 소리를 하려나? 그녀가 아무것도 모르고 지나치는 편이 훨씬 낫지 않을까? 이렇게나 긴 세월이, 정확히 십 년 하고도 더 많이 시간이 흘렀는데 이제 와서 진실을 알아봐야

---

\* 평민 출신인 됩케 씨와 재혼해 van이란 귀족 호칭을 잃었음을 말한다.

무슨 소용이 있을까?

나는 우리가 여전히 길 한가운데에 서 있다는 것을 깨닫고 말했다.

"어디 가서 좀 앉지요. 피차 이야기 나눌 것도 많을 것이고…. 당신을 앙카라에서 보게 되다니 아직도 어안이 벙벙하군요."

"네, 어디 가서 앉으면 좋겠지만, 잠시 후에 기차를 타야 해요. 한 시간도 안 남았네…. 놓치면 안 되거든요…. 당신이 앙카라에 사는 줄 알았으면 연락을 했을 텐데. 우린 어젯밤에 왔어요. 오늘 저녁에 떠나고요…."

그녀의 옆에 여덟아홉 살 정도 되어 보이는 창백하고 조용한 여자아이가 서 있다는 것을 그제야 눈치챘다. 내가 웃으면서 물었다.

"따님인가요?"

"아뇨, 친척이에요…. 내 아들은 이제 곧 법학 학위를 받을 거예요."

"아직도 아드님에게 읽을 책을 추천해주시나요?"

그녀는 무슨 말인지 몰라 잠시 어리둥절하다가 기억을 되새기고는 웃었다.

"아, 그랬지요. 그런데 이젠 내가 무슨 말을 해도 귀담아들질 않아요. 그때는 어렸잖아요…. 열두 살 정도였지요, 아마…. 세상에, 세월이 참 빠르기도 하네요!"

"그러게요…. 그런데 부인은 전혀 변하지 않았어요!"

"당신도요!"

조금 전 그녀는 한결 솔직하게 말했지만 나는 굳이 그걸 짚지는 않았다.

우리는 아래로 걸어 내려갔다. 마리아 푸데르에 대해 뭐라고 말문을 열면 좋을지 도무지 묘안이 떠오르지 않아서, 아무 상관없는 수다로 겉돌고 있었다.

"앙카라에 왜 오셨는지 아직 말씀하지 않으셨네요?"

"아, 네, 그랬군요…. 우리는 앙카라에 온 게 아니라 거쳐 가는 중이에요. 지나다 들른 거지요."

레모네이드 가게에서 오 분만 앉았다 가자고 내가 권했다. 그녀는 이야기를 이어갔다.

"남편은 지금 바그다드에 있어요…. 아시잖아요, 그 사람이 식민지 상인이라는 거."

"바그다드는 독일 식민지가 아닐 텐데요?"

"알아요, 물론…. 하지만 남편은 열대 상품 전문이리서요, 바그다드에서 대추야자 사업을 해요."

"카메룬에서도 대추야자 무역을 했던가요?"

그녀는 별걸 다 묻는다는 듯한 표정으로 나를 쳐다보았다.

"저야 모르지요. 그 사람한테 직접 편지를 써서 물어보시든가. 그이는 여자들이 사업에 간섭하면 아주 질색을 하니까요."

"지금은 어디로 가시는 길이에요?"

"베를린…. 고향에도 모처럼 가보고, 그리고…."

그녀는 옆에 앉아 있는 창백한 아이를 몸짓으로 가리키며 말했다.

"이 아이 때문이에요…. 몸이 좀 약해서 우리가 데려와 겨울을 함께 보냈어요. 지금 다시 데려다주는 거예요."

"그러니까 베를린에 자주 다니시는 모양이지요?"

"일 년에 두 번 정도."

"뷥케 씨 사업이 만사형통이라는 말씀이지요?"

그녀가 추파를 감추지 않고 미소를 흘렸다.

나는 여전히 묻지 못하고 있었다. 이제야 깨달았지만, 이 망설임은 어떻게 물어볼지 몰라서가 아니라 알게 될 것들이 두렵기 때문이었다. 하지만 난 이미 체념하고 이 운명을 받아들였는데, 뭘 알든 똑같지 않겠는가? 더 이상 마음속에 아무런 감정도 살아 있지 않은데 무엇이 두렵단 말인가? 마리아도 그녀에게 맞춤한 뷥케 씨를 찾았을 수 있다.

어쩌면 아직 결혼하지 않고 이 남자 저 남자 오가면서 '믿을 만한 남자'를 찾고 있을지도 모른다. 어쨌거나 나는 얼굴조차 잊었을 것이다.

생각이 여기에 미쳐 나도 그녀의 얼굴을 떠올리려 했다. 도저히 기억해낼 수가 없었다. 십 년 만에 처음으로, 그녀에게 내 사진이 없고 내게도 그녀의 사진이 없다는 사실을 알았다…. 놀라워라! 헤어질 때 왜 이 생각을 못 했을까? 곧 다시 만날 거라고 여겼을 수도 있고, 기억력을 과신했을 수도 있다. 하지만 이 사실을 지금 알다니, 이걸 어떻게 설명하면 좋을까? 그녀의 얼굴을 눈앞에 떠올려볼 필요성도 느끼지 못했던 걸까?

그녀의 얼굴 선 하나하나를 맨 처음 알게 되고 전혀 어렵지 않게 그 얼굴을 그릴 수 있었던 첫 한 달, 그 시간을 돌이켜보았다…. 그런 다음… 모든 것이 끝났다는 것을 알고는 이 얼굴을 보거나 상상하지 않으려고 안간힘을 다해 피했다. 견디지 못하리라는 걸 잘 알았기 때문이다. 그녀, 모피 코트를 입은 마돈나의 얼굴은 잠깐의 상상만으로도 나를 파괴할 수 있었다.

이제 기억은 나를 해칠 힘을 잃었다. 과거 때문에 더 이상 감정에 동요가 일지 않을 거라고 확신하면서 기억 속으로 돌아가 그녀의 얼굴을 찾았지만 끝내 찾지 못했다…. 내게는 그녀의 사진조차 없었다….

그게 무슨 소용이겠는가?

뒵케 부인은 시계를 보더니 자리에서 일어났다. 함께 역을 향해 걸었다.

그녀는 앙카라와 터키 여행에 아주 만족하고 있었다.

"외국인을 이렇게 따뜻하게 맞아주는 나라를 본 적이 없어요. 스위스만 해도 그래요. 그 나라는 외국인 관광객 덕분에 떵떵거리고 살잖아요? 그런데도 외국인을 마치 자기네 집을 털러 온 도둑 보듯이 한다니까요…. 하지만 터키에서는 모두 외국인을 도와주려고 기다리는 것 같아요. 그리고 앙카라가 아주 마음에 드네요."

그녀는 끊임없이 수다를 떨었다. 어린 소녀는 예닐곱 걸음 앞서 걸어가면서 손을 뻗어 길가에 줄지어 선 나무들을 만지고 있었다. 역에 거의 가까워져서야 나는 마침내 용기를 냈다. 하지만 가능한 한 무심하게 보이려고 애쓰면서 말을 꺼냈다.

"베를린에 친척이 많으신가요?"

"아뇨, 그리 많지 않아요…. 난 사실 프라하 출신이에요. 체코계 독일인이지요…. 첫 남편은 네덜란드인이었고요.

282

왜 그런 걸 물어요?"

"거기 머물 때, 당신의 친척이라던 여자를 본 적이 있어서요…."

"어디서요?"

"베를린에서요…. 전시회에서 우연히 만났습니다…. 내 기억으론 화가였던 것 같은데…."

그녀가 갑자기 관심을 보였다.

"그래요…. 그런 다음에는요?"

나는 망설이면서 말을 이었다.

"그런 다음에는…. 글쎄요…. 한 번 정도 얘기했던가…. 멋진 그림을 그렸더군요…. 그것을 계기로…."

"이름을 기억하나요?"

"아마 푸데르였을 거예요…. 그래요, 마리아 푸데르! 그림 아래 사인이 있었어요. 카탈로그에도 적혀 있었고요…."

부인은 대답하지 않았다. 나는 다시 용기를 내어 물었다.

"그녀를 아십니까?"

"네, 알아요, 내가 자기 친척이라는 걸 왜 얘기했을까요?"

"글쎄요…. 아마도 내가 하숙집 얘기를 했던 것 같은데, 그녀도 자기 친척이 거기 산다고 했던 것 같아요…. 혹은 다른 이야기 끝에 나왔거나…. 지금은 물론 잘 생각이 나지 않습니다…. 십 년 전이니까요."

"네…. 십 년은 긴 세월이지요…. 고모가, 자기 딸이 한때 터키인 남자와 사귀었고, 하루 종일 그 남자 이야기만 한다고 말한 적이 있는데, 혹시 그 사람이 당신인지 궁금했지요. 그런데 고모는 딸이 그렇게 좋아하던 터키 청년을 한 번도 본 적이 없다니, 이상하지 않나요…. 고모는 그해 프라하에 갔고, 터키 학생이 베를린을 떠났다는 걸 프라하에서 딸한테 들었다고 하더군요…."

역에 도착했다. 됩케 부인은 기차 쪽으로 걸어갔다. 지금 화제를 돌리면 다시는 이 이야기로 돌아가지 못할 것이고, 정말로 원한 답을 영원히 알지 못할 거라는 생각에 두려워졌다. 나는 그녀가 뭐라도 더 말해주기를 애타게 바라며 똑바로 눈을 바라보았다.

기차 객실에 여행 가방을 다 올리고 호텔 종업원까지 돌려보내고 나서 그녀는 나를 바라보며 말했다.

"왜 물어보시나요? 마리아를 그다지 잘 알지도 못한다면서!"

"네…. 그런데 아주 인상적이었거든요…. 그 여자가 그린 그림이 아주 마음에 들었어요…."

"재능 있는 화가였지요!"

불현듯 갑자기 고개를 쳐드는, 종잡을 수 없는 불안감에 사로잡혀 물었다.

"화가였다고 말씀하셨나요? 지금은 화가가 아닙니까?"

그녀는 주위를 둘러보며 어린 소녀를 찾았다. 아이가 객실로 들어가 앉아 있는 것을 보고는 고개를 내 쪽으로 숙이면서 말했다.

"물론 아니지요…. 이젠 이 세상 사람이 아니니까요!"

"뭐라고요!"

입술을 가르며 튀어나온 말이 날카로운 비명처럼 허공으로 날아갔다. 주위 사람들이 고개를 돌려 우리를 쳐다보았다. 객실에 앉아 있던 아이도 창문 밖으로 머리를 내밀고 동그랗게 뜬 눈으로 나를 바라보았다.

뒵케 부인이 한참 동안 나를 살폈다.

"왜 그렇게 놀라시죠? 얼굴이 창백해졌어요. 잘 알지도 못한다면서요?"

"그래도… 전혀 예상하지 못했던 터라."

"네…. 더욱이 최근 일도 아니에요…. 아마 십 년은 됐을걸요…."

"십 년이라고요? 말도 안 돼요…."

여자는 나를 다시 살피더니 한쪽으로 끌어당겼다.

"마리아 푸데르의 죽음에 관심이 많아 보이네요…. 짧게 얘기하지요. 당신이 터키로 돌아가려고 하숙집에서 나가고 2주 뒤에 나는 됩케 씨와 함께 프라하 근처에서 농장을 하는 친척집으로 갔답니다. 그곳에서 마리아와 그 어머니를 우연히 만났지요. 나는 마리아의 어머니와 사이가 별로 좋지 않았지만, 이건 다른 문제이니 제쳐둡시다. 마리아는 쇠약하고 기력이 없더라고요. 베를린에서 심하게 아팠다고 했어요. 두 사람은 얼마 지나 베를린으로 돌아갔지요. 그때쯤엔 마리아도 기력을 꽤 회복한 상태였어요. 그리고 우리도 남편의 고향인 동프러시아로 갔지요…. 겨울에 다시 베를린에 갔을 때 10월 초에 마리아가 죽었다는 이야길 들었어요. 나도 당연히 우리 사이가 좋지 않았다는 것도 다잊고 곧장 그 어머니를 찾아갔답니다. 고모는 넋이 나가 있었고, 거의 예순 살 노파처럼 보이더라고요. 그래 봐야 겨우 마흔대여섯 정도였을 뿐인데 말이지요. 고모 말로는, 프라하에서 돌아온 후에 마리아가 몸에 변화를 느끼고 의사에게 갔는데, 임신했다는 걸 알게 되었대요. 마리아는 아주 기뻐했는데, 고모가 아무리 애걸복걸해도 애 아빠가 누구인지는 말하지 않았다고 하더군요. 매번 '곧 알게 될 거예요!'라고 입을 막으면서, 금방 어딘가로 떠날 거라고 했다더군요. 임신 마지막 달에 건강이 급격히 나빠졌대요. 의사는 출산이 위험할 거라며, 병이 꽤 진행됐지만 그래도 조치를 취하자고 했대요. 하지만 마리아는 아이에게 해가 되는 일은 절대 하지 않겠다고 했답니다. 그러다 갑자기 상태가 악화됐고 입원을 했지요. 혈중 알부민이 너무 떨어졌나봐요…. 그 전에 앓았던 병이 건강을 악화시켰고… 출산 전에 몇 번이나 의식 불명에 빠졌다고 해요. 의사가 조치를 해 아이를 들어내 살렸다고 합니다. 하지만 마리아는 계속 발작을 일으켰고, 일주일을 못 넘기고 혼수상태로 죽었다고 하더군요. 아무것도 말하지 않았대요. 자기도 죽을 거라고는 생각하지 못했을 테니까요. 의식이 있던 마지막 순간까지도 '엄마가 알면 아주 놀랄 거야. 근데 엄마도 분명히 좋아할 거야!' 이런 아리송한 말들을 했다더군요. 하지만 끝내 그 남자의 이름은 말하지 않았다고 합니다. 마리아가 터키 청년 이야기를 얼마나 입에 달고 살았는지 고모도 기억하더군요. 하지만 얼굴도 못 봤고 이름도 모른대요…. 아기는 네 살까지 병원과 탁아소를 들락거리며 지냈고, 나중에 할머니가 데려갔어요. 여리고 말수가 적지만 사랑스러운 아이지요…. 당신도 그렇게 생각하지 않나요?"

나는 정신을 놓기 직전이었다. 어질어질했다. 가까스로
버티고 서서 간신히 웃어 보였다.

"저 아이인가요?"

고개를 들어 객실 창을 가리키며 물었다.

"네…. 귀엽지 않나요? 얼마나 착하고 행동도 반듯한지
몰라요. 할머니를 또 얼마나 보고 싶어 하는지!"

그녀는 이렇게 말하면서 계속 내 얼굴을 쳐다보았다. 눈
빛이 거의 적대감으로 번뜩이는 듯했다.

기차가 곧 출발할 참이었다. 그녀는 기차에 올랐다.

잠시 후 두 사람이 나란히 창문 앞에 있는 것이 보였다.
아이는 무심한 미소를 지으며 역으로 시선을 돌렸다가 몇
차례 나를 바라보았다. 뚱뚱하고 나이 든 여자의 눈길은 끈
질기게 나를 훑고 있었다.

기차가 앞뒤로 출렁이더니 천천히 움직이기 시작했다.
나는 손을 흔들었다. 뒵케 부인이 마지막으로 증오 어린
미소를 지었다. 그러고 나서 그녀는 아이를 안쪽으로 끌
어당겼다….


이게 어제저녁 일어난 일이다. 지금 글을 쓰면서 계산해
보니 스물네 시간이 조금 지났을 뿐이다.

어젯밤에 한순간도 잠을 이루지 못했다. 침대에 반듯이 누워 기차에 있던 아이를 생각했다. 차창 너머 보이는 아이의 얼굴이 덜컹거리는 기차와 함께 아득하게 멀어져갔다. 그리고 아이는… 머리숱이 많았다. 하지만 나는 아이의 머리색도, 눈동자 색도 떠올리지 못했다. 이름도 묻지 않았다. 아이에게 전혀 관심이 없었기 때문이다. 비록 잠깐이었지만 딱 한 걸음 앞에 있었는데도 아이 얼굴을 찬찬히 들여다볼 생각을 하지 못했다. 헤어지면서 손도 잡지 않았다. 그러니까, 나는 아무것도 몰랐다. 세상에, 어쩌면 이럴 수가! 나는 내 딸에 대해 아무것도 모르고 있었던 것이다. 뒵케 부인은 틀림없이 눈치를 챘을 것이다…. 왜 그렇게 적의에 찬 눈빛으로 나를 쳐다봤을까? 아마도 이것저것 끼워맞춰 추측했겠지…. 그러고는 아이를 데리고 가버렸다…. 가고 있을 것이다…. 기차 바퀴가 덜컹거리며 레일 위를 구르고, 그때마다 잠에 빠진 딸아이의 머리가 가볍게 흔들리겠지….

낮에도 끊임없이 그들을 생각했다. 내 머리는 그들을 뒤쫓아 숨 가쁘게 시공간을 넘나들었다. 마침내 더 이상 견딜 수 없는 한계에 이르렀다고 생각한 순간, 마음속에서 완전히 지웠던 얼굴이 천천히 그리고 조용히 윤곽을 드러내기 시작했다. 마리아 푸데르. 그녀의 검은 눈과 그윽한 시선, 둥글게 곡선을 그리던 입술선이 눈앞에 나타났다. 모피 코트를 입은 나의 마돈나. 어떤 분노도, 원망도 없는 얼굴이었다. 어쩌면 약간 놀란 표정이었고, 이보다는 걱정과 연민이 훨씬 가득한 눈으로 나를 바라보고 있었다.

그녀의 눈길을 받아낼 용기가 없었다. 십 년 동안, 십 년 내내, 나는 가여운 내 영혼만 부둥켜안고 죽은 그녀를 증오하고 비난했다…. 그녀가 소중히 간직했던 기억을 이보다 더 모욕할 수 있단 말인가? 나의 생명이자 영혼이며 삶의 이유였던 사람을, 나는 그릇된 이유로 가차 없이 십 년이나 의심해왔다. 그러면서도 이런 의심이 부당할지도 모른다는 생각은 해보지 않았다. 온갖 얼토당토않은 시나리오를 꾸며대면서도 요란한 상상을 멈춰야겠다는 생각을 하지 않았고, 그녀가 떠날 수밖에 없는 이유가 있었을 거라고는 한순간도 생각하지 않았다. 이제 그 이유가 드러났다. 가장 엄숙하고 절대로 거부할 수 없는 이유, 죽음이었다. 수치스러워 미칠 것 같았다. 나는 죽은 이를 향하는 절망과 부질없는 회한으로 몸부림쳤다. 그녀가 품었던 기억을 무참하게 도륙한 죄를 씻으려 내게 남은 시간을 전부 바쳐 애원한다 해도 끝내 용서를 구하지 못하리라. 사랑하는 사람의 마음을 저버리는 것이 결백한 사람에게 저지르는 가장 큰 배신이며, 그러한 죄악을 저지른 나는 절대 용서받지 못하리라는 것을 알았다.

바로 몇 시간 전, 사진이 없어서 앞으로도 그녀를 떠올릴 수 없을 거라고 생각했다.

하지만 이제 그녀를, 그녀의 아름다운 굴곡 하나하나를 그녀가 살아 있을 때보다 더 생생하게 보고 있다. 자화상에서 그랬듯이 슬프고 당당한 표정이다. 얼굴은 더 창백하고 눈은 더 깊고 짙어졌다. 아랫입술을 나를 향해 내밀고, 당장이라도 '아, 라이프!' 하고 부를 것 같다. 어느 때보다 더 생생하다…. 그녀가 십 년 전에 죽었다니! 내가 그녀를 맞겠다고 집 단장을 하면서 간절히 기다리던 그때 죽은 것이다. 내가 어려운 상황에 처하지 않도록, 나에 대해서는 누구에게도 아무것도 말하지 않고, 모든 비밀을 혼자 안고서, 그렇게 그녀는 세상을 떠났다.

십 년 동안 그녀를 향했던 나의 분노를 이제야 똑바로 바라본다. 세상과 나 사이를 갈라놓는 넘지 못할 벽을 쌓았던 이유를 지금에야 이해한다. 나는 그녀를 십 년 동안 계속 사랑해왔고, 이 사랑은 조금도 줄지 않았던 것이다. 내 마음에 그녀 말고는 누구도 들어오는 것을 허락하지 않았던 것이다. 지금은 어느 때보다 더 그녀를 사랑하고 있다. 내 앞에 선 마리아의 환영에 팔을 뻗어, 다시 한 번 그 손을 비비며 따뜻하게 맞잡고 싶다. 그녀와 함께 보낸 삶이, 그 네댓 달이 눈앞에 또렷하게 펼쳐진다. 함께했던 모든 시간과 우리가 나눴던 모든 말을 기억한다.

전시회에서 그녀의 그림을 처음 본 장면으로 되돌아가 나는 우리의 시간을 다시 살았다. 아틀란틱을 찾아가 노래 부르는 그녀를 보았다. 그녀가 다가와 내 앞에 앉았다. 식물원에서 함께 산책도 했다. 그리고 그녀의 방에서 마주보고 앉아 있던 장면과 그녀가 아프던 때도 다시 한 번 경험했다. 우리의 추억은 한평생을 처음부터 끝까지 채울 만큼 넘쳐흘렀다. 짧은 기간에 농밀하게 압축되었기 때문에 그 기억은 어떤 실재보다 강렬했고 선명했다. 십 년 전 추억의 강렬한 생동감은 역설적으로 이후 십 년 동안 어느 한 순간도 내가 살아 있는 상태가 아니었음을 입증했다. 나의 생각과 감정과 행동은 나와 상관없는 낯선 이의 것인 양 머나먼 세계를 떠다녔다. 이 세상에서 서른다섯 해를 살고 있지만 진정한 나로 존재했던 건 십 년 전의 네댓 달 정도가 전부였다. 그 후로는 전혀 다른 세계에 갇혀버렸고 아무 의미도 없었다.

나와 아무 상관없는 육신과 정신을 이끌고 계속 살아가는 것이 얼마나 힘들지, 어제저녁 침대에서 마리아를 떠올리면서 비로소 알게 됐다. 꾸역꾸역 입에 음식을 밀어넣는다 한들 이방인에게 양분을 주는 것이나 다를 게 없을 것이다. 몸을 이끌고 이곳저곳 다닌다 하더라도 세상을 대하는 나의 눈길은 연민과 경멸로 뒤범벅된 상태에 머물 것이다. 내 인생에서 그녀가 사라진 이후 나를 위해 남은 건 아무것도 없었다. 나는 그녀와 함께 죽었다. 어쩌면 그녀보다 먼저.

식구들은 아침 일찍 모두 놀러 나갔다. 나는 기운이 없다는 핑계를 대고 집에 남았다. 아침부터 이 글을 쓰고 있다. 주위가 어두워지기 시작했다. 식구들은 아직 돌아오지 않았다. 잠시 후면 웃고 떠들며 쳐들어올 것이다. 이들과 나는 무슨 상관이 있는가? 모든 관계가 단절됐는데 무엇이 남았단 말인가? 나는 십 년 동안 진심을 담은 말이라곤 한마디도 입 밖에 내지 않았다. 하지만 이젠 자포자기의 심정으로 이야기를 나눌 사람이 간절하다. 한마디도 입 밖으로 내뱉지 못한다면 산 채로 땅속에 묻히는 것과 뭐가 다르단 말인가? 아, 마리아, 왜 우리는 창가에 마주앉아 얘기 나누지 못할까? 왜 우리는 바람 부는 가을 저녁에 말없이 걸으며 영혼이 교감하는 얘기를 듣지 못하는 거지? 아, 왜 넌 여기 내 곁에 없는 거야?

십 년 동안 사람들을 피하고 아무도 믿으려 하지 않았다. 돌이켜 보건대 어쩌면 그건 헛될 뿐만 아니라 사람들을 부당하게 대한 것일지도 모른다. 찾으려 했다면, 어쩌면 너 같은 사람을 발견할 수도 있었을 텐데. 너의 죽음을 좀 더 일찍 알았더라면, 너무 늦지 않게 슬픔에서 벗어나 여러 사람들 가운데서 또 다른 너를 찾으려고 했을 텐데. 하지만 이제 모든 것이 끝났다. 어처구니없고 용서받지 못할 만행을 내가 가장 사랑하는 이에게 저질렀다는 걸 알게 된 바에는, 차라리 아무것도 바로잡고 싶지 않다. 너를 잘못 판단하고 거기에 매달려 모든 사람을 경멸하고 그들로부터 도망쳤다. 이제야 나는 진실이 무엇인지 알게 됐다. 하지만 나 자신을 영원한 외로움에 가둘 수밖에 없다. 인생은 오로지 한 번뿐인 도박이며, 나는 그 도박에서 졌다. 두 번째는 없다.

다가오는 시간은 지나간 시간보다 훨씬 더 끔찍할 것이다. 여느 때와 같이 저녁에는 기계처럼 장을 볼 것이다. 아무 관심도 없는 사람들을 만나고 그들의 말을 견딜 것이다.

내 인생이 달라질 만한 가능성이 있단 말인가? 우연이 너를 내게 보내주지 않았더라면, 나는 분명 그 이전과 다름없이 꾸역꾸역 살아갔을 것이다. 세상에는 달리 살아가는 길도 있다는 것을, 나에게도 영혼이 존재한다는 것을 가르쳐준 사람은 오직 너 하나였다. 우리의 시간이 너무나 짧게 끝나버린 건 네 잘못이 아니다…. 몇 달이나마 내가 온몸과 온 마음으로 살 수 있는 기회를 줘서 정말 고맙다. 그 몇 달은 몇 개의 삶만큼이나 가치 있는 것이 아닐까? 네 몸의 일부로 남겨준 아이, 우리 딸은, 세상에 아버지가 있다는 것도 모른 채 구석진 자리를 떠돌겠지…. 우리는 딱 한 번 마주쳤어. 하지만 그 아이에 대해 나는 아무것도 몰라. 이름도, 어디 사는지도. 그렇지만 그 아이는 늘 내 가슴속에, 내 머릿속에 있을 거야. 내 머릿속에서 그 아이를 위한 인생행로를 만들고, 그 옆에서 아이와 함께 걸어갈 거야. 그 애가 어떻게 자라는지, 어떤 학교에 다니고, 어떻게 웃는지, 그리고 어떻게 사고하는지 상상하며 내게 남은 나날의 공허함을 채우려 애쓸 거야.

밖에서 소란스런 소리가 들려온다. 식구들이 돌아온 것일 게다. 나는 계속 쓰고 싶다. 하지만 무슨 소용이 있겠나? 이렇게까지 쓴들 무슨 소용이 있나? 딸에게 내일 다른 노트를 사오라고 하고, 이 노트는 아무도 찾지 못할 어딘가에 숨겨야겠다. 모든 것을, 모든 것을, 특히 나의 영혼은 절대 찾을 수 없는 곳에 감춰두어야 한다.

라이프 에펜디의 기록은 여기서 끝났다. 이것 말고는 아무 메모도 없었다. 마치 오랜 세월 꽁꽁 감춰온 고독한 영혼을 털어놓기로 작정하고서 단 한 번 이 노트에 쏟아내고, 다시 자신의 세계로 침잠해 두 번 다시 마음을 열지 않은 것 같았다.

아침이 다가오고 있었다. 약속을 지키기 위해 노트를 주머니에 넣고 그의 집으로 향했다. 문이 열린 순간 맞닥뜨린 다급한 분위기와 안에서 들려오는 울음소리로 무슨 일이 일어났는지 금세 알 수 있었다. 뭘 해야 할지 판단하기 어려워 잠시 서 있었다. 라이프 에펜디를 마지막으로 한 번 더 보지 않고는 돌아가고 싶지 않았다. 하지만 사랑과 열정으로 불타올랐던 그의 삶에서 가장 생생한 부분을 들여다보면서 그와 함께 밤을 새고 난 아침에, 무의미한 껍데기로 영락한 그를 보아야 한다는 걸 견딜 수 없었다. 발걸음을 돌려 거리로 나왔다. 라이프 에펜디의 죽음은 그다지 크게 고통스럽지는 않았다. 그를 잃어버렸다는 슬픔보다는 오히려 진정한 그를 발견했다는 느낌이었기 때문이다.

어제저녁에 그는 "자네와 마주 앉아서 제대로 얘기 한 번 나누지 못했군!" 하고 말했다. 이제는 그렇게 생각하지 않는다. 어제 나는 밤새도록 그와 아주 오랫동안 얘기를 나눴다.

그날 밤 그는 이 세상에 제 몫의 생을 남겼고 나의 삶으로 들어왔다. 이제 그는 여기서 생생하게 살아 있을 것이다. 내가 아는 다른 누구보다도. 내가 어디를 가든 그는 항상 나와 함께할 것이다.

회사에 가 라이프 에펜디의 빈 책상에 앉았다. 그리고 검은 장정 노트를 펼치고 첫 장부터 다시 읽기 시작했다.

1940년 11월~1941년 2월

# 70년 만에 우리에게 찾아온
# 터키 문학의 고전

 

 

사바하틴 알리의 소설 『모피 코트를 입은 마돈나』는 터키 문학사에서 불멸의 걸작으로 꼽힌다. 작품이 발표되고 머지않아 작가가 비극적으로 세상을 떠난 이후 70년이 훌쩍 지난 지금도 이 소설은 터키에서 매달 1만 부 이상 판매되고 있고, 2017년 현재까지 85만 부가 팔렸다고 한다.

이렇게 오랫동안 스테디셀러 목록에서 내려오지 않는 이유는 여러 가지다. 무엇보다 젊은이들의 감성에 호소하는 소설이라는 것이 첫 번째 이유일 것이다. 교사들은 한결같이 이 작품을 학생들에게 권하고, 젊은이들은 주인공의 사랑, 외로움, 고뇌가 자신들이 겪는 감정과 같기 때문에 깊이 공감한다. 이렇게 사랑을 주제로 한 보편성 혹은 대중

성과 함께 터키를 대표하는 소설로서 작품성으로도 인정받았다는 사실을 간과할 수 없을 것이다.

『모피 코트를 입은 마돈나』는 1940년 《하키카트》 신문에 40회로 연재되었고, 1943년에 단행본으로 출간되었다. 그로부터 70년이 지나 이 작품은 영국 펭귄 북스의 '모던 클래식' 시리즈에 포함되었으며, 영어, 독일어, 프랑스어, 러시아어, 아랍어를 비롯해 17개국어로 번역되었고 스페인어, 이탈리아어로도 출간될 예정이다. 또 최근에는 세계에서 가장 아름다운 여성으로 뽑힌 영화배우 마리옹 코티야르가 여주인공 역을 맡아 영화로 제작된다는 소식이 알려지면서 다시 한 번 세계 문학계와 영화계의 이목을 끌었다.

이 책을 우리말로 옮기면서 역자는 이 소설이 많지 않은 분량인데도 인물들의 드라마틱한 내적 갈등과 내면세계를 노련한 펜으로 세밀하고 적나라하게 보여준다는 점에 주목했다. 물론 주인공처럼 주위에서 볼 수 있는 평범한 인물의 내면세계를 심오하게 묘사한다는 것이 무척 매력적인 요소로 작용할 수 있지만, 한편으로는 자칫 지루하게 여겨질 수도 있다. 하지만 사바하틴 알리는 독자가 마지막 한

페이지까지 호기심을 가지고 몰입할 만한 장치를 곳곳에 마련해 도무지 눈을 떼지 못하게 만든다. 더불어 이야기 소재가 '예기치 않은 형태로 발전되는 슬픈 사랑 이야기'라는 점도 무척 흥미롭다.

이 작품은 이야기 두 개로 구성되어 있다. 첫 번째는 등장인물이자 화자인 라심이 라이프 에펜디와 만나고, 호기심을 자극하는 그를 더 가까이서 알고 싶어 하는 부분이다. 두 번째 이야기는 라심이 라이프 에펜디라는 인물의 비밀스런 비망록을 읽음으로써, 독자인 우리도 그의 비극적인 사연에 함께하도록 이끄는 부분이다.

소설은 라심이 실직을 하고 다른 직장을 찾는 장면으로 시작한다. 하지만 주요 내용은 라심과 같은 사무실을 사용하던 라이프 에펜디의 독일 체류 시절 이야기다. 우리는 라이프 에펜디의 검은 장정 비망록을 읽는 라심의 시선과 마음을 타고 소설 속으로 빨려 들어간다.


이야기는 이십 대 중반인 라이프가 아버지의 권유로 가업인 비누 제조업을 배우러 베를린으로 가면서 본격적으로 전개된다. 예술, 특히 그림에 관심이 많은 라이프는 우연히 들른 전시회에서 어느 화가의 자화상을 보게 된다. 그림 속 여성을 한 번도 본 적이 없음에도 그는 그림을 보자마자 플라토닉한 사랑에 빠지고 만다. 그림은 이전에 한 번도 느껴보지 못한 감정을 불러일으켰다. 라이프는 이 자화상이 안드레아 델 사르토의 〈아르피에의 성모〉에 나오는 마돈나와 닮았음을 알게 된다. 자화상에 빠져든 라이프는 날마다 전시장에 가 화랑 문이 닫힐 때까지 그림 앞을 떠나지 않는다. 하지만 너무나 그림에 몰입한 나머지 이러한 그의 모습을 지켜보는 여성이 있다는 사실을 눈치채지 못한다. 그러던 어느 날, 여인이 라이프의 곁으로 다가온다. 여인은 이 그림을 그린 화가 마리아 푸데르였다.

그림 한 점에서 시작된 사랑 이야기『모피 코트를 입은 마돈나』는 사바하틴 알리가 〈아르피에의 성모〉에서 영감을 받아 집필했다고 알려져 있다. 사바하틴 알리는 어느 인터뷰에서 "세상에서 가장 단순하고, 가장 가련하고, 심지어 가장 바보 같은 사람도 깜짝 놀랄 만큼 복잡한 영혼을 지니게 마련이다. 우리는 왜 이러한 내면을 헤아리려 하지 않고, 인간이라는 피조물을 섣불리 이해하고 손쉽게 판단하는가?"라는 말로 주제를 설명했다.

물론 비극적인 사랑이 가장 두드러지긴 하지만, 우리가

살면서 저지를 법한 심각한 실수, 즉 선입견이 삶을 어떻게 뒤흔드는지에 대한 경고가 이 소설을 관통하는 주제다.

먼저 독자들에게 라이프 에펜디의 삶을 소개하는 라십은 선입견을 가지고 에펜디에게 다가가고, 이는 그를 완전히 오해하게 만드는 요인으로 작용한다. 이러한 선입견 때문에 그를 제때 이해하지 못했고, 후회하며 살아가게 된다. 라이프 에펜디의 삶도 별반 다르지 않다. 마리아에게서 편지가 오지 않자 그녀가 자신을 버렸다고 생각하며 분노와 좌절 속에서 사람들과 벽을 쌓는다. 그리고 텅 빈 영혼으로 살아간다. 하지만 세월이 흘러 라이프 에펜디는 우연히 진실을 알게 된다. 마리아는 그를 배반한 것이 아니었다. 라이프 에펜디는 결국 죄책감을 견디지 못하고 삶을 마감하게 된다.

그렇다, 우리가 살면서 만나는 사람들에겐 모두 나름의 인생사가 있다. 조용하고 내성적으로 보이는 사람이라도 내면에는 폭풍이 일고 있을 수도 있다. 이 소설은 눈에 보이는 대로 섣불리 누군가를 평가해서는 안 된다는 사실을 깨닫게 해준다는 점에서도 꼭 읽어야 할 작품이라 하겠다. 그리고 이렇게 묵직한 주제야말로 『모피 코트를 입은 마돈나』를 단순한 사랑 이야기로 치부할 수 없게 만드는 요소다. 살아가면서 겪게 마련인 수많은 오류를 사바하틴 알리는 이 멋진 소설에 녹여 담아 성찰하게 만든다.

여러 미덕 가운데 이 소설을 손에서 놓지 못하게 만드는 가장 큰 요소는 뭐니 뭐니 해도 사랑이다. 우리 삶에 없어서는 안 될 사랑은 때로 아무것도 눈에 보이지 않을 만큼 불같은 열정으로 변하기도 한다. 어떤 장애물이 앞을 가로막아도 주저하지 않고 사랑의 뒤를 좇는다. 우리는 소설 속 연인과 함께 이러한 속성을 재확인하게 된다. 이 또한 『모피 코트를 입은 마돈나』가 세계 문학사에서 사랑의 열정을 가장 멋지게 그려낸 소설이라고 자신 있게 말할 수 있는 이유다. 누구라도 책장을 넘기는 순간 단숨에 읽어내려 갈 것이 분명하다고, 조금도 주저하지 않고 말하겠다.

이 소설은 "…검은 장정 노트를 펼치고 첫 장부터 다시 읽기 시작했다"라는 문장으로 끝을 맺는다. 독자 여러분도, 모든 열정을 다 바쳐 사랑한 여인을 기억하며 평생을 살아간 한 남자 이야기를 다 읽은 후 분명 처음으로 돌아가 또 다른 마음으로 다시 한 번 읽기 시작할 거라고 믿어 의심치 않는다.

2017년 11월

이난아

# 사바하틴 알리Sabahattin Ali

## 주요 작품

| | |
|---|---|
| 단편 소설 | 「물레방아」, 「수레」, 「소리」, <br> 「새로운 세계」, 「유리 궁전」 등 |
| 장편 소설 | 『쿠유자크 출신의 유수프』, 『우리 마음속 악마』, <br> 『모피 코트를 입은 마돈나』 |
| 시    집 | 『산과 바람』 |
| 희    곡 | 『포로들』 |


1907    2월 25일, 지금의 불가리아 아르디노에서 태어났다.

1921    군인인 아버지를 따라 위스퀴다르, 차나칼레, 에드레
       미트 등 터키 여러 지역을 옮겨다니며 초등교육을 마
       쳤다.

1926    발리케시르 사범학교를 졸업하고 같은 해 요즈가트
       공화국 초등학교 교사가 되었다. 이 무렵부터 문예지
       에 단편 소설을 발표하기 시작했다.

1928    터키 교육부에서 외국어 교사 양성차 유럽 파견단을
        모집하는 데 지원해 우수한 성적으로 뽑혔다. 장학금
        을 받고 독일 포츠담으로 가 일 년여 머물다가 베를린
        으로 옮겨 현지 어학원에 다녔다. 이 시절 독서에 몰
        입해 이반 투르게네프, 막심 고리키, 기 드 모파상, 토
        마스 만, 에드거 앨런 포, 그리고 크누트 함순 등의 작
        품을 읽었다.

1930    3월에 터키로 돌아와 아이딘, 코니아시에 있는 중학
        교에서 교사로 일했다. 사회주의 경향의 글을 쓰면서
        고발당했고, 터키 공산당 신문《붉은 이스탄불》을 학
        생들에게 읽혀 좋지 않은 영향을 준다는 이유로 체포
        됐다. 사바하틴은 이 신문과 관련이 없다고 주장했지
        만 3개월간 구금되었다. 이 시간은 향후 그가 작품 속
        인물을 창조하는 데 지대한 영향을 미쳤다.

1931    친구들과 모임에서 읽은 시「나라 소식」이 터키에서
        국부로 불리던 당시 대통령 아타튀르크를 모욕했다
        는 이유로 재판을 받았다.

1932    국가원수모독죄로 체포되어 일 년형을 받아 수감 생
        활을 했다.

1933    공무원 자격을 박탈당했다. 공화국 설립 10주년을 기념해 사면되어 10월 29일 구치소에서 나왔다. 출소 이후에도 정부 당국의 감시와 검열이 계속됐다.

1934    시집 『산과 바람』을 펴냈다.

1935    5월 16일, 알리예 하님과 결혼했다. 소설 「물레방아」를 썼다.

1936    군대에 징집됐다. 전쟁 기간 동안 터키 성인 남성 대부분이 군에 동원됐다. 소설 「수레」를 썼다.

1937    딸 필리즈 알리가 태어났다. 소설 『쿠유자크 출신의 유수프』와 「소리」를 썼다.

1938    군 복무를 마치고 국립 예술학교로 발령받았다. 교사뿐만 아니라 번역가, 극작가로 활동하기 시작했다.

1940    다시 군에 징집됐다. 베를린 생활에서 영감을 얻어 《하키카트》 신문에 『모피 코트를 입은 마돈나』를 연재하기 시작했다. 『우리 마음속 악마』를 썼다.

1941    『모피 코트를 입은 마돈나』 40회 신문 연재를 마쳤다.

앙카라 주립 음악학교에서 1945년까지 독일어를 가
르쳤다.

1943      『모피 코트를 입은 마돈나』가 출간되었다. 「새로운
          세계」를 썼다.

1944      다시 수감됐다가 풀려났다.

1946      아지즈 네신과 함께 주간지 《마르코 파샤》 창간 멤
          버로 활동했다. 《마르코 파샤》에 기고한 글로 감시
          대상이 됐다.

1947      단편 소설 「유리 궁전」을 썼다.

1948      감시와 탄압으로 마땅한 일을 할 수 없게 되어 고
          통스러워했다. 여권마저 발급되지 않았고, 감옥에
          서 만난 이들의 도움으로 해외 도주를 시도하다
          불가리아 국경에서 4월 2일 살해되었다. 6월 16일,
          두 달 반 만에 시체가 발견됐다. 살해범으로 체포된
          에르테킨의 재판이 시작됐다.

1950      10월 15일, 에르테킨이 살인죄로 유죄 판결을 받고
          투옥됐으나 몇 주 만에 풀려났다.

2007    불가리아의 아르디노에서 열린 사바하틴 알리 탄
        생 100주년 경축 행사에 딸 필리즈 알리가 참석했
        다. 불가리아에서 사바하틴 알리는 1950년대에 이
        미 교과서에 실렸을 만큼 특별한 작가다.

양 극단의 두 나라를 오가며 펼쳐지는 매우 귀한 문화적 경험.
— 뉴욕 타임스 *New York Times* —

이 작은 책에서 보수적인 동양의 미덕과
침체하던 서구의 문화가 불꽃을 일으키며 마찰한다.
— 파이낸셜 타임스 *Financial Times* —

감동적이다. 강렬하게 뇌리에 박혀 사라지지 않는다.
갈망을 주체하지 못하는 남자의 슬픈 사랑.
— 타임스 *The Times* —

1920년대, 전쟁 직후 베를린을 적신 희뿌연 안개와 우울한 그림자.
이제는 사라져버린 시대의 진흙탕 속에서 매몰되고 만 운명.
— 내셔널 *The National* —

놀라운 대작. 사랑과 상실을 다룬 터키 문학의 고전.
남과 여, 모든 나이대를 초월해 심장을 울리는 로맨스 소설.
— 가디언 *Guardian* —

한없이 간절한 연인의 이야기에 가슴이 찢어진다.
『위대한 개츠비』만큼 한마디로 정의하기 어려운 여운을 남긴다.
— 옵서버 *Observer* —

퇴폐미 넘실거리던 시대와 그 안에서 요동치는 환멸의 물결. 평범한 삶과 예술의 괴리를 보여준 소설 가운데 특히 비범하다.

— 타임스 리터러리 서플러먼트 *Times Literary Supplement* —

1943년 발표된 터키 문학의 고전. 이념 문제로 두 차례나 투옥된 터키 대표 저술가의 우아하고 품위 있는 문장이 매력적이다.

— 미국 도서관 저널 *Library Journal* —

복잡하고 미묘한 남녀 관계에 대단히 풍부한 은유가 담겨 있다. 서로에 대한 기대와 신뢰, 그 차이에서 비롯된 비극. 타인의 삶을 엿보는 화자와 함께 예기치 못한 감정의 왜곡을 마주하게 된다.

— 퍼블리셔스 위클리 *Publishers Weekly* —

반체제 인사로 낙인 찍힌 터키 문학의 거장. 출간 이후 수십 년이 지나 비로소 터키 최고의 베스트셀러가 되었다. 비극적인 현대사 속에서 탄압받은 뛰어난 문학가의 가치를 이제야 확인한다.

— 북리스트 *Booklist* —

전쟁 이후 또 다른 전쟁을 향하던 시대의 베를린 풍경을 그림처럼 묘사했다. 이 책이 아름다운 이유는 아름답고 충동적인 여성의 영혼을 통해 한없이 새로워지려고 애쓰는 청년의 서정 때문이다.

— 허핑턴 포스트 *Huffington Post* —

# 모피 코트를 입은
# 마돈나

ⓒ 도서출판 학고재, 2017

2017년 11월 17일 초판 1쇄 발행
2017년 12월 22일 초판 2쇄 발행

**지은이** 사바하틴 알리
**옮긴이** 이난아
**펴낸이** 박해진
**펴낸곳** 도서출판 학고재
**등록** 2013년 6월 18일(제2013-000186호)
**주소** 서울시 마포구 양화로 85 (서교동) 동현빌딩 4층
**전화** 02-745-1722(편집) 070-7404-2810(마케팅)
**팩스** 02-3210-2775
**이메일** hakgojae@gmail.com

ISBN 978-89-5625-359-6  03830